書楼
京極夏彦

文庫版

書楼弔堂 炎昼

京極夏彦

集英社文庫

文庫版

書楼弔堂 炎昼

しょろうとむらいどう えんちゅう

◎目次

本文・口絵デザイン

坂野公一（welle design）

文庫版

書楼弔堂

炎昼

探書漆　事件

蓮の花は菓子のようなのに、芙蓉の花はお化けのようだと思います。何故と問われても、そう思うというだけですから、これは仕方がありません。

幼い頃は能くお寺に行かされていたのです。

そのお寺の中庭の池には夏になると沢山蓮が咲くのでした。

その蓮の花は、花弁の先の方が紅色に染まっていて、幼子の目にはそれがどうにも甘そうに思えたのです。

真ん中のところが黄色くて、そこから真っ白な花弁が伸びていて、それが薄紅色になり、すっと濃くなって、縁の辺りはもう紅というより牡丹のような赤です。

砂糖菓子のように見えていたのでしょうか。

でも同じような花なのに睡蓮の方は菓子には見えないのです。睡蓮も水面の上に咲くし、形も、色だってそんなに違わないのに、何故か睡蓮の方は綺麗な花にしか見えません。

蓮の方は、仮令真っ白でも菓子のように思えます。

少し可笑しく思います。

勿論、食べようとしたことなどありません。幾ら美味しそうに見えたとしても、食べたいとは思いませんでした。尤も、十に満たぬ時分のことは覚えていませんが、食べ物でないことくらいは知っていたでしょう。

でも、蓮の花を見る度に不思議な甘さを感じていたようには思います。

食べるまでもなく、口の中は甘くなっていたのです。

今はもうそんなことはありませんが、お菓子のようだという思い込みだけは抜けるものではありません。

睡蓮を見ても、そんな味はしませんでした。

芙蓉も、蓮に似ています。ある人に聞いたのですが、蓮もその昔は芙蓉と呼んでいたのだそうです。この邦でのことなのか、それとも支那国でのことなのかは知りません。区別するために、蓮を水芙蓉、芙蓉を木芙蓉と謂うのだそうです。

初めて芙蓉を目にしたのがいつかは覚えていません。

でも、かなり戸惑ったことは何となく覚えています。

そう、感じたのは戸惑いだったのです。

芙蓉は別に、怪訝しなものではないのですから。慥か、佳人麗人の喩えになるような綺麗な花でもあった筈です。

でも、何だかお化けのように見えたのでした。

どこがどうお化けなのか、それは説明が敵(かな)いません。そもそも、お化けというのが何なのか能(よ)く知りません。ただ昔のお芝居に出て来る幽霊のようなもののことではなく、童(こども)が風呂敷(ふろしき)のようなものを拡(ひろ)げたり被ったりして、おばけえと囃(はや)す、そちらの方ではあるのです。ですから恐ろしいものという訳でもありません。

いいえ。

ほんのちょっとだけ、恐ろしくは思ったのでしょう。でも、ぞっとするとか、身の毛が弥立(よだ)つとか、そういう怖さではありません。

ぽっかり穴が開いたような。

何処(どこ)か違う国の人に凝乎(じっ)と観(み)られているような。

そんな気持ちでしょうか。

大きさも、色も、何かが少しずつ違っているような、そんな花に見えたのでした。

今も見えています。

また芙蓉は、いつも突然、目の前に現れるのです。

それもいけないのかもしれません。吃驚(びっくり)はしませんが、少しだけぎょっとした心持ちになります。

とはいうものの、芙蓉が不意に現れたりする訳もないのですから。これは言い掛かりのようなものかもしれません。

花はただ、ずっとそこに咲いているだけなのでしょう。こちらが勝手に芙蓉の見える場所に行って、勝手にぎょっとしているというのが正しいのでしょう。

けれど、それでも何故か、見え方が他の花とは違うように思えるのです。平素いきなり、それはぽんと、目の中に飛び込んで来るのでした。

そこもお化けっぽい気にさせます。

お化けっぽいというのもまるで判らない喩えなのですが、お化けというものは、唐突で、調子が外れていて、見た目が少しだけ、ほんの少しだけ違っている――そんなものなのではないでしょうか。その僅かな違いが、時に怖く思えたり、滑稽に思えたり、悲しく思えたりするのです。そんな気がするのでした。

朦朧と、そんなことを考えていました。

お化けのことを考えるなんて、生まれて初めてのことです。

そんなことを考えなければならない局面というのも簡単には思い付きませんし、そうなったところで、考えたりはしなかったでしょう。

この花は夕方には萎みます。

芙蓉は一日で終わる花です。

本物のお化けと違って、夜にはなくなってしまうのです。

そして、明日の朝には別のお化けが、ぽんと開くのです。

お化けの花を眺めつつ、とりとめのない思いを巡らせています。

こんな処に咲いているなんて、思いもしませんでした。

芙蓉の木の向こうの土地は低くなっていて能く見えないのですけれど、その奥には雑木林があって、林の先には川があります。川の対岸はもう霞んでいて、更に先には町らしき影が窺えます。多分、隣町なのでしょう。

でも、もうそれは影というか、靄のようなもので、もっとうんと離れた高台の方が瞭然しているのです。

——きっと。

あそこまで行けば。

いいえ。行ってしまえば何のことはない、普通の町なのでしょう。此処から彼処までの距離こそが、普通の町を靄に見せかけているだけです。向こうから見たならば此方が靄に見えているに違いありません。

どちらが真実なのでしょう。

靄靄が真実なら良いのに。自分も靄靄で、行き着いた彼処も靄靄のままだったら良いのに。そうしたら混じり合ってしまえるのに。靄靄同士ならば境目はありません。何もかも靄になってしまえば他人も自分もないから、争いごとも何もないだろうに。

そんなことを思います。

愚にも付かぬことというのは、こういう想いのことなのでしょう。

お父様は二言目には見通しが悪くなった見通しが悪くなったと仰います。やれ御一新の前は何処何処まで見渡せたものだとか、やれあの建物が邪魔で何何が見えなくなったとか、そんなことを能く言うのです。

今も充分遠くまで見えると思います。

そもそも歩いて行けない程の遠くが見えたって絵に描いた餅のようなものです。

どうしてそんなに遠くを見たがるのでしょう。

陽が高くなって来ました。

午が近いのでしょう。日傘を持って来なかったことを後悔します。陽射しで額がひりひりします。肌にも汗が浮いて来ています。日陰を探していると、背後からいきなりお嬢さん、という張りのある声が聞こえました。思いもかけなかったので、小さく声を上げてしまいました。

「ああ、驚かせてしまったかなあ」

声はそんなことを言っています。

「そんな藪の近くに立っておられると藪蚊に咬まれてしまいますよ」

「はい」

何ごともなかったかのように返事をしてしまいました。

実際のところはかなり驚いていたのです。というよりも、怖いと感じていたのだと思います。そんな気持ちとは裏腹に、外側の自分が反応してしまったのでした。

恐る恐る振り向くと、男性が二人立っていました。

一人はこちらを向いていますがもう一人はどこか遠くを見ています。

こちらを向いている人は、ずんぐりとした四角い顔の紳士です。小振りな丸眼鏡が顔に貼り付いているかのように見えます。

「いや、失礼」

強面ですが愛想はとても良く、身形もこざっぱりとしていて、無頼な感じはしません。悪い人ではないようです。

遠くを見ている男性は高級そうな誂えの衣服を着こなしています。顔を背けていますが、細面で、目鼻立ちのはっきりした美男子のようでした。

「見ず知らずのご婦人に妄りに声を掛けたりするものではないよ。怖がっていらっしゃるではありませんか」

「怖がってなどいるものか。それにね、こちらはご婦人というよりお嬢さんだよ。観ればまだ幼気な少女といった方が良い可憐さじゃあないか」

余計にいけないよと言って、細面の男性はこちらに顔を向けました。

精悍な顔付きです。くっきりとした眉が迚も印象的でした。

「少しは慎みたまえよ。貴君（あなた）は寧（むし）ろ、この方（かた）が可憐な少女と見て取ったから声を掛けたのではないのかね」

心外なことを言うなあと、丸眼鏡の男性は張った顎を突き出して、もう一人の若者を睨（ね）め付けました。

「あのねえ松岡（まつおか）君。君は一寸（ちょっと）神経過敏に過ぎるのじゃあないかね。外聞だの体裁だのばかりを気にしている。それもまあ悪いことじゃあないがね、気にし過ぎだ」

「外聞や体裁の問題ではないですよ。道徳だとか節度の問題ですよ」

「礼記（らいき）かね。七年男女不同席不共食とでも言い出すのかい」

そうではありませんよと眉の昂（あが）った男性は言いました。

まだ二十歳（はたち）を過ぎたばかりくらいなのでしょうが、やけに落ち着いた雰囲気の人です。

「誤解をされる、慎みたまえと言っているのです」

「何を慎めというのだい。別に悪いことをしようというのじゃあない、道を尋ねようというのじゃないか。道を尋ねることの何処が慎みなき行いなのか理解に苦しむね。周囲（まわり）を見てみたまえよ松岡君。人っ子一人いないじゃあないか。これで百姓でもいたなら百姓に尋（き）くし、年寄りがいたなら年寄りに尋くさ。野良犬を除けばこのお嬢さんしかいなかったのだから、これは仕方のないことなんだ。陽射しがきつくなって来ているし、炎天下で迷い続けたら参ってしまうよ。ほら、君は帽子を被っているが」

僕は帽子を被るのを忘れて来たのだからねと言うと、丸眼鏡の男性は綺麗に刈り込んだ顳顬を人差指で突きました。

細面の紳士は切れ長の奥二重の中の瞳をこちらに向けて、悩ましげな表情を見せました。申し訳ないとでもいうような、そんな意思表示でしょうか。

「録さん。そうだとしても、貴君には配慮が欠けている。ご婦人が、この時間にこんな場所にお一人でいらっしゃるのですよ。それにはそれなりの子細がおありになるのではないかと、どうして考えないのですか」

「子細とは何かね」

「知りませんよ。知りませんが、誰であっても理由なくこんな処に佇んでいることなどないでしょうに。そういうことを慮るべきだということですよ。観察し想像する、そうした力が足りないのですよ」

「そんなことに配慮していたら他人に道など尋ねられんよ、君。暢気にうかうか歩いている親爺殿だって、胸の裡は判らんじゃないか。深刻な事情があるのかもしれん。それを忘れようとしてわざと暢気を装っているのかもしれんだろうに。そんなこと外からは量れんだろう。判らないことなのさ。想像しろというのならどんな想像だってするが、下手な憶測は却って失礼にあたるよ、松岡君」

「あのう」

声をお掛けしますと、二人の紳士は揃ってこちらを向き、これは失礼と声を合わせて言ったのでした。

「いやあ、失礼。実は今、彼は恋愛に心が折れているので、どうも異性に対してデスパレートになっているのですよ」

「おい録さん」

松岡と呼ばれた精悍な紳士は迚も厭そうな顔をしました。

「見ず知らずの人に何を言うのです。それに関しては――」

解った解ったと、録さんと呼ばれた方は宥めるような仕種をしました。

「いやいや返す返すの醜態、実に申し訳ないことです。しかし我我は怪しい者ではありませんぞ。僕は――そうですね、あ、お嬢さんは、尾崎紅葉先生をご存じですかな。現在『讀賣新聞』に連載されて評判を取っている小説『金色夜叉』の作者ですが」

生憎、その小説は読んだことがありませんでした。

小説はあまり読ませて貰えないのです。いいえ、正直に言えば、小説などひとつも読んだことがないのでした。読もうとすると叱られてしまうのです。お祖父様は女が本など読んでどうすると言いますし、お父様は教養を身に付けるのは良いが小説は俗悪だと仰います。

ただ、そのお名前は聞いたことがありましたので、はいと答えました。

「僕は、その弟子です」

何が弟子なものかと松岡さんが言いました。

仕返しでもするかのようでした。

「こんなものなら俺にも書けると嘯いて入門したは良いが、すぐに出てしまったのではなかったかね」

「出てはいないよ。破門された訳ではないし、今だって門下は門下だからね。江見さんには今でも世話になっているのだし。ただ、硯友社の面面とは方向性が合わぬというだけじゃあないか。君は能く知っているだろうに」

「そうだとしても、貴君は擬古典文体の小説なんざ書いていないでしょう。あのスタイルは既に古いと、この間も言っていたではないですか」

「古いさ。古くなったから尾崎先生だって試行錯誤をされているのだろうよ。雅俗折衷などと世は謂うが、あれはその辺の連中が勝手に貼ったラヴェルだよ。小説というのは実験だ。実験というのは常に新しいことを遣るものさ。言文一致の実験は成功しているだろう。ただ実験よりも伝統的な美文の評価が勝ってしまっただけさ」

「貴君からそんな講釈を聞くことになろうとは思わなかったなあ。しかし、自らを紹介するのにわざわざ尾崎先生を引き合いに出すことはなかろうよ。國木田さんが耳にでもしたら、この俗人めと罵られますよ」

あの人は考え方は新しいが性根が古いんだと、録さんは言いました。

お二人が何のことを話されているのかは全く解りませんでしたが、一つだけ解ったことがあります。

この二人は大層仲が良い、ということです。

殿方は仲が良い程罵りあうものなのだと何方かから聞きましたが、本当にそう見えたのです。

思わず微笑んでしまいました。

お二人は戸惑われたようでした。

「ほら。笑われてしまったではないか」

「それは仕方がないでしょう。自己紹介にこんなに時間の掛かる道理はない」

「君が茶茶を入れるからさ」

「茶茶など入れていませんよ。いつものように、売れぬ詩人の田山ですと一言申し上げればいいことでしょう」

まったく鼻持ちならない男だなあと録さん——田山さんはぼやきました。

「まあそういうことですよ。こちらは第一高等學校を卒たばかり、秋には帝大生になる松岡君です。尋常中学時代にはかの森鷗外先生の門人となり、また歌人の松浦辰男先生に桂園派の歌を学び、高等中学時代から新体詩を嗜み現在に至るという天才です」

どうだ、言い返せまいと田山さんは愉しそうに言いました。

「貴君はどうして私を紹介するのに他人の名を使うのです。この場合、森先生や松浦先生は関係ないでしょうに。学歴学籍だってこちらの方には関係ないですよ。詩人の松岡で良いではありませんか」

詩を作られる方なのでしょうか。

しかし、詩人の松岡という名には覚えがありました。

「松岡――國男様ですか」

それなら慥か、高等女学校時代の友人が幾人か、心酔していると公言して憚らぬと言っていた詩人の筈です。内容は忘れてしまいましたが、読み聞かせをして呉れた友もおりました。詩歌と申しますより、綺麗な言葉で綴られたお手紙のようで、何故か私信を読み上げられているような気持ちになってしまったことだけを覚えております。

「ご存じですか」

松岡さんご本人ではなく、田山さんが尋き返しました。

松岡さんの方は、硬直したように動きません。

少し、困りました。

名を知っているというだけで、何の思い入れもなかったからです。これではお世辞の一つも言えません。

「いいえ。その、わたくしは——実はお友達が素敵だ素敵だと、能く口にしていたお名前だったものですから——申し訳ありません」

その松岡ですと田山さんは言いました。

「叙情的なのでご婦人に人気だ」

「またそういう卑俗なことを言う。私は、別に叙情的であろうとしているつもりはないし、況て人気など——」

「結果的にそこのところが支持されているのだから一緒だろう。尾崎先生を流麗な擬古文と通俗的な筋運びで大衆からの人気を得ている作家と謂うのであれば、君はお嬢様方にとっては浪漫の人なんだよ」

松岡さんは不本意だと言わんばかりに口を閉ざし、田山さんを横目で見ています。

それにしても対照的な二人です。年齢は、田山さんの方が少しばかり上なのでしょうか。田山さんは、顔こそ四角いけれど尖ったところがなくて、松岡さんの方はどこもかしこも尖っています。

「貴君とて人気取りのために詩を書いているのではないだろう」

「そうさ。でも、人気が出るのを厭がる理由もない。仮令不本意なところを評価されたのだとしても、それに就いて不平を述べる資格なんざないのだよ、我等には。大体ね松岡君、君は理屈が多い」

「そんなことはない。正論を述べようと努めているだけだ」

　だから恋愛に懊悩するのさと田山さんは怖い顔で言いました。

「恋に悩みは付き物だがね、君の場合は如何にも理が勝ち過ぎている。情は論では割れぬよ」

「承知しているよ」

「割れぬところに、心の闇があるのだ。そりゃ君にだってあるのさ。ないように振る舞うのは不自然じゃないのか」

「それも承知しているよ。だが、君の言うように、個人の心の闇などというものは到底普遍化できぬものだからね。そこを殊更に強調することは、却って物ごとを歪曲してしまいはしないかと考えるのさ。自分の闇と他人の闇は違っているだろう。それを他人に押し付けるのはどうなのだ」

　そこが理屈っぽいと言うのだと田山さんは呆れたように言いました。

「その上、矢張りそうして世間体を気にしているじゃあないか」

「私が気に懸けているのは世間体ではなく、世間そのものだよ、それに外聞を気にしている訳でもない。清廉潔白であれば自ずと悪い外聞は立たぬものだ。体裁だとて整うだろう」

　これですよと田山さんはこちらに顔を向けて言いました。

「こんなですからね、彼は。いや、愛読者のお友達には悪いけれども、こういう男なんですよ、松岡は。いやはや、貴女のような佳人を目の前にしておき乍ら、置いてけ堀にしてしまって申し訳ありませんなあ」

松岡さんはまた横を向きました。

「わたくし等には解り兼ねる難しいお話ですけれど——何だかお二人とも——これは失礼な物謂いなのかもしれませんけれども——愉しそうにお見受けいたします。仲がお宜しいのでしょうね」

付き合いが長いだけで仲は良くないのですよと、横を向いたまま、松岡さんは言いました。

仲は良いだろうと田山さんは言います。

「そんな仲良しの二人はですね、道に迷っているのです」

「まあ」

「松岡が言うように、貴女にも何かご事情があるのかもしれませんが、いや、おありなのでしょうが——僕等もここまで来てこのまますごすご帰る訳にはいかんのですよ。彼は聴講したがっていた講義をひとつ休んで来ていますしね。そこで——偶偶目に留まった貴女にお尋ねしたいと」

ご迷惑でしょうと顔を背けたままの松岡さんが言いました。

「莫迦。迷惑というならもうお掛けしているのだ。いつまでも本題に入らずに冗漫な話をお聞かせしている方が、ずうっと迷惑じゃないか。それに、君はあれこれ小理屈を言うが、道を尋くにしたってね、綺麗なお嬢さんに尋いた方が良いに決まっているじゃないか」

「一言多いのだ録さんは」

松岡さんは溜め息を吐きました。

生憎、綺麗だの佳人だのと言われても、頬を赤らめ下を向いてしまうような性質ではありません。かといって、お世辞と取って受け流せるような、巧みな処世もできはしません。褒めるにしろ貶すにしろ、見ず知らずの者の容姿を論うのは礼を欠く言動であるから憤るべきだと言う考え方もあるのかもしれません。

こういうことを言われて喜ぶ方も、お怒りになる方もいらっしゃるのでしょうが、そのどちらでもありません。ご婦人にそうしたことを言うのが良いことなのか、悪いことなのかも正直判らないのでした。

――そう。

そういうことが判らなくなって、逃げ出して来たのです。

何処に行くのでも、何をするのでもなく、でも結局何も考えることができずに、いいえ、考えるのを止めて芙蓉を眺めていたのでした。

「知人に道順を聞いては来たのですが、何処でどう間違えたものか、どうしても目的地に行き着かない。やがて人家も疎らになり、草深くなって、これは愈々違うだろうということになったが、果たして何処で間違えたのか、それさえ判らん。途方に暮れていたら、草木の中にいきなり貴女が現れた」

「この方が現れたのではない、我我の方がこの方の前に現れたのだ。移動していたのは此方の方ではないか。貴君はいつもそうして自分を物差しに物ごとを測る。それは正確な表現ではないでしょう」

「正確さ。僕にとってはね。何がいかんのか判らん」

「いや――」

また話の腰を折ってしまいましたと松岡さんは言いました。

でも、松岡さんの言いたいことは能く解るのでした。

つまり。

芙蓉の花と同じなのです。

「わたくしは――お化けのようなものだったのですね」

多分、お解り戴けないとは思いましたが、お二人のお話も能く解らないのですからお相子だと思ってそう言いました。

「お化けなものですか。こんなお美しいお嬢さんを見て、お化けと思う訳がない」

「いや」

だからこそ、ということですねと松岡さんは言いました。

何がだからこそ、なのかは解りませんでしたが、松岡さんは此方(こちら)の意を僅かでも汲(く)んでくださったのでしょう。一方、田山さんは丸眼鏡の奥の眼(め)を細めています。

お解り戴けなかったのでしょう。

「解らないことを言うなあ松岡君。まあそういう訳でね、お見かけしたところ、軽装でいらっしゃるし、貴女、この近在にお住まいの方ですな」

近在——というか、近くではあるでしょう。どうも、田山さんはこの辺りを余程田舎と思われているようです。歩いて来られる処に住まう者ですわとお答えしました。

「そうでしょう。で、ですな。この辺りに書舗(ほんや)はありませんか」

「本屋さん——ですか」

「はい。書籍を売っている店ですな」

「こんな処にですか」

そんなものがあるとは思えません。

まだ、家のある町の方ならばお店もあるのですけれども、この辺りは荒れた畑やら、墓地やら、そうしたものがあるだけで、後は林と草原(くさはら)だけです。少し先にお寺はありますが、山一つ越えなければ人家も何もありません。

そういう意味では在所と変わりありません。靄のような川向こうの方が、ずっと繁華な処です。

　存じませんがとお答えしました。

「そうですか。困りましたなあ」

　田山さんは顔を曇らせます。

　松岡さんは冷ややかにそのお顔を眺めて、

「ないのじゃないですか」

　と仰いました。

「深く考えることもせず半ば物見遊山のように来てしまったが、熟熟考えてみるにこれは如何にも拵え話ですよ。何処であれ、そんな書籍館の如き書舗があるとは思えないでしょう」

「じゃあ何かね松岡君。泉君や巖谷さんは幻でも見たというのかね。そりゃ、それぞれの作風には合っているのかもしれないが、現実は夢幻譚でもお伽噺でもない。二人揃って同じ白昼夢など見るものか。それに、ほら君の先輩になる上田敏氏だって同じことを言っているのだろうに」

「言っていましたね。彼は講師の何某から聞いて行ったのだと言っていた」

「講師というのは東京帝國大學の講師だろう。そんな人が嘘を言うものか」

「それは判りませんよ。講師と雖も聖人君子とは限りませんからね。中には学生達を揶揄うような御仁もいます」

その人はどうなんだと、田山さんは松岡さんを睨み付けました。

「知りませんよ。上田さんは英文科で、私が行くのは法科ですから。いずれにしても私はその講師から直接聞いた訳ではありませんからね。なら上田さんが何処かで伝え間違えたのでしょう」

納得行かんなあと、田山さんは突き出た顋を擦りました。

「上田氏はちゃんと其処に行き着いたのだろう。同じ道順を聞いていて、何故僕達は行けないのだ」

「だから——考えるまでもないことですよ。論理的に考えるならば、上田さんが我我に伝え損ねたのだと考えるしかないでしょう」

「そうでないなら、我我が莫迦ということかね。しかし、君はこれで諦めるというのか。そんな、古今東西の凡百書物が揃っていて、しかも購入できるなどという夢のような場所があるのだとしたら——」

ないんですよと松岡さんは言いました。

「あったとしても誇張されている」

「誇張だと」

「そうでしょう。古今というが、本が売り買いされるようになったのは最近のことですよ。版元には在庫があるかもしれないが、それとて自分の舗で開板した本しかない訳でしょう。貸本屋には読本の類しかない。漢籍から経典から、果ては藩史稗史の類まで揃えているなんて、考えられんでしょう」

「考えられんこともないだろう」

「不可能ですよ。それに洋書だって個人が簡単に買えるものではない。幾ら洋行流行りと言っても、然う度度行けるものですか。外国に本を買い付けに行くなんて酔狂な金持ちは、今のこの邦にはいないでしょう。貿易会社だってそんな売れないものは買い付けて来ない」

「しかし、現に僕の手許には、『The Odd Number』がある。あれは君が上田君から借りて又貸ししてくれたのだぞ。あの本は出版されて間もないものだ。あんなものは丸善にだって未だ入荷していない。入手ができんから、國木田さんが読みたがって困るくらいだ」

「まあ、時機が合えば買うことは不可能ではないでしょう。それこそ偶然に渡米していた知人がいて、偶然に購入してくれたというようなことはあり得ますよ」

そんな都合の良い話は然う然うないだろうさと、田山さんは頰を膨らませて言いました。

「入手したのは他でもない、上田敏その人だよ。彼はその店で手に入れたのだと言っているのだろう」

「私にはそう言ったね」

「ならだな」

「いや、言ったけれども、上田さんにだって事情があるのかもしれないでしょう。入手経路自体は他にも考えられる訳だし、もしかしたら公言できぬような筋から手に入れたのかもしれない」

「上田敏がかい。まあ、目の前にあんな本があったなら、僕ならば多少非合法な手段でも手に入れてしまうだろうが、上田君のような秀才がそんなことをするかな。それに、だ。上田君というのは事情があるからといって、君や僕を騙したりするような御仁かい」

「騙したというより、流言を利用して誤魔化したのかもしれないですね。その奇妙な書舗の噂は、慥か数年前から文壇歌壇に流れていたのでしょう」

「四五年前に聞いたと思うがね」

「なら彼も耳にしていたのですよ、その夢物語を。彼は一高時代から『文學界』の同人で、『帝國文學』なんかにも関わっているのだし」

「夢だというのか」

「そうではないのですか。さっき言った通り、刊行されたばかりの洋書から旧幕時代の絵草紙まで取り揃えているというのは、無理がありますよ。巖谷先生が何を買われたと仰っているのかは知らないけれども、泉さんに至っては新聞の切れ端だの絵草紙だのを押し付けられたという噂ですよ。当の本人は黙して語らぬけれど、それが真実なら、そんな屑屋（くずや）のような書舗がある筈もない」

「ないというのか」

「現にないではないですか」

「なら何でついて来たのかね」

田山さんは眉間（みけん）に皺（しわ）を立てて松岡さんに向き直りました。

「君は二言目にはそういうことを言う。慥（たし）かに君の言うのは正論だろう。だが、今の我我の状況に対して、その正論はどんな意味を持つのかね。厭なら帰れば良いのだ。正論で愚かな僕を諭したいのかい。噫（ああ）、与太を信じた僕が愚かだったと改心し、君に従えというのか。真っ平（まっぴら）御免さ」

「激昂（げきこう）することはないだろう。そもそもこちらがご存じないと仰るのだから、その時点で望みは断たれているのだ。それとも当てもなく日暮れまで二人でうろつけば気が済むのですか」

「申し訳ありません」

頭を下げると、言い合いをしていた二人は矢張り同時にこちらを向いて、貴女の所為ではありませんと、声を揃えて言いました。

それがあまりにもぴたりと揃っていたので、可笑しくなってしまい、また笑ってしまいました。

オヤ可笑しいですかなと田山さんが尋きます。

「失礼しました。お気に障りましたのならお詫びしますわ」

「気に障るなんてとんでもない。専ら悪いのは我我ですよ。しかし、ご存じありませんかなあ」

「家の者に本など読むなと令られておりますので、書物に縁がないのです。読みたい気持ちはあるのですけれど、何を読んだら良いのか判りませんし――」

ですから。

「――もしかしたらあるのかもしれませんわ。わたくし、そもそも本屋さんというのがどのような店構えのものなのか存じ上げないものですから、もしや見逃してしまっているのかもしれません。世間知らずの、莫迦なのですわ」

田山さんは眼を円くしました。

「ば、莫迦だなんて。貴女のような方にそんな言葉を吐かせてしまう我我こそ莫迦ですよ。ええと」

田山さんは言い淀みました。

失礼ですがお名前をお伺いしても宜しいですかと、松岡さんが継ぎました。

「差し支えなければ、ですが」

「塔子といいます」

姓は言いませんでした。

言いたくありませんでした。

「五重の塔の塔に、子供の子です」

「そうですか。では塔子さん、この友人が聞き分けのないことばかり言うので、ご迷惑でしょうが再度お尋ねいたします。この辺りに――」

燈台はありませんか、と松岡さんはお尋ねになりました。それはもう奇妙な質問に思えました。

「燈台。燈台と申しますと、あの」

「海辺にあるものではなくて。町中にある陸燈台です。ご存じないでしょうか」

そんなもの最近はもうないだろうよと田山さんは言いました。

「そんな奇態なもの、徳川の頃の名所図会でしか覧たことがない。田舎に行けばまだあるのかもしれないが、瓦斯燈のある時代に陸燈台なんぞあるものか。何を言い出すのだ松岡君」

「いや――それこそ頭から信じていなかったから、これは貴君（あなた）にも言っていなかったことなのだが、その店はそういう形の建物だと上田さんは言うのさ」

「そういう形とは」

「だから陸燈台ですよ」

流石（さすが）にその話はないなあと田山さんは大袈裟（おおげさ）に体を揺らしました。

「陸燈台なんかは僕だって現物を見たことがないが――あれは西洋建築ではないのだろう。絵で見る限りだが、あれは、そのだな、こう反（そ）っていて、上が細くなった櫓（やぐら）のお化けのような異様な建物じゃなかったかな。燈台というくらいだから、高さはあるのだな」

「そうだろうね」

「そんな書舗はないだろう」

「だから言わなかった。今時そんな建物もないだろうし、あったとしても、常識で測るにそれが書舗であることは、ほぼないでしょう」

「ないだろうなあ」

「まあ、伝えはしませんでしたが、聞いてはいた訳だから多少気にしてもいたのだけれど、生憎そんなものは見当たらなかったように思いますが。あったならかなり目立つと思うのだけれども」

「なかった——と思うが」

「燈台ですか」

「否、それは形状が類似しているというだけなのであって、実際に存在するとしたら火も燈らないし、陸燈台よりうんと大きい筈です。何しろかなりの量の蔵書が」

「あります」

「いや、ですから」

「あると思います」

松岡さんは二度瞬きし、黙ってしまいました。田山さんは一度松岡さんの顔を覗き込み、それからこちらを向いて、本当ですかお嬢さん、と尋かれました。

ある——のです。

多分、ですけれど。

お寺に行く一本道の途中に。

多分、というのは、それが何であるのか判らない上に、まともに見たことさえないからです。

それは、迚も迚も大きな建物なのに、不思議に景色に馴染んでいて、ともすると見逃してしまうのでした。

芙蓉とはまるで逆さまです。

明らかに異質なものなのに、それは何故か風景に溶け込んでいるのでした。

まるで樹木か何かのように、それはそこにあるのが当たり前というように、あるのです。

その所為なのでしょうか。アレ、と思うと通り過ぎていたり、この辺かなと思って見ても、まだウンと先だったり、兎に角道すがらずっと注意し続けていなければ、見ることさえ叶わないのでした。

でも、そもそもその建物が何なのか判らないのですから、用がある訳もなく、用がなければ気にもしません。

ですから幾度となく前を通っている筈なのに、きちんと見たことなど一度もないのです。いつも通り過ぎてからオヤと思うだけなのでした。

でも、覚えてはいました。

ただ本屋の何たるかも知らぬような者が、本屋としては破格であるらしいそれをして本屋だと思う訳もなく、だからこそ知らぬと申し上げたのですが、異様な、そして燈台のように高い建物というのならそれしかなく、またそのような建物はそこ以外では見たことがないのですから、先ず間違いはないと、そう確信したのでした。

「ご案内いたしますわ」

そう申し上げました。

「それは——ご迷惑ではないですか、お嬢さん、いやその、塔子さん」

「そんなことはございませんわ」

迷惑とは思いませんでした。

どうしたことでしょう、あの建物こそが、このお二人の探している書舗なのだと、そう思い至った瞬間、気持ちが大層弾んだのです。

ずっと、打ち沈んでいた気持ちが。

みるみる軽くなったのです。

朝早く——。

今日は未だ暗いうちに鬱鬱として目が覚めたのでした。

目が覚めたというよりも能く眠れなかったのです。

宵のうちから愚にも付かぬ考えをあれこれと巡らせ、夜が更けても収まらず、心は沈むばかりで、迚も眠っていられなかったのです。

その気鬱を晴らそうと、こっそり身支度をして、誰にも見られないように家を出たのでした。家を出てどうにかなるようなことでないことは判っていましたが、それでもあの家にはいたくなかったのです。何か考えなくてはならないのに、何も考えることができず、だから気は晴れず、晴れぬものの薄れはして、そしてそのうち、何をしているのか何をしに来たのか判らなくなってしまっていました。

それでも家には戻りたくなくて、人気（ひとけ）のない方を目指して歩いていただけだったのです。そこに、突如として芙蓉のお化けが現れたのでした。

そこで――もう思考は停止してしまったのです。

尤も、考えられたところで結論の出るようなことではなく、縦（よ）しんば何かを考え付いたとしても、それで解決するようなことでもなかったのですが。

同じような境遇の人は世の中にごまんといて、その人達はそれを不満にも感じず怪訝（おか）しいとも思わず、勿論不幸とも思っていないのです。いいえ、そもそもそれは不幸ではなく、仕合わせなことなのでしょう。

悩む方が変だということです。

でも、一度気にしてしまったらもういけません。

逃れられないのです。永遠に解決しない悩みごとに取り憑（つ）かれてしまっているようなものです。忘れようとしても無駄なことです。

忘れると言うのなら、先程のように忘我になるより道はありません。

悩みごとを忘れるのではなく、悩んでいる自分を消してしまうのです。

それはもう、草や樹（き）になるようなものでしょう。そうなれば、何か気が紛れることでもない限り、笑うことすらないでしょう。

そこにある芙蓉と同じなのです。

「わたくし、悩んでおりましたの」

唐突に、そう言いました。

「ほう」

「恋の悩みなら良かったのですけれど」

田山さんが口を開きかける前に、そう言いました。

実際、そうだったならどれ程気が楽でしょう。

「でも、お二人とお話をしているうちに迚(とて)も気が楽になりました。今日は、笑うことはないだろうと思っていましたのに、二度も笑ってしまいましたもの」

「いや、その点に関しては面目ないと言うよりない。当方に笑わせるつもりなど毛頭なくてですな、笑われたようなものですな」

田山さんは半巾(ハンケチ)で額の汗を拭(ぬぐ)いました。

「笑わせるつもりがなくたって、笑われるという形で支持されたのだ。文句を言う筋合いではないのだろう」

松岡さんはそう言うと、初めて笑いました。

嫌味な男だなあと田山さんは口を尖らせます。

「さあ、早く参りましょう。ここは陽射しが強くっていけませんわ」

案内するのですから、先を歩かねばなりません。

何かしなければならないことがあり、それが自分にしかできないことであり、それを率先して行えるというのは、何と素晴しいことでしょう。

この小石道は行き止まりで先がありません。

少し戻って径を抜けて、大きな通りに戻り、坂を少し登って、お寺に続く細い道に入らなければならないのです。

程なく、その道の入り口に至りました。

「此方ですわ。この道を行くのです」

「はあ、いや、でも此処は入ったと思うがなあ。どうだ松岡君。入っただろう」

「入りましたね」

「何処まで行かれました」

「何もなくて、そう、花屋が見えて」

「その先にお寺がありませんでしたか」

「ありましたな。道が真っ直ぐに三門に通じていて、門前に横道も見当たらなかったので、寺までは行かなかったが、するとその先がありましたか」

「いいえ」

この道は寺に行き着いて終わりです。

あのお寺への参道なのです。

「じゃあ寺の裏ですかな。そんな高い建物があったかなあ。あのお寺には塔もなかったように思いますが」

お寺に行く途中にあるのですわと答えると、田山さんはそれは断じてないでしょうと言いました。

「あの道は一本道でしょう。僕はちゃんと道道左右を見て通ったつもりだ。何もなかった。なあ松岡君」

「私も気づかなかったが——それは私や録さんに、観察する力が欠けていたというだけなのかもしれないね」

「何だって。そんな、現にあるものが目に見えなかったりするものか」

「見落としということはあるでしょう。それにね、人は時に、ないものを見たりするのですよ」

「ないものだと」

「ええ」

松岡さんは空を見上げました。

空は、全体が眩(まぶ)しくて、迚(とて)も長く見てはいられません。

「あり得ないもの、理屈では測れないものを見聞きしてしまうことは——あるのですよ」

「それはな、松岡君。所謂幻覚とか錯覚とかその手のものではないのかね。そうでなければ神経の所為だと、昨今ではそう謂うぞ」

「そうかもしれない。そうなのだろう。でもね、録さん。貴君は先程、自分にとっての事実というようなことを言ったろう」

「そんなことを言ったかな」

「立ち止まっている彼女に我我の方が近付いて行ったにも拘らず、貴君は彼女が現れた、と言った。彼女は現れてなどいない。ずっと立っていただけだ。でも、録さんは現れたと言う」

「いや、だから僕にとって、という話じゃないか。僕にとっては――」

それが事実だと言うのだろうと松岡さんは難しい顔をして言いました。

「同じことだ。幻覚を見た者には、それが事実ではないのか」

「それは正論というより極論じゃないのか、松岡君。僕にとって彼女が現れたというのは、これは幻覚ではなくて紛う方なき現実だよ。凡ては受け取り方の問題だろう。僕にとって、僕の視点というのは固定されているのだ。僕の視点を基準にするなら、僕が移動するということは、世界が移動するということになる。それだけのことだ」

そこですよと松岡さんは言いました。

「そことは」

「貴君の視点で見た事実は貴君にとっての事実でしかなく、普遍の事実ではないということです。ならそれは幻想と同義ではないのか。個人にとっての事実というのは世間にとっては幻と同じなんですよ。私は、そこから抜け出せない。叙情的だの浪漫派だのと謂われますが、それは私が、私というものを消せないでいるからですよ。だから貴君もモパサンに魅かれたのではないのですか」

きっと、文学のお話なのでしょうが、珍糞漢です。

「私を消す意味が僕には解らん。私が間に入ろうと入るまいと、事実は事実だ。寧ろ私にとっての事実こそが大事なのではないかね」

「そうでしょうか。それは果たして、ありのままに書くということなのか」

「いや――」

「ここです」

議論なのか口論なのか、お二人は互いに互いの顔を見たまま話し続け、どんどんと前に進んで行きます。

「こちらです」

少し大きな声を出してしまいました。松岡さんと田山さんは、一度怯りとしてから立ち止まり、足並みを揃えて後退りました。ご立派な紳士が二人揃って同じ仕種をしたのですから、それは滑稽な様子でありました。

初めて——此処の前に立ちました。

お二人はすごすごと戻って来ると、建物を見上げてオウと声を上げられました。

「いやあ、こりゃあ大変な見過ごしだ。大いなる見落としだ。本当に燈台のような形だし、こりゃ間違いあるまい。いやあ、僕等(ぼくら)の目は節穴だぞ松岡君」

「そうですな」

松岡さんは帽子を押さえ、建物の下から上までを舐(な)めるように見てから、その節穴の、い、い、い、目で世間を見るということなんですよ録さん——と仰いました。

「節穴の目だと」

「見たまえ。こんなに大きな建物を見落としてしまう節穴の目を窓にして、ありのままの有り様などが書けるか、と私は言ってるんですよ」

そう言い乍(なが)ら松岡さんは切れ長の眼を細めて、それにしてもこれが書舗なのかと呟(つぶや)きました。

優に三階建てか、それ以上の高さはあるでしょう。道に面した窓はなく、両脇は藪というか林で、背後にも樹木が生い茂っておりました。

後ろは山なのです。

間口は兎(と)も角(かく)、奥行きはかなりあるように思えました。道端から見れば燈台のように見えますが、側面から見れば違って見えるのかもしれません。

建物は道から四間程奥まって建てられており、建物の前は草もなく、縁台のようなものがひとつ置かれています。ぼやぼや歩いていたって、気がつかないという道理はありません。

凡そ、見逃してしまうような景観ではないのでした。ただ、違和感はなく、どうも山の一部、林の一部に思えてしまうことも慥かでした。

「矢張り本屋には見えんなあ」

田山さんは顎を擦りました。

「慥かにこれだけのものに気づかなかったというのは不覚だが、気づいていたところで目的の場所とは思わぬよ。松岡君が聞いていなければ、そして塔子さんにお遭いしていなければ、永遠に辿り着かなかったところだ。いや、しかし目の当たりにしても信じ難い。本当にこれは書舗なのか」

「さあ。存じませんけれど、もし違っていたとしたって、お二人ともわたくしをお責めにならないでくださいましよ。お探しの条件に合っている建物までご案内したというだけで、わたくしはここが本屋さんかどうかは存じ上げませんと――最初から申し上げておりますのよ」

「勿論責めたりはしませんよ。だが、ほら、あれ。もしかして休業しているのではないですか」

田山さんが指差す先、建物の入り口の前には簾（すだれ）が下がっており、どうやら半紙が一枚貼ってあるのでした。

「何だい。忌中かな」

「忌ではなく、弔ですね。とむらい、と一文字記されています。そういう風に記す土地もあると聞いていますが――」

そこで、重そうな引き戸が何故か音もなく僅かに開き、簾が揺れて――。

少年が顔を覗かせました。

少年――でしょう。

驚く程整った顔の童（こども）です。十歳か、十二歳か、そのくらいの齢（とし）でしょうか。

色の白い、京雛（きょうびな）のような顔付きでした。

これで剃髪さえしていなければ、少女と思っていたかもしれません。

白い衣に襷掛（たすきが）け、黒い裁着袴（たっつけばかま）に前掛けを締めています。一瞬、法事で訪れたお坊さんのお供かとも思いましたが、その出（い）で立（た）ちを見る限りは違うようです。

「オヤ、小坊主が出て来た」

田山さんはそう言って、少年に近付きました。

「今日は法事か何かなのかね。それより此処は」

「法事」

「あの、だな」

「法事はございません。手前はこうして手桶と柄杓を持っていますが、本日は陽射しがやけに強いので、お客様がお帰りになる時に埃が立ってはいけないと、店の前にお水を撒こうというのです」

「いや」

「皆様はお客様でいらっしゃいますか」

「その、まあ客なんだが、此処は」

此処は本屋でございますと少年は言いました。

「矢張り本屋なのかね。その、一見はお断りとか、そういう」

「そんなことはございません。当店は広く一般に門戸を開いているのです。ただ、今主人が接客中でございまして」

「これは」

松岡さんが簾の文字を指し示しました。

「それは、当店の屋号でございます」

「店の名、ということか。これは看板のようなものなのだね。そうだとすると、やけに変わった屋号ではないか」

「はい。手前どもの店は」

書楼弔堂と申します——。

少年はそう言いました。

「本を売っていますか」

「本しか売っておりません。あ、錦絵も雑誌も新聞もございますが」

そこで少年はア、と声を上げ、しまった間に合わなかったと言いました。

「申し訳ありませんが、道をお空けください。お客様がお帰りのご様子ですので」

建物の裡から、それではまた相談に来ますよ、という声が聞こえました。

続いて簾を上げるようにして初老の紳士が出ていらっしゃいました。

銀縁眼鏡に品の良い口髭を蓄えた、四十代くらいの紳士でした。

紳士は少年に向けて、お世話様だったなしほる君、と声を掛けました。少年は恭しく頭を下げ、毎度有り難うございます、と言いました。

紳士は、田山さんと松岡さんに一瞥をくれて、それから軽く会釈をされて歩き去って行きました。

松岡さんはその後ろ姿を目で追って、それから少年に向けて、

「お見受けしたところ——今出て行かれたお方は、田中稲城先生だと思うのだが、見間違いだろうか」

とお尋ねになりました。

少年は、

「はい。左様に承ります」

と答えました。

「た、田中稲城といえば、この間できたばかりの帝國圖書館の館長じゃないのか」

「ええ。日本に於ける図書館学の泰斗ですよ。そうですか、どうやら此処は、この燈台は、本当に夢の書舗——のようですね」

松岡さんはそう言った後、暫くはその田中何某という方の過ぎ去られた方角を眺めていらっしゃいましたが、すっと振り返り、入れて戴いて宜しいか、と少年にお尋ねになりました。

「勿論構いませんが、何かお探しの本がお有りですか」

「まあそうだが、何故そんなことを尋くのかな。書物などというものは、注文して探して貰ったり取り寄せて貰ったりするもので、新刊本を除けば店頭で探して見つかるようなものではないと思うが」

「はあ。手前どもの店は少し違っております。主人の申しますには、当店は書物の霊廟、主人は無縁仏の縁者を見付け、縁付けて供養するために本を売っております。ですから、この裡には凡百の浮かばれぬ書物が眠っているのでございます。つまりお求めになる本がお決まりでない場合、かなり迷われることになるかと」

「ふん」

どうしたことでしょう。

松岡さんは鼻で嗤いました。

「面白い理屈だが、受け売りだね」

少年は口を尖らせて、黙ってしまいました。

松岡さんは、思いの外意地悪な人なのかもしれません。少年はでもそうなんですと言い訳でもするように言って、ぷいと横を向きました。

そこで撓、撓、何をしているのですという声が聞こえてきました。

これまた張りのある佳い声音でございました。

「熱気も湿気も好ましくないのは解っているでしょう」

声は近付いて来て、戸口のところで止まりました。

裡は暗くて、しかも簾越しなので、声の主の容姿は判りません。

「おや、お客様なのかい。それなら何故早くご案内しないのだ。この炎天下にそんな処でお待たせして、駄目じゃあないか」

解っておりますさあどうぞと、しほる少年は少少不貞腐れた様子で言いました。

松岡さんを押し退けるようにして先ず田山さんが入りました。松岡さんは一度ちらりと此方に視軸を呉れました。

貴女はどうしますか、と問われているようでした。

考えてみれば、案内が済んだ段階で、お互いにもう用はない筈なのです。でもこのまま帰る気はしませんでした。

帰りたい場所もありません。

帰ったとしても、家人(かじん)に合わせる顔もありません。

松岡さんは何かを言いかけたようなのですが、聞く前に足を踏み出し、松岡さんより先に裡(なか)に入ってしまいました。

途端に目が全く見えなくなった——ような気がしましたが、それは単に目が慣れていなかっただけなのです。屋外の強い陽射しに長く晒(さら)されていた所為で、微暗(ほのぐら)い室内が暗黒に思えてしまったのでした。

背後から松岡さんのおお、という声が聞こえました。

それからもう一度、視界は途切れてしまいました。

松岡さんが戸を閉められたのでしょう。

目が慣れるのには時間がかかりました。

しかしやがて、徐徐に異様な光景が眼前に浮かび上がり始めたのです。

異様としか言いようがありません。似たような景色を知らないのです。

吹き抜け三階建ての、壁面は全て本でした。

当然壁に窓はなく、随分上の天井に明かり取りのような窓があるだけです。

内部はかなり広く、台のようなものも幾つか置かれていて、その上にも本が並べられています。一定の間隔で橙色(だいだいいろ)の光を発しているのは蠟燭(ろうそく)でした。燭台(しょくだい)が立てられているのです。

一番奥は帳場のようになっていて、階段らしきものがあるようです。

兎(と)に角(かく)、本ばかりです。

本しかありません。

見渡しても見上げても、あるのは本なのでした。そのうえ、どうなっているのか判りませんが、建物の中はひんやりと涼しいのでした。

「これは、見事だなあ。なあ、松岡君」

田山さんも圧倒されているようです。

松岡さんは冷静そうでしたが、何も言葉を発しませんでした。

「いやあ、まあ大したものだ。ご主人、これが全部、売り物なのですか」

「はい」

そこで漸(ようや)く、先程の声の主の姿を確認することができました。

白い着流しの男性でした。年齢は判りません。背は松岡さんと同じくらいで、豪(えら)く姿勢の良い人でした。

「ようこそいらっしゃいました。店先で失礼がありましたのなら、改めてお詫びを申し上げます。扨(さて)――当て推量で申し上げるのですが、お二人は新体詩人の――田山花袋(かたい)様と松岡國男様ではございませんか」

「お見通しですか」

松岡さんはそう言って、ご主人の前に立たれました。

「如何(いか)にも私は松岡。彼は田山です」

松岡さんは険しい顔でそう言いました。

何故でしょう、松岡さんはこの建物の主(あるじ)に対し、酷(ひど)く警戒をされているように感じられました。

一方、ご主人は愛想も良く、寧ろ慇懃(いんぎん)な感じでお答えになりました。

「そうでしたか。いやあ、お目に掛かれて光栄です。お二人とも、お作は紅葉会(こうようかい)時代から注目させて戴いております。勿論今年出された『抒情詩(じょじょうし)』も読ませて戴きました」

「世辞ですか」

「とんでもない。私は世辞を言える程社交性のある人間ではございません。墓標に囲まれ位牌(いはい)に埋もれた世捨て人、世辞の効かない本を相手に暮らす者です」

「しかしご主人。和歌と新体詩はまるで別物でしょう。その両方をご存じというのはどうですかね。和歌を好む方は新体詩など読まないでしょう」

「形式が違うだけで作者は同じです。私は節操がないもので、気に入った作者の作品ならどんな形式のものでも読みます」

「あなたは何者です」

　松岡さんはそう問いました。

「何者でもいいじゃないか、松岡君。この人はこの店のご主人なんだよ。それよりご主人、貴殿は先般上田敏氏に『The Odd Number』を売られましたかな」

「慥かに」

　お買い求め戴きましたとご主人は答えました。

「それは、注文してあったとか」

「違います。上田様は、らふかでぃお・へるん先生のご紹介でいらっしゃいました」

「へるん――小泉八雲先生か」

「はい。先生の談に依れば、上田様はこの国で一番英語が堪能な学徒でいらっしゃるとか。お噂は帝國大學在籍中から耳にしておりましたから」

　嘘でも誤魔化しでもなかったぞ松岡君と田山さんは言いました。

「そうですか。いや、実はかの洋書は現在僕の処にあるのです。まあ、この松岡が借りたのを又借りしたのだけれども――どうですご主人、あの本はもう一冊、ありませんかな」

「もう一冊ですか」

是非買い求めたいと田山さんは強い口調で言いました。

「既にお読みになっているのではないのですか」

「読みましたよ。読んだからこそ欲しいのですよ。読み込みが足りない。もっとちゃんと読みたいのだ。いや、実は翻訳しようと思っているのですよ。でも、あの本は何処にも売っていないので、國木田獨歩なんかも貸せと言うのです」

ほう——とご主人は感嘆の声を上げました。

「ご立派な方方にお読み戴き、あの本は仕合わせです」

「本が仕合わせなのではなく、巡り合った僕が仕合わせなんですよ。何といってもモパサンは違う。何かが違う。美文だ口語体だ、定型だ新体詩だと、あれこれ実験を繰り返していますがね、文体だけの問題ではないのだろうと思うのです」

思想の問題だよと松岡さんが言いました。

「録さん——いや花袋さん。貴君が、かの書を訳そうとしているという話は今初めて聞いたが、どういう心積もりなのだ」

「それは是非お聞きしたいですね」

ご主人はそう言うと、こちらを向いて、

「撓、ぼやぼやしていないでそちらのご婦人に椅子をお勧めしなさい」

と仰いました。それから、

「全く、気が利かなくて申し訳ありません。どうも此方様のお話はすぐには終わらないようですから、お座りください」

と言いました。

どういう関係かとか、何者かとか、そういうことは尋かれないのでした。

見透かされていたのかもしれません。

しほるさんは、すぐに椅子を運んで来てくれました。続けて松岡さんと田山さんの分も運んで来たので、前に置いてくれるようにお願いしました。一緒に並ぶのは気が引けたのです。

二人は並んで座りました。

「いやね」

田山さんは松岡さんからぷいと顔を背けて語り始めました。

「まあ、君も知っての通りに、僕は漢詩を学び、尾崎紅葉に小説を学び、硯友社で活動もしたさ。江見水蔭の薫陶も受けた。また、様様な縁で松浦萩坪の知遇を得、歌をやり、君とも知り合った訳だがね」

知っているよと松岡さんは素っ気なく言いました。

「小説も書いたし、和歌も詠んだ。詩も書いた。でもね、違うんだよ」

「何が違う」

「違うのさ」

「だから」

それこそ君は知っているだろうと田山さんは苛付いたように言いました。

「僕が書いた『瓜畑』を君は読んだだろうに。あれを君は何と評したね。文は美しいと言ったんだ、文は。全くその通りさ。まあ、大した出来じゃあないし、どれだけ良く書けていたとしても、このままじゃあ二番煎じだと思った。だからもっと文体に工夫をしようと思ったのだ」

いいではないか、と松岡さんは言いました。

「記録するための技法は未完成ですよ。先達が工夫を凝らす、それだけでは飽き足らずに更に考えて、変えて行く、それが後続の役割でしょう。ただ、試行錯誤を重ねても巧くなるとは限らない。私だって浪漫だの叙情的だの謂われるのだし、巧く行かぬのは私も同じですよ」

では尋くがね、と田山さんは椅子の上で居住まいを改めました。

「美しい文章とは何だね。美しいというなら文語は充分に美しいだろう。何で変えなくちゃいけないんだ。変えるなら変える意味がある筈だな。それでは伝わらぬから変えるのだろう。文は意を伝えるためにあるのだ。じゃあ何を伝えるかということになる」

「文体は文意と呼応してあるべきだし、それはまた思想でもあるべきだと、私は思うが」

その通りだよと田山さんは言いました。

「まあ、こういった遣り取りは平素からのことなのですよ、ご主人」

熱心に聞き入っていたご主人は承知しておりますよと答えました。

「僕が数年前、友を頼って長野に行ったのを君は覚えているか、松岡君」

丁度四年前のことですよと松岡さんは答えました。

「そうだったかな。僕はね、ご主人」

松岡さんの方を見ていた田山さんは向き直りました。

「その時、人が死ぬのを見たんですよ」

田山さんはそう言いました。

突然、物騒な話になって来ました。

「死ぬと申しますのは――亡くなられたということですか、そのご友人が」

「そうじゃない」

知らない男ですよと田山さんは言いました。

「村の鼻摘みでした」

「破落戸ですか」

「ええ。重左衛門とかいう男でした。まあ村人は皆そいつを嫌っていたし、その男もまた村人全部に怨嗟の気持ちを持っていたのでしょうね。これが無頼で、悪党で、犯罪者だった。村の秩序を乱す手の付けられぬ自然児ですよ。奴は孤立していたんですよ」

「その男が死んだのですか」

「死んだんですよ。溺死です。強かに酔って、池に嵌まって死んだのです」

「事故ですか」

「見殺しにされたんですよ。ご主人」

「それでは」

「村に」

殺されたんです——と田山さんは言いました。

「それは下手人は村人全部、ということでしょうか。村人全員が共謀して殺害した、謀殺——ということなのですか」

「さあ。罰せられた者は一人もおりませんからね、下手人はいないんですよ。誰かが犯人なのではなく、村が殺したんです」

新聞にも載りました、と田山さんは言いました。

「飲酒酩酊の末溺死、とありました」

「なる程」

ご主人はそれは興味深そうに相槌を打ちました。

「これはね、僕にとっては事件だった。人死にが出たのだから世間にとっても、まあ事件ではあるでしょう。しかしあれは、飲酒酩酊の末溺死で済むようなことではないんですよ、少なくとも僕にとっては」

君の言う節穴の目を通すとね、と田山さんは松岡さんに言いました。

「僕は、この話を少しばかり詳しく江見水蔭に話した。ご存じですね、硯友社の江見さん」

ご主人は首肯きました。

「彼は興味を示し、その事件を作品にすると言った」

ああ、とご主人は声を上げられました。

「それは『春夏秋冬』に掲載された『十人斬』ではないですか」

能くご存じだなあご主人、と田山さんは呆れたように言って、松岡さんに顔を向けました。

「世辞じゃなく、見栄でもなく、本当に何でも読まれているようだよ、こちらは」

松岡さんはうむ、と答えただけでした。

「しかし、田山様。あの江見先生の小説は慥か、その頃巷を賑わせていた河内の十人殺しに材を採ったものではありませんでしたか」

見せ掛けですと田山さんは言いました。

「江見さんは、僕の話したことに少なからず衝撃を受けたようなんですな」

貴君の話し振りが大袈裟だったのではないのかと松岡さんは言いました。

「僕は普通に話したよ。講釈師じゃあないからな、面白可笑しくは話せん。まあ、それも凡て僕がこの節穴の目で見たことを、少ない語彙でぼんくらに語ったのだから、事実そのままじゃあないのだろうがね」

根に持つ人だなあと松岡さんは苦笑します。

「持つさ。それだって真摯に話したつもりさ。それよりもさ」

それよりも何でございましょうとご主人はお尋ねになりました。

「お聞きした限りその一件は、潤色などせずとも充分に情を煽る出来ごとかと思えまするが」

「ああ。江見さんはね、事件のあらましは元よりなんだが、それが創りごとではなく実際に起きたことであり、しかも、目の前にいる僕自身が見聞きしたことであるということに、何かを感じたようなんです。だから、作品化するに当たっても、事実であるということを必要以上に知らしめなければならなかったんでしょう」

「しかし別の事件と結び付けることは、寧ろ虚構性を担保することにならないか」

松岡さんは訝しそうに言います。

「人口に膾炙した事件であれば尚更ではないですか。世間の誰もが識っていることなのだから、これは真実ではないと宣言しているようなものでしょう」

松岡君——と呼びかけ、田山さんは小振りな唇を突き出します。

「君の言う世間の人人はね、君程聡明じゃあないのだよ。だから見せ掛けだと言ったんだ。江見さんは、実際に世間を賑わせている事件を看板に掛けたのさ。そうすると、オヤあの事件のことが書かれているのだなと思うだろう。最初から事実と勘違いして読み始める。そこが肝腎なのさ」

これは小細工だと本人も言っていましたからねと、田山さんはご主人に向けて言いました。

「小細工ですか」

「まあ小細工でしょう」

「小細工は宜しくないと」

「いや、僕はそれが悪いとは思いませんよ。そもそも、新聞に書いてあることは事実だと、皆そう思って読む訳でしょう。実際はそうじゃあないですからね。誤報もあれば憶測もある。記者の書き振りで白も黒になる。皆、それを信じるんですよ、事実だと。どうです、ご主人」

昨今そうした風潮はあるかもしれないですねとご主人は答えました。

「瓦解（がかい）前は、そもそも報道という概念そのものがなかったように思います。例えば事件を記すという行為自体も、文に記して刷り増やし、早く広く事実を知らしめるためにされていたのかは、これ疑わしゅうございます」

ご主人は帳場の方に顔を向けられました。

帳場の上には、昔の刷り物が沢山提げられています。

「瓦版（かわらばん）にしても錦絵にしても。売り物としてあった訳ですから、事実関係の正確性を求める者はおりませなんだ。当然面白い方が売れましょうし、ならば面白く書きましょう。しかし印刷の技術が進み、取次業などが分離して以降は、少しばかり様子が違ってしまった感がありましょうなあ」

「皆、疑わず真実と取る」

「はい。送り手がそれを自覚しているようには思えませぬが、受け取る方は――」

そうなりましょうとご主人は言いました。

「そうでしょう。誰も疑わんのだ。江見さんは、その辺のことをひとつの技法として採り入れたんですよ」

技法かと松岡さんは独り言のように呟かれました。

技法なのさと田山さんは言いました。

「だから、悪くはない。悪くはないが、僕は納得がいかなかったんだよ」

「その技法が、でございましょうか」

　ご主人の問いに、田山さんは頭を振られました。

「そこに書かれていることは、僕が知る事実とは違っていたからです」

「脚色がしてある、変更があるということでございましょうか」

　そんなことじゃあないのですと田山さんは言って、立ち上がりました。

「もっともっと、本質のところですよご主人。固有名詞が変えられている、舞台が別に移されている、設定やら道具立てや何かが違っている、そんなことは構いやしない。それを変えることで事実が伝わるなら、構いやしませんでしょう。江見さんの小説は能くできているのかもしらんが、僕が長野で体験したことは何も書かれていない。書かれているのは」

「江見先生が田山様のお話から衝撃を受けたという事実――ということですか」

　ご主人はそう仰いました。

　田山さんは立ったまま口をへの字に曲げて、まあそうですと言いました。

「どうも、違う。でも何処が違うのか解らなかった。根底に事実があるのだし、その昔の戯作や読本のように、何から何まで創りごと、面白ければ良いといった作り方ではない。ならば矢張り文体なのか。昨今の小説家はあれこれと工夫を凝らし文体を発明するけれど、それで良いのか」

文体を変えれば新しくなりますかなと田山さんが問うと、ご主人はそれはございますまいと答えました。

「ただ、新しいものを書くために新しい文体が必要になることはございますでしょうなあ。私如きが申し上げますのは甚だ僭越なことなのでございますが——尾崎先生の小説が昔乍らの文語体で記されていたならば、同じ感銘は得られていなかった筈でございますし、森先生の作品が口語体交じりの軽妙な文体で記されていたなら、受け取られ方は大きく違っていたのではありませんかな」

「そうです」

そこでモパサンですと田山さんは拳骨を作って宙を打ちました。

「松岡から借りて読んで、少少打ちのめされてしまった。事物が平面的に記述されている。なのに、読む者の中には物語が生まれる。泣いたり怒ったり同情したり、心的な変化が生じるんです。余計な脚色や潤色はないのですよ。これを日本語に引き写してみたらどうなるのか、是非やってみたい。僕は上田さん程英語が堪能ではないし、和訳の才もないとは思うが、それでも己で訳してみたいのです」

松岡さんは熱弁を振るう友人を見上げて黙しています。案じているようにも、困惑しているようにも見えました。何卒『The Odd Number』をこの僕に売ってくださいと言って、田山さんは頭を下げました。

　松岡さんは少しだけ、頬を攣らせたようでした。

「頭をお上げください。お話は諒解いたしましたが、生憎あの本はもうありません」

「在庫がないのですか」

「うちは副本の在庫を持ちません。求める方に求められる本を、この世でただ一冊の本を、お売りするだけです」

「一冊――」

「はい」

「では『The Odd Number』を所有するに相応しい男は、僕ではなくて上田敏だとご主人は仰るのか」

「止したまえよ」

　松岡さんが田山さんを制しました。

「何のことはない、そんなことなら何故早く言わないのです。上田さんには私から花袋が訳し終わるまで貸しておいて欲しいと話しますよ。國木田さんには暫し待てと伝えよう。それで済む話だろう」

「だが松岡」

「それの何処に不都合がある。所有することに大した意味はないでしょう」

「それが――」

宜しいかと存じますと、ご主人がやや大きな声で言われました。

「ご主人」

「私は、上田様にお売りして良かったと思っております。上田敏様にお買い求め戴いたからこそ、松岡様、そして田山様と、あの本を欲し、またあの本から多くを読み取ることができる方方の手に渡ったのですから」

「他の本はないのですか」

松岡さんがご主人の言葉を遮りました。

「他の――本でございますか」

「私は田山とは違ってモパサンにはそれ程驚きを感じなかったのですが」

田山さんは目鼻口を顔の真ん中に寄せて松岡さんを見下ろしました。

「悪く言っている訳ではないのだから、睨まないでください。感想は人それぞれでしょう。いや勿論、評価もしています。坪内逍遙が指摘するような戯作的勧善懲悪小説でも啓蒙的政治小説でもない。そういう意味で極めて当節的小説だとは思いますよ」

「そうだろう。坪内先生は心理的写実主義を称えたが、結局ご自分ではそれを成し得ていないのだよ。それは矢張り、それに相応しい文体を作り出せなかったからじゃないのか。だとすればだな、松岡君」

そういう問題ではないのですと松岡さんは言って、腰を上げました。

「写実とは実を写す、と書く。モパサンの小説は慥かにそう読めないこともない」

「読めないこともない——ということは、違う読み方もあるということか松岡君」

「叙情的に過ぎると私は思います」

「おい。『抒情詩』の寄稿者とは思えない言葉だが」

「いいえ。感情を叙べるということに、どうも私は意味を見出せなくなっているのですよ。言葉を選び文を磨ぎ澄まし、文体を工夫して——それで個人の感情を吐露して、一体どうなります」

田山さんはおいおいと言って身体ごと松岡さんに向き直り、それからぺたんと椅子に座りました。

「よし此姿此言葉づかひ、世のさだめに違ふこと多くとも、猶これはわが思を舒べたる、我が歌なるをや——」

そう書いたのは何処の誰だいと田山さんは言いました。松岡さんは眼を細め、それはその通りですと答えました。

「『抒情詩』に寄稿した詩は、私の思いを叙べたものです。だからそう記した。しかし今、私が言っているのは、そうやって思いを叙べること自体に、私自身が意味を見出せなくなっている——ということですよ」

何があったんだ松岡、と田山さんは友を見上げます。

「何もありませんよ」

　松岡さんは冷たく言い放ちます。

「あったとしても、それは私の内面の変化でしかない。ならば貴君(あなた)には関係のないことです。況(まし)て文学にも思想にも、何の関係もない」

「僕はそうは思わないよ。僕は、僕を捨て去ることはできないからね。僕が書く以上作品には僕の内面が刻まれる筈だし、刻まれてしまうものだろうし、刻まれるべきだと僕は考える。問題は、それをどう普遍とするかということだろう。そのための技法が必要だと僕は言っているのだ。モパサンの小説はその足掛かりになるだろうと、僕は考えるのだ」

　原書ならございます――そこでご主人が割って入りました。

「ああ」

　田山さんは少し狼狽(ろうばい)してご主人の方を向きました。

　どうも、このお二人は会話に夢中になると周囲が見えなくなってしまうようです。

　いいえ。

　松岡さんはそうではないのかもしれません。慌てることもなく、淡淡(たんたん)と、全く様子が変わらないのでした。

　つまり、わざとそうされているのかもしれません。

「件の『The Odd Number』は英訳されたものですが、仏蘭西で出版されたモパサンの原書でしたら、こちらに何冊かご用意がございます。収録されている作品は違っていますが、同じ作品も何作か載っています。『The Odd Number』はモパサンの作品の中でも比較的健全なものばかりが選ばれているようですが——」

「仏語ですか」

仏語を訳すのは難儀ですなあと田山さんは頭を掻きました。

「それ以前に読み熟せるかどうか」

「ご主人は仏蘭西語もご堪能なのですか」

松岡さんが尋きました。

「堪能という程のことはございません。読めぬこともない、という程度で、会話など到底できません」

「と、いうことはその原書もお読みになったのですね」

「はい」

「モパサンを原書でお読みになったということは、ご主人はそれ以外の仏文学も読まれていますか」

「嗜む程度です」

「それではゾラもお読みになられた」

「エミイル・ゾラですか」

「そうです」

　松岡さんは一歩前に出られました。

「読んでいらっしゃるのか」

「正直に申し上げますと、私にはゾラの方が理解し易く感じられました。私は書物に埋もれて生きておりますが、文学的な素養というものはございません。その所為かもしれませんが」

　ゾラというと、あのゾラかと田山さんが尋きます。

「『Les Rougon-Macquart』の」

「ええ。モパサンもゾラの影響下にはある訳です。所謂、自然主義です」

「それは承知しているが、松岡君、君は何が言いたいのか。君の思考が僕には能く解らないんだがな」

「ゾラが提唱した自然主義文学が仏文学の潮流となったということは、まあ能く知られています。モパサンとてその流れの中で認められた作家の一人ではある訳でしょう。しかし——どうもその自然主義というものが、正しく理解されているのかどうか、きちんと実践されているのかどうか、私は疑問に思う。邦訳も少ないですし、それ程明るくないので何とも不確かな物言いでしかないのですが」

ご主人は腕を組み、少し考えを巡らせているようでした。

本当に年齢の判らない人です。

「エミイル・ゾラは、元元は浪漫主義的な作品を書いていたもの――と記憶しておりまする。慥か『Thérèse Raquin』辺りから人の内面を深く掘り下げる作風に転換し、やがて自然主義を提唱し始めるのでございますね。まあ『Thérèse Raquin』は夫殺しや不貞の話ですし、結末も含めて人の心の暗部を抉るような作品ではある訳ですが――それ故に、人の内面を包み隠さずありのままに描くことをして自然主義とするような向きもあるようですが、私はそれは少し違っていると思いますなあ」

どう違いますと松岡さんが問います。

「ゾラは、科学理論に基づいた小説を自然主義小説とした筈です。遺伝学などの医学理論や環境学など、実証された科学に沿った、科学に基づく、科学に反さない小説を自然主義小説と位置づけたのではなかったでしょうか」

「そうなのかな」

田山さんは顔を顰めました。

「私はそうだと思います。『Les Rougon-Macquart』も、遺伝学にその基本を置いている訳で」

「しかし小説というのは、科学で割り切れるようなものではないでしょう」

「割り切れないのは人ですよ」

　松岡さんが割って出られました。

「人は、人の心というのは、慥(たし)かに割り切れないものでしょう。しかし録さん。科学というのは正しい。科学理論というのは必ず実証されている。実証されぬものは理論として成立していないのですから。正しいものだけが科学たり得る訳ですから、科学は絶対に正しい。そもそも自然科学というのは、自然の法則を知る学問でしょう。これは曲げられぬものですよ。我我もその法則の中で生きている」

「それはそうだろうが」

「法則に反するものは間違っている」

「そうだろうか」

「間違っているでしょうよ。いいですか録さん、それこそ戯作的な創作であるならば荒唐無稽(こうとうむけい)なことがどれだけ起きようと、何の不都合もない。忍術使いが蝦蟇(がま)に変じようが石が流れて木の葉が沈もうが、何の問題もないでしょうよ。面白ければ良いのですからね。しかし、そうでないのなら」

　事実を書くというのなら――。

「天然自然の理(ことわり)に反したことを書いてしまっては嘘になるでしょう。そんなことは絶対に起きないのですから」

「だがな、松岡君。君、さっき言っていたのじゃないか。人は——時に、ないものも見るのだと。僕達がこの書楼弔堂を見逃してしまったように、見えるものも見えず、見えないものも見えることがあると」

「ええ。人は往往にして、それを神秘というのです。人は昼間に星を見ることも、お化けを見ることもあるんですよ」

お化け——。

「それは——天然自然の理に反しているものではないのか」

「反していますよ。しかし、それはあくまで人の内面での問題です。人の内面では起き得ぬことも起きる」

起きるじゃないかと、田山さんは言いました。

「ええ、起きますよ。ですから人の心は割り切れぬと言ったのです。人の心というのは斯様（かよう）にあやふやで、正体のないものなんですよ」

到底信用に足るものではないと、松岡さんは吐き捨てるように言いました。

少しだけ——どきどきしてしまいました。

「だからこそ、そんなものを前面に押し出したり、そんなものを通して見た世界を描くことに私は意味を見出せない。情だの何だの、そんなものを他人に開陳（かいちん）して、何になるというのですか。公（おおやけ）に供する作品は公なものであるべきでしょう」

何が叙情だと松岡さんは言いました。

「ご主人の仰る通り、自然主義文学とは科学に反さぬ小説——否、自然科学の文学的表出なのだと私も思う。そうあるべきだと思います。ご主人」

松岡さんはご主人に向き直ります。

「お尋ねするが、ではその、ゾラの本も此処にはあるのですね。ゾラを欲しがる者が然う然ういるとは思えません。売れてしまったとは考え難い。ならば、彼が自然科学と小説の関係を論じた『Le Roman expérimental』もあるのですか」

ございますとご主人は答えました。

「それを売っては戴けませんか。私は私が考える本来の自然主義を貫徹したいと思うのです。そのために、基本に立ち返ってきちんと学びたい」

何としてもお売りくださいと松岡さんは言いました。

ご主人は無言のまま帳場の横の洋書が並んでいるところまで進みました。

「商売でございますからご所望とあらば何でもお売りいたしますが——」

ご主人は書架に手を伸ばしつつ、一度その手を止めて、ゆっくりと松岡さんに顔を向けました。

「この本は、あなた様の一冊ではないと私は思います」

何処かで見たような顔でした。

「勿論、あなた様に必要な本ではあるのでしょうが——いいえ、もうあなた様には必要がなくなった本——でもあるのかもしれませんが」

「どういう意味です」

「意味はあなた様ご自身が」

　一番ご存じかと拝察仕りますがと、年齢不詳の店主は言ったのでした。

「この本の先——を見ていらっしゃるのではないのですか、松岡様は」

　ご主人はそう言うと、書架から一冊の本を抜き出して、静かに燭台の間を抜け、松岡さんの前に立ちました。

「慥かに、松岡様の仰ることは正論であろうと、私も考えます。世に不可思議はなかれども人は不可思議を見る。不可思議なき世に不可思議を見るは、錯誤以外の何ものでもございますまい。天然自然の理に反する物ごとは、幻覚妄想」

　しかし——。

　ご主人は本を一度顔の近くに掲げ、また下ろしました。

「不可思議を感じ、幻覚妄想を知覚してしまう人もまた、天然自然の一部なのではございますまいか」

　松岡さんは何も言わず、ただ何処かで見たようなご主人の顔を見詰め返していたのでした。

「世界は、ありのままに、ただあるだけのものでございます。人もまた同じ。でも、人はありのままをありのままに受け取ることができぬもの。松岡様の仰る通り、割り切れず、間違ったものだからでございます。だからこそ、人は言葉を使いましょう」

「言葉」

「語るも記すも、呪術にございます」

「呪術――というのは、呪(まじない)のようなものということですか」

呪でございますよとご主人は言いました。

「言葉は何かを表しておりますが、表している対象そのものではございません。言葉はただの音の組み合わせ、幾つかの音を組み合わせることで、人の中に何かを顕現せしめる呪文。その呪文をこの現実と呼応させることで、人は初めて、世界を知ったような気になるのでございましょう」

文字もまた然(しか)りとご主人は言いました。

「文字は言葉を封じ込めるための記号でございます。私どもは紙に記された記号を頭の中で音に置き換えておりましょう。文字を組み合わせ、言葉を組み合わせ、文を組み合わせて、人は少しばかり複雑な世界を表したような気になっております」

しかし、と言ってご主人は座っている田山さんに視軸を移しました。

「まるで足りません」

と、ご主人は言いました。

「足りないとは」

「足りぬでしょう。何もせずともあるがままで足りている世界を、私達は、文で、言葉で、音で割って理解しているのです。割らずと済むものは、細かく割れば割る程に」

細かな余りが出るでしょう。

「禅では不立文字と申します。言葉は如何様にも解釈できるものである故、真理を伝えることはできぬ、だから悟りを得るために文字を立てることはしないという意味でございます。その通り――言葉は、実は何も表せていない。でも、言葉なくして私達は世界を識ることができない」

それではどうにもできぬと田山さんが言いました。

「ええ。ですから、言葉は決して過信してはならぬものなのでございます。何故なら言葉という咒は、発するだけでは成就しないからでございます」

「矢張り、足りぬのですな」

「はい。語る呪術は聞くという呪法、記す呪術は読むという呪法で――補うしかございません」

「それはまあ、そうだが」

田山さんは松岡さんを見上げました。

「誰にも聞かれぬ言葉は無意味、誰にも読まれぬ文字もまた無意味なのです。此方(こちら)の方が仰っているのは、至極当たり前のことですよ、録さん」

　松岡さんはそう答えました。

「松岡様の仰る通りでございます。あらゆる語りは呪文。あらゆる文は呪符。あらゆる書物は断片的に、不完全な世界を封じ込めた呪具にございます。この不完全な呪術を完成させるためには、矢張り読むという呪法が不可欠なのでございます。足りぬ部分を埋めるのはそれを聞きそれを読む――」

　人にございます。

「割り切れず、間違っていて、あやふやで正体のない――そうした人の内部に届いた時に、ようやっと、何も言い表せていない言葉は何かになるのでございます。そうでございましょう。和歌であれ新体詩であれ小説であれ、松岡様も、田山様も、人に届く呪文を工夫されているのでございましょう」

「人に届く呪文――ですか」

「ええ。呪文です。科学論文も短歌俳句も経典も、新体詩も新聞記事も小説も――全て呪文です。効き方が違うだけです」

「そんな喩え話にいったい何の意味があるのですか、ご主人」

　松岡さんが言いました。

「効くも効かぬも、そんなものは受ける方次第でしょう。魔除けも火伏せも、呪文など聞き分けられはしませんからね」

祝詞（のりと）も経文も、意味が解って聞いている者など誰一人いないでしょうと松岡さんは言いました。

「文字で読んでもきちんと理解なんかできない。呪文など、有り難いと思えばどんな出（で）鱈目（たらめ）でも効くものなんですよ。それと同じだと言うのなら、何も文体や表現に苦心する必要はないでしょう」

「そんなことはございません」

ご主人は何故か、お二人から視軸を離して、こちらに顔をお向けになりました。

「例えば――まじないでお化けは消すことができます。何故でしょう」

「え」

思わず声を出してしまいました。

「それは」

「それは、お化けがいないからです」

「あ、はい」

そうです。

お化けなんかいないのです。

「いないからこそ、消すこともできるのです。元元いないのですから、いると感じている人がいないと気づけば、それでお終いです。呪文は、摩訶不思議なものではない。ただお化けはいないのだということを気づかせてくれるだけのものなのでございます。しかしそれも、松岡様の仰る通り有り難く聞こえればこそ」

「聞こえればこそ――」

松岡さんはご主人の言葉を反復されました。

「これも松岡様の仰せの通り、受け取り方次第なのです。そう、理解できるかどうかではなく、どう受け取るかでございましょう。ですから呪文が下手だと――効かないのでございます。いないお化けも消せないのですよ」

ええ。

芙蓉は、いつまで経ってもお化けに見えます。

見えるのですから仕方がありません。

呪文を誦えてくれる人もいないのです。

だからいつまで経ってもお化けに見えるのでしょう。

「お化けはいませんが、お化けを見る人はいるのです。いいえ、人はお化けを見るのですよ」

ご主人はそう言いました。

矢張り見透かされているようです。

松岡様は疾うにご承知のことでございましょうと、ご主人は続けました。

「当たり前にお化けを見てしまう人という生き物が、お化けのいない世界に暮らしているのでございますよ。エミイル・ゾラは、お化けのいない世界を厳密に描けという。そう、お化けなどいないのですからそれは当然のことです。しかしお化けを切り捨ててしまったのでは、矢張り足りぬということになる」

「足りませぬ――か」

「足りませんでしょう。お化けを見る人間もまた、お化けのいない世界の一部なのですから。そしてその、お化けを見てしまう人間がいなければ、世界を識る呪文もまた、成就しないのでございますよ」

田山様――と、ご主人が呼ばれました。

「田山様は、その足りぬ部分を補おうとしていらっしゃるのではありませんか」

「足りぬ部分ですか」

「はい。それは即ち、江見先生が書かれた『十人斬』に欠けているもの――かと推察仕りますが」

「それは」

それは僕ですと田山さんは答えました。

「当事者が語る、それを聞き手が聞く。あの小説は、そうした体裁で書かれているのです。聞き手は——僕ではない。そして当事者もまた当事者ではない」

そこに事件はないのですと田山さんは激しい口調で言われました。

「事件は作中で、既に物語にされている。江見さんは事実として聞いた時の衝撃を再現するために、つまり事実に見せ掛けるために当事者に語らせた。それだけでは小説の体(てい)を為(な)さないから聞き手を用意した——あの作品はそういう風に作られているんです。凡ては作者が物語るために用意した、良くできた道具なんだ。でも、でもです。僕を含む当事者にとって、あれは矢張り事件なのであって、物語じゃない。物語であってはならないのですよ。物語というのは、読む者の中で生成されるべきなのですね。その場合僕は——」

「はい。田山様の居場所を作る、それが足りぬ部分を埋めることになるかと」

「だが——松岡の言うように、それは一般化できぬ、する意味のないものになりはしまいか」

「門外漢が申し上げるのも烏滸(おこ)がましいことでございますが、田山様の筆ならばそうはならないかと存じます」

「何故です」

「そのまま書く必要はないと、ご存じだからですよ」

「そのまま――ですか」

「作中に田山様がいる必要はございますまい。読む者が田山様になるように、お書きになれば良いのではありませんか」

田山さんは腕を組み、顎を突き出し、眉間に皺を寄せ、ふうと息を吐かれました。

「それは」

「ええ。事実を事実として書くには、事実に見せ掛ける小細工をするのではなく、読む者の内面に事実を生成させるような工夫をしなければならないのではありませんでしょうか。そうならば」

「そうですな」

田山さんは一度頷き、松岡さんを見上げた後、立ち上がりました。

「で、田山様は――」

どのようなご本をご所望ですか――と弔堂のご主人はお尋ねになりました。

「はい。ご主人、今手にお持ちになっているゾラの『Le Roman expérimental』、それも一冊しかないのでしょうかな」

「ええ。これも一冊きりです」

「なら、それをお譲り願いたい。先に所望した松岡君には悪いが、自然主義を学び直すべきは僕の方だよ。どうだね」

松岡さんは眉を吊り上げて、

「貴君は、仏語は不得手なのじゃないのか」

と言いました。

「何、僕は君と違って独学の人さ。何とかなるよ。大体、君はもう何か見据えているのだろう」

「モパサンはどうするのです」

「『The Odd Number』は——借りているもので訳すよ。國木田君にはそれが済んでから期限付きで貸す」

「貸すって、貴君の本ではないでしょう」

「そうだがね。どうだい松岡君。その本を買う権利を僕に譲っちゃあくれないか」

「仕方がないね」

それではお売り致しましょう、とご主人は言いました。

「松岡様」

「いいですよ。私は別に——」

「そうではございません、松岡様。松岡様の一冊も、必ず他にございます」

「私の一冊ですか」

「はい。必ず」

　この中に——。

　ご主人は右手を上げ、吹き抜けの天窓を見上げました。

　一緒に、見上げます。

　堆(うずたか)く重ねられた本の渦に呑(の)み込まれてしまいそうになります。

「この中から一冊、ですか」

「はい」

　何冊あるのか、数えるのは無理でしょう。もう、数としては摑(つか)めないのです。ならば無数というよりありません。そんな中から選べるものなのでしょうか。

　一冊を——。

　ここにはない本かもしれませんとご主人は仰いました。

　ここにない本など、あるのでしょうか。そんな気になります。

「ご入り用のものは何冊でもお売り致しますが、あなた様に必要な本もまた一冊だけかと存じます。一冊あれば足りるのです」

「そうですかね」

「ええ。でも、今は決められますまい」

「今は——ですか」

「はい。これは当て推量で申し上げることでございますから、的外れなのやもしれませぬが——お見受けしたところあなた様は只今、迷われていらっしゃるご様子」

松岡さんは答えませんでした。

聡明で、怜悧で、凡そ迷われているようには見えなかったのですが。

「お聞きする限り、あなた様は田山様とは違う道に踏み出そうとしていらっしゃるのではございますまいか」

「——ええ。そうかもしれません」

「松岡君、君」

田山さんが心配そうな顔をされます。

「その、僕も知らぬ悩みでもあるのかね。その——」

詮索するまでもないことですよと松岡さんは仰いました。

「いや、此方の仰る通りなのですよ録さん。私は既に、詩作に情熱を注ぐ気にはなれなくなっているのです。いいや、私なりの手段で自然主義を実践したいとは思う。思うけれども、迚も、新体詩などは書けない」

「じゃあどうするんだ。真逆小説を——いや、僕とは違う道、なのだな」

松岡さんは、私にも判りませんよと答えました。

「人の心は割り切れず、間違っていて、あやふやで正体のないものですからね。私の心の中にも、どうやらお化けが巣喰っているようですよ」

そう言ってから、松岡さんは少し笑いました。

「ならば」

ご主人は松岡さんに向けて、深深と頭を下げました。

「その進むべき道が見定まってから、またお出でください」

「また――ですか」

「はい。是非とも、再び来て戴きとうございます」

「何故――私に」

他意はございませんと言ってから、ご主人は少し笑って、

「それから、お嬢様も、宜しければまたお出でくださいましょうか」

と仰いました。

「まあ、わたくしのことはお忘れかと思っておりましたのに」

偶に声を出すだけで、ただ座っていただけなのです。

「何を仰いますか。このお二人を相手に私が臆せずに振る舞えましたのも、お嬢様がいてくださったお蔭です。傍観者がいなければ、ものごとは事件という輪郭を作ることもできないのです――よ」

「わたくしには何を仰っているのか解りませんけれど、でも」

　必ずまた参ります、と申し上げました。

「わたくし、ろくにご本を読まずにこれまで生きて参りました。ですからお二人のお話もご主人のお話も、些とも解りませんでした。少し、悔しい気がします」

「悔しいですか」

　ご主人は愉快そうに言いました。

「ええ。だって、お二人とも、色色お悩みはあるのでしょうけれど、ご本のお話をしていらっしゃる時は迚も愉しそうでいらっしゃいましたから。負けぬように、わたくしもご本を読もうと思いますの。女が読んだって、構いませんのでしょう」

「勿論でございます。それでは――」

「待ってください」

　それは困るのです。

「わたくしはまだ何もご本を読んでおりませんのよ。一冊も読まないうちからわたくしの一冊を勧められてしまったのでは敵いませんわ。慥か、人生にご本は一冊あれば良いというようなお話でしたでしょう」

　ご主人は大笑されました。

　笑われたのかもしれません。

田山さんも笑みを浮かべていらっしゃいます。
松岡さんは書架を眺め、
「煙に巻かれてしまったなあ」
と呟かれました。
それから田山さんのためのご本を包んでいるご主人に目を遣り、
「何者ですか貴方は」
と、また仰いました。
鬱鬱とした気分は、いつの間にか薄れていました。
逃げていただけなのですから状況に変化はありません。問題は何も解決していません
し、打ち沈んだ気持ちにも変わりはない筈なのですが。
それなのに、もう今朝のような気鬱は感じていないのでした。
このまま家に帰って何があっても、適当にやり過ごせるような気にもなっています。
弔堂の前でお二人と別れました。
家に帰るなら方角は同じなのですが、そのままお寺に向かったのでした。
用事はありませんでしたが。
何故でしょう。
蓮の花を見たくなったのでした。

田山花袋様——本名田山録彌様が、書き下ろし小説である『重右衛門の最後』をアカツキ叢書第五編として上梓されたのは、それから五年の後、明治三十五年五月のことでございました。

それは自らが体験された事実を元にした作品でありました。

元になったのは勿論、彼の長野で見聞された事件なのでありました。

この小説『重右衛門の最後』は評判を取り、小説家田山花袋の評価を確固たるものとしたのでございます。

また田山様は日露戦争従軍を契機に森鷗外様とも交流を持たれ、自然主義文学の担い手という自覚の下に、評論や紀行文など小説以外の作品も次次と発表されたのでございます。更に自らが主任編集子を務めた投稿文芸雑誌『文章世界』は、國木田獨歩様や島崎藤村様など錚錚たる面面を執筆者に迎え、自然主義文学の牙城として多くの作家を輩出したのでございます。

そして。

『重右衛門の最後』発表から数えて五年の後。

明治四十年に発表された小説『蒲団』は、衝撃的な作品として世に受け止められ、本邦自然主義文学の代表的作品として永く後世に伝えられることになるのでございます。

あの時、田山様が最初に弔堂でお求めになろうとした、上田敏様の蔵書であるギ・ド・モパサンの英訳短編集『オッド・ナンバア』は、その後一週間の期限付きで國木田獨歩様の手許に渡ったそうでございます。本当に一週間でお戻しになったのかどうかは存じませんが、お二人はそれぞれ数編の和訳をされたようでございます。

そして、松岡國男様は――。

いいえ、それはまた、別のお話なのでございます。

書楼弔堂
炎昼

探書捌　普遍

お祖父様と喧嘩を致しました。

いいえ、喧嘩ではございません。一方的に窘められていただけなのですから、単に叱られたというのが正しいのです。口答えなども致しませんでした。

ただ、胸の裡では大いに反論をしていたのです。

口に出すことは致しませんでしたが、お祖父様のお発しになる一言一言に、それは違っておりましょうそれは承服し兼ねますと申し上げておりました。

心中の想いというのは貌に映るものなのでしょうか。

それとも態度が悪かったのでしょうか。

ただ凝乎と聞いていただけだというのに、中中お叱言は終わりませんでした。

すぐに謝れば良かったのでしょう。粗相をした使用人のように、平身低頭して許しを乞えば良かったのでしょう。でも、そんな風にはできなかったのです。

でも、不服そうにしていたつもりはありません。

どちらかというと、悲しかったのですから。

叱られて悲しかった訳ではありません。

祖父の理不尽な言い分に、何も言い返せないでいる自分が情けなくなったのでした。

いいえ、縦んば言い返していたとしても、此方の言い分が通ることなどは、金輪際ないのです。お祖父様の仰る彼此は、祖父その人の意見という訳ではなく、祖父の世代では当たり前のことなのでしょう。それは小娘一人の不平如きで曲がるものではございません。

時代は変わりましたから、そうした旧弊がそのまま通るということもないのでしょうが。

それが悔しく、またそんなことを悔しく思う自分があまりにも幼く思えたので、悲しくなってしまったのでした。

下を向くでもなく、黙っているばかりでおりましたから、お怒りも収まらなかったのだと思います。不貞腐れているつもりはなくとも、少なくとも傍からは反省しているようには見えなかったのでしょう。

実際、反省はしていなかったのです。

反省しなければならないようなことはしていないのですから、する必要などありません。

強がっていたのでも、意地を張っていたのでもありません。もし、同世代の同性の方に同じことを言われたなら、言い掛かりとしか思えないような内容です。

でも、祖父にとっては正論なのです。

そして祖父は目上の、しかも殿方なのでした。

喧嘩というのは、対等の立場の者が争うことなのだそうです。だからこそ両成敗ということになるのでしょう。しかし、元武士の、しかも隠居したとはいえ家長の父よりも家の中では偉い祖父と、家の中では一番位が低い小娘が、対等である訳はありません。

つまり最初から喧嘩は成り立たないのでした。

ですから、悔しくて悲しくて、反論もできず、反論しても詮方ないことを承知で、ただ詰られていただけなのですが――。

それでもこれは、内心では喧嘩です。心密かに喧嘩をしているつもりになっているのでした。

何と幼く、愚かな反抗でしょうか。

益々己が厭になります。

気鬱にもなろうというものです。

起きるなりに咎められ、半刻ばかりも大声で怒鳴られ続けて気分の良い訳はありません。お午までは鬱鬱としていたのですが、お稽古ごともない日でしたので、意を決して出掛けることに致しました。

気晴らし――ではありません。

気晴らしがしたいのならば、団子坂の菊人形でも観に行くか、隅田川縁まで出向いて百花園の秋の七草でも眺めた方がずっと良いでしょう。

気持ちとしては、反抗なのでした。

真情としては、祖父や、それから父に対して、一矢報いてやろうというような心持ちに近いのでした。勿論実際に矢を射ることなどできはしません。中たっても痛くも痒くもないでしょう。報いるどころか、露見してしまえば更にきつく呵られるだけのことです。どこまでも童染みた抗いです。

お児様なのです。

そして――誰にも行き先を告げずに家を出て、民家商家を抜け、ここまで辿り着きました。

広くてゆるゆるした坂の下。

ここで立ち止まります。

後から、きいきいと車輪を軋ませる音がしました。振り向くと苦しそうな顔が目に飛び込んで来ました。何処かのお小僧さんが、さんなき車を泣かせ乍ら此方に向けてやって来るところなのでした。もう暑い季節は過ぎているというのにお小僧さんの額にはうっすら汗が浮いています。何を積んでいるものか、お小僧さんは息をふうふう吐き乍ら横を過ぎ追い越して、坂を登って行くのでした。

その後ろ姿を眺めます。

そこで、振り向いた時に立ち止まっている己に気づきました。

置いてけ堀を喰ったような気になってしまいました。

此処までは――何度も来たのです。

意を決して家を出て、此処までは勇ましく軽やかに来るのですけれど、此処から先には行けません。いつも此処で踏み止まってしまいます。

大した理由はありません。

初めは鳥の声に気を取られて立ち止まりました。次は何だったでしょう。雲行きが怪しくなったというだけで引き返したこともありました。

今日はお小僧さんでした。

お児様の決心など、精精こんなものなのです。

一度に気が萎えて、引き返そうとした時です。

何処かで見た覚えのある形影がとぼとぼと近付いて来るのに気づきました。

若い殿方です。

何処で見たのか、誰なのか、暫く思い出すことができませんでした。

男の人の知り合いなどそう多くはありません。

若い男性となると、余計に限られています。

あまり注視（みつめ）ては失礼に当たります。

正面から殿方に視軸を定めたりすることは、してはならないことなのです。祖父に見（み）咎（とが）められたりしたら、また叱られてしまうでしょう。きっと気の所為（せい）でしょうと顔を逸（そ）らせようとしたその時、俯（うつむ）き加減で歩を進めていたその方が、すうと顔を上げました。

「あら」

突然思い出しました。

その人は。

夏の日、道に迷っていた——。

詩人の松岡様でした。

たった一度お会いしただけです。

それも、繁繁（しげしげ）とお顔を拝見した訳ではありません。

それこそ失礼でしょう。

でも全体の印象や、背の高さなどは憶（おぼ）えていました。そして何よりも覚えていたのは、濃い眉と、奥二重で切れ長の眼（め）だったのです。

顔を上げた時、それが見えたのでした。

松岡さんは一瞬眉を顰（ひそ）め、それからやや表情を和（なご）ませて、ああ、と仰いました。

「慥か、塔子さんでしたか」

「はい、塔子です」

姓は申し上げておりません。

どうした訳か、勿論大した理由などないのですけれど、言いたくなかったのです。

「これは奇遇ですね」

「はあ、今日は」

田山さんはご一緒ではないのですかとお尋きしました。

「ええ。いつも一緒という訳ではありません。私はこれから、そう、丁度、貴女に案内されて行った、あの弔堂に行くところです」

「まあ」

あれから何度か行っているのですよと松岡さんは言いました。

「そうなのですか。実は――」

「もしや、貴女もですか」

そうなのですが――いいえ、そうではないのです。

何度も、何度も行こうとしたのですけれど。

此処で止まっているのです。

「まだ一度も行けていないのです」

「そうですか」

松岡さんはそう言うと眼を弔堂の方に向けました。話を切り上げられるような素振りに思えました。

「行きたいとは思うのですが」

「お行きになればいい」

「それが」

下を向いてしまいました。

足が竦んで行けないなどとは、決して言えるものではありません。そんなことを言えば怖じ気づいていると思われるに決まっています。いいえ、実際怖じ気づいているのと変わりはないのですけれど。それを知られることは、迚も恥ずかしいことのように思われました。

怪訝しいですねえと松岡さんは言いました。

「可笑しいでしょうか」

「まあ、必ずしもご婦人がお一人で行き易い場所とは思えませんけれど、彼処の主人は怖い人ではないですよ」

それは承知しています。

何時か何処かで見たことがあったような気にさせる、そんな人です。

「あの人は中中興味深い人物です。博学ですとかね、博識というのとは違う。元僧侶だとかいう話でしたが――」

「お坊様なのでしたか」

「還俗されているようです。それより、弔堂に行きたいというのであれば、塔子さんも何かお探しの本がお有りなんですか」

「あの――いえ」

判りませんと答えました。

「わたくし、小説を読んでみようと思っているのです」

「おやおや」

松岡さんは眉を吊り上げます。

多分、ご自身にそんなおつもりはないのでしょうが、松岡さんは時にどこか人を突き放すような、冷たい印象の言動を取られます。そもそも怜悧な顔付きの上、実際に聡明な方だからなのでしょう。でも本当に冷たい方だったなら、こんな縁の薄い小娘と立ち話などしてくれないでしょう。

「慥か、読むのを止められていたのではなかったですか」

「まあ、そんなこと――能く覚えていらっしゃいますのね」

言ったことすら忘れていました。

「要らぬことを何でも覚えている子だと幼い頃から能く言われたものです」

「まあ、賢いお子だったのですね」

「私は本ばかり読んでいました。幸いにもと言いますか何と言いますか、書物には不自由しない環境にあったのです」

　羨ましいですわと申し上げました。

　こういう場合、とんでもないなどと謙遜される方が多いと思うのですが、松岡さんはええと素直に認められました。

「道楽であれ、学問であれ、本を読もうと欲するなら先立つものが必要です」

「お金、ということですか」

「そうです。書物は必需品ではないというのに、大層高価なものですからね。読みたいものを読もうとするなら、お金がかかる。それに、経済に余裕があったとしても、買えはしなかった。今でこそ書物は本屋で売っていますが、以前は簡単に集めたり読んだりできるものではなかったですからね」

　簡単なことではなかったのですよと松岡さんは仰いました。

「我が家は貧しかったので、そんな余裕は一切なかった。赤貧でしたから。それに、生家は驚く程に狭かったので、置く場所もなかったですしねえ。でも、私は幸運だったんです」

「幸運――ですの」

「ええ、幸運だったのですよ。十ばかりの時分、偶偶預けられていた旧家に沢山の蔵書があったのですよ。ですからそれを端から読みました。二年に満たぬ間でしたが、何冊読んだか知れない。どれも古いものばかりで、果たして何の役に立つのか、立たないのか――それは未だ判りませんが、良かったと思っていますよ。書物というのは有り難いものです」

「小説もありまして」

「江戸のものですよ」

「面白かったですか」

「荒唐無稽なものも多いですが、汲むところはあると思います」

「小説というのは、江戸の頃からあるのですね」

松岡さんは僅か考え込まれました。

「一概に小説と呼び習わしていた訳ではないでしょうが――でも、近代小説と謂うくらいですから、それ以前のものも小説で良いのでしょうね。英語の novel を小説と訳したのは慥か、坪内逍遙の考案ではなかったかな。相応しい和語がなかったのでしょう。支那語としての小説は、また一寸意味が違うのでしょうし」

「何でも能くご存じですこと」

「慥か原義は、つまらない巷間の言説というような意味だったかと思います。それにしても――そうだ、何故に塔子さんは小説を読むことを止められているのか、もし宜しければお聞かせ願えませんか」

「どうしてですの」

「理由が知りたくなりました。小説というものが世間一般にどのようなものとして受け取られているものか、興味が涌きました。良ければ道道お聞かせください」

「道道――」

と、いうことは、一緒に行こうということなのでしょう。つまり、此処から先に進める、ということです。

さんなき車だの鳥の声だの、つまらないものに足止めされて一向に進むことが叶わなかったこの先に、遂に行けるということになります。

真逆、松岡さんに背中を押されることになろうとは、思ってもみませんでした。

松岡さんはこの間と同じく上等の生地の仕立ての良い洋服を着熟されています。

その上、もう颯爽と歩き出しています。

ここで遅れてしまっては二度と行けなくなってしまうような気がしましたので、慌てて足を踏み出しました。

さて――。

それにしても、改めて理由と言われましても困ります。お祖父様の仰ったことへの反論なら何をどう説明したら良いのか、全く判りません。お祖父様が何故そう仰ったのかは、考えたことがございません。それはお父様に対しても同じことなのでした。

言われて当たり前という揺るぎない現実があって、それに対する子供染みた反発があるだけで、何故そう仰るのか、その理由は何なのか、そんなことは考えたこともないのでした。

暫く思案したのですが、矢張り何も思い付きませんでした。何某か問われているというにも拘らず、返事もせずにただ黙黙と問うた人の横を歩くというのは、実に気拙いものなのです。でも、逸れる訳にはいきません。かといって、このままでは話し出す契機も失ってしまいます。目的地に着いてしまいます。

「あの」

取り敢えず答える意思があることだけは示そうと、そう思ったのです。

松岡さんは黙して歩を進めています。

やや間を空けて、

「昔と今は違いますわよね」

そう言ってしまいました。

何という唐突な語り出しでしょう。

松岡さんも流石に戸惑ったようでした。

それでも松岡さんは、それは物ごとに依るでしょうと、怒るでも呆れるでもなく諭すかのように仰いました。

「そうでしょうか。そうでないことも——ありますか」

いやいやと松岡さんは仰います。

「その昔というのがどのくらいの昔なのかにも依りますよ。千年前も昔ですし、百年前も昔です。十年前だって昔ですから」

「ああ——そうですわね」

「衣服や髪形などは変わります。この国では、少し前まで洋装などという恰好は考えられなかったでしょう。私は、まだほんの幼い頃に播磨の在にいましたが、まだ髷を結った人が幾人かはいましたよ。旧幕の頃は全員が髷姿だった」

一寸想像できませんねと松岡さんは言いました。

慥かに想像はできませんでした。

ただ、お祖父様の頭の上にそれらしいものが載っかっているところは、容易に想像できるのでした。でも、その髷の実物というのを見たことがなかったので、想像の中の祖父は何とも珍妙な姿ではあったのですが。

「言葉も変わります。その昔は、書き言葉と話し言葉が今よりうんと異なっていましたから正確なことは判りませんが、思うに、平安の頃の話し言葉などは今とはかなり違っていたのではないでしょうか。単語が違っているだけでなく、発音も違っていたような話も聞きます。もしかしたら通じないかもしれない。同じ日本語なんですけどね。言葉というのは、実は通じないものなんですよ。私は播磨の山間に生まれましたが、十三で利根川縁に流れ着いた。言葉が通じずに閉口しました」

「この国の中でも、そんなに違いますの」

「違いますが、方言の場合、違うのは単語や、抑揚、常套句などです。文法が違う訳ではないですし、そういうものはあまり変わりません。例えば、東京の言葉は通じました。変わらないものは変わらないのですよ。良くできたもの程変わらない。でも、そうですねえ、良くできていても、制度や法律なんかは、為政者が代われば変わることもある。でも」

松岡さんは頸を伸ばし、辺りを見回すようにしました。

「このような――」

そして、路傍の野菊を指差しました。

藪のようになって、沢山の野菊が咲いておりました。

「この嫁菜の花は、何年も何百年もこのまま変わらないでしょう」

「よめな──ですか。これは野菊ではないのですか」

違う花なのでしょうか。同じものですよと松岡さんは仰いました。

「呼び方は時代や場所でそれぞれでしょう。万葉の時代には、オハギと呼ばれていたようです。でも、この花はこの花で、人が何と呼ぼうとずっと変わりません。品種改良でもすれば変わるでしょうけれど、それはまた別の花です」

「はあ」

「これは雑草のような花ですから、栽培もされないでしょう。いつ頃できた花なのかは知りませんが、千年前にはもうここに咲いていたのかもしれない。嫁菜として誕生してからは、ずっと同じですよ」

「そんな昔から咲いているんですか」

千年前の人も、同じ野菊を見たのでしょうか。いったいどう思ったのでしょう。

「空の色だって海の色だって、変わりはしませんよ。そういう、普遍のものというのはあるでしょう」

「ああ、そうですわ」

空は、秋晴れです。

「普遍のものが普遍でなくなったら、それは変事ですから。空が青くなくなったら誰しもが慌てるでしょう。つまりは、青いのが常態ということです」

「ずっと青いのですね」

曇らなければということですねと松岡さんは言いました。

当たり前のことなのですが、やや皮肉にも聞こえます。

人に依っては嫌味と取る方もいるのでしょうが、こうしたことが気にならない性質なので、受け流してしまいました。

「人の習い――というのは、では、移ろい変わるものですね」

「人の習いですか」

それは例えば何でしょうと松岡さんは怪訝な顔をなさいました。

「想いというか決まりごとというか、上手に言えないんですけれども、そう、例えば男は女より偉いというのは、普遍でしょうか」

松岡さんは立ち止まりました。

「それは――どうでしょうね。いや、慥かに、この国には男尊女卑の土地柄というのも多いですし、女性を蔑視するような文化というのはあって、それは本邦に限ったことではないけれど」

「では普遍なのでしょうか」

「そんなことはないでしょう」

「もし普遍なら、婦人解放運動なども無駄ということですか」

「いや、そんなことはないですよ、塔子さん。そうしたものは習いというより制度ではないですか。能く考えたことはありませんが——例えば、武家の考え方と農家の考え方は違うのじゃないかと思います。今は四民平等ですから、そうした区別は表向きありませんが、社会の制度がそう決めるのであって、制度は変わりますよ」

「今は違いますか」

松岡さんは腕を組んでしまいました。

「難しい問題ですね。制度が生んだ文化というのもあるでしょうし——」

「難しいのですか」

何だかつまらない。

「わたくし、こう見えて学校には行っておりますの。尋常師範學校を出て、女子高等師範學校にも通いました」

あまり言いたくありません。

自慢げと受け取られるか、それが何だと思われるか、いずれにしても気分の良い反応は得られないからです。でも、松岡さんはどちらでもありませんでした。

松岡さんは、ごく自然に、

「それは優秀ですね」

と仰いました。

「全然優秀じゃありません。折角の勉学も、些細とも身になっておりませんし――正直言ってそれ程面白くなかったんです」

「しかし、教育が受けられるというのは幸福なことですよ。学校に行けない子供達も数多くいますから」

贅沢なことなのでしょう。

そう、贅沢なのです。

「斯言う私も、一時期学校に通ってはいませんでしたからね。体が弱かったというのもありますが、貧乏でもあった。兄弟も多かった。病弱な童まで学校にやる余裕がなかったんです。まあ、丈夫になっても遊んでばかりいましたからね」

「そうなのですか」

それは意外でした。

「ただ、学校にはまともに行かなかったけれども、代わりに本は読みました。人の読まぬ本を読み、人の知らぬことを知る、これが信条でしたから。まあ、利根川での幾年かは貴重な経験ですが、それでも、もしあの頃学校に行けていたならと、思わないでもないです。行けと言われて、行かせて貰えるのなら、幸せです」

「行けと言ったのは父なのです」

行かせてくれたのも父です。

「祖父は、それはもう大反対でしたわ。婦女子（おんなこども）が学校に行くなど以（もっ）ての外（ほか）のことだと怒鳴られて――子供が行かずに誰が行くのかと思ったのですが、それはもう、かんかんにお怒りになられて。それは大層なお冠（かんむり）でしたの。行儀作法を教えるのは親の役目だろうし、それもできていないのに何を学ぶか、手習いくらいなら家でもできるだろうと」

「なる程」

「嫁に行くにも婿を娶（と）るにも、そんなくだらない学問は必要ないんだと、そう言われました。でも父は、祖父の意見を退けたのですわ」

「進歩的だったのでしょうか」

「それが」

　そうではないのです。きっと。

「わたくしがまだ五つか六つの頃――もっと後なのでしょうか、そこは判らないのですが、時の文部大臣が良妻賢母教育を国是とすると仰ったとか」

「森有礼（もりありのり）でしょうね」

「そこまでは存じません。幼い頃から父が能（よ）く口にしておりましたの。祖父も、それで渋渋納得したのです」

「国是なら仕方がないと」

「さあ。でも、師範学校というのは師範になるために行く学校なのでしょう」

「基本はそうですね。児童教育の師範には男よりご婦人の方が相応しいという考え方はあったようですし、女子教員養成機関として設立されたものです」

「それなのに、わたくし、ただ行かされただけですの」

父は二言目には、働くことは罷(まか)りならぬと言うのでした。

「要するに、就学さえも当世風の花嫁修業に過ぎないのですわ、父にとっては。これからは教養も必要だというのも、嫁に出す時にはお飾りが要るということですの」

「なる程」

松岡さんは組んでいた腕を解(ほど)いて、此方(こちら)を向きました。

「お話は理解しましたが、それと小説の件が結び付きません」

「あら」

慥(たし)かにそうかもしれません。でもこれは己の中では同じ話なのです。

「祖父と父では意見が違うのです。わたくしのことになると、いつもいつも喧嘩になりますのよ。父は何ごとも当世風、祖父の方は旧幕時代から持ち続けている信念のようなものを尺度に測るのですから、意見が喰い違うのも仕方がないのですけれど、わたくしを一日も早く良家に嫁がせたいという点のみでは一致するのです」

悪いことではありませんと松岡さんは仰いました。

「親は子を想うものです」

「恩は感じていますわ。何不自由なく育てられましたし。でも、どうもわたくし、期待には添えないのです」

それもそういうものでしょうと松岡さんは仰いました。

少し悲しそうでした。

「私は、昨年両親を亡くしています。父は医者で、兄も医者です。松岡の家は代代医業を以て家業としている。そんな中で、私だけは異質だったのですよ。親の期待には、応えられませんでした」

「こんなにご立派ですのに」

「立派かどうかは無関係です。望むようになるかならぬかという話です。利根川で遊び暮らして、その後上京して中学に入りましたが、時間がなくて困りました」

「時間がないとは」

「一日も早く第一高等學校に進みたかったのです。受験資格である中学校の上級試験に受かるため、わざわざ学校を替わったりもしました。そうまでして一高に入ったのでしたが、それでも、結局」

卒業前に両親は他界しましたと、松岡さんは仰いました。

「先頃何とか帝國大學に入りましたが、胸を張って墓前に報告することもできません」

「そんな――」

「したいようにしているのですから、言い訳は一切できませんが、父母に関しては悔いがない訳ではありませんよ」

それでは。

「望むようにしろと仰せですの」

「望むようにはならないものだということです」

松岡さんは見通しの良い林の切れ目からうんと遠くに視軸を伸ばしました。

「自分の思うようにもならないのですよ、人生というものは。ですから幾ら親を想っても、努力しても、その期待に応えられるとは限りません」

「そうですね」

松岡さんには何か、悩みごとがあるんだと、先日ご友人の田山さん――詩人で小説家の田山花袋様――が仰っていました。

慥か。

恋の悩みだと。

「あの――」

「それで」

と、言って、松岡さんは此方を向きました。

「貴女が嫁ぐことと小説は、まだ繫がりません」

「ええ」

尋けませんでした。

恋のお話など、そんなことをお尋ねするのは下世話なことでしょう。そう思って躊躇したのがいけませんでした。

「祖父は、そもそも女が書物を読むこと自体が気に入らないのです。おさんどんをしていれば良いと、そう言います。小説だろうが何だろうが、気に入らないのです。論語を詠んだって呵られますわ」

「お父様は」

「父は、婿娶りの糧にならぬものは認めてくれません。小説は、卑俗なものだからいけないと言いますの。俗を嫌うのです」

「俗を嫌われる——のですか」

「恋だの情だの滑稽な話だの、そういう低俗な物語を面白可笑しく綴っただけの読み物を読んだところで、良妻賢母にはなれぬということなのですわ。実際そうなのかもしれませんけれど」

「低俗——ですか」

「低俗なのですか、小説というものは」

判りませんと松岡さんは答えました。

「判りませんの。松岡さんでも」

「低俗なのかもしれない。少なくとも私の書く詩は、私以外の人が読めば低俗なのかもしれない——とは思います」

「そうですか」

「あんなもの、私以外の人にとってはどうでもいいことですよ」

「松岡さんの詩を読んで心酔している方は大勢いらっしゃいますわ」

「それは勘違いです」

「勘違いというのは判りませんわ」

「私の書いたものは、それこそ普遍ではないのですよ。万民に供して良いようなものではないのです。詩作に耽っている時はそうは思いませんでしたが、日を置いていざ読み返してみるともういけない。真情を吐露しているつもりでも、言葉にしてしまうとどうにも違うのです。上面だけしかなぞれず不快な気持ちになります。そもそも、こればかりの人生経験しか持たない私が、仮令どれだけ懊悩したところで、そんなものは児童のはしかのようなものですからね。それは、極めて個人的なことに過ぎないでしょう。日記を、洒落た言葉に言い換えて人前に晒すようなものです」

「そうなのですか」

そんなつもりはありませんでしたと松岡さんは言いました。

「文学や詩歌というものは、時代を超えた普遍的なものだと、そう思っていましたからね。絵画や音楽にしてもそうなのですが、artというものは、時代も文化も超えて成立するものなのだと、そういう風に頭から思い込んでいました。でも、どうもそうではないようです。いや、少なくとも私の書くものは違っている。最近そんな気持ちになるのです」

先程お見掛けした時と同じ、暗い顔付きになられています。

「でも、じゃあ何が書けるんだということになるでしょう。私は、私の気持ちしか書けないのです。世間では浪漫だ、浪漫派だと謂いますが、私にとっては切実な真情で、そうした評価との余りの隔たりに辟易してしまうのですよ。例えば、世間の評価に相応しい詩作をするため、私の詩から私を追い出したとして、そこに真実や普遍が生まれたのだとしても、追い出した私の詩は空っぽです。それでは書けない。書く動機が見当たらない。なら書く意味は、読んで貰う意味は、いったい何処にあるのか」

「大変なお悩みですのね」

「いいえ。瑣末なことです。社会にとっては無意味な悩みです」

「今朝」

祖父に呵られましたと言いました。

再び唐突な切り出しで、松岡さんは切れ長の眼を少しだけ円くしました。

「何故──です」

「鼻唄を歌いましたの。それを聞かれてしまいました」

「ほう」

松岡さんはもう一度眼を円くしました。

「何の歌です」

「存じませんの。何を歌ったのかさえも覚えておりません。自然と、何といえば良いのでしょう、知らず知らずのうちに耳が覚えておりました節が、つい」

「端唄のようなものでしょうか。それとも──流行歌ですか」

「多分、往来や辻などで歌われている人、いますでしょう。あの、何というのか存じ上げませんけれど」

演歌師でしょうかと問われましたが、そもそも知らないのですから是も非もございません。

「そういう方がお歌いになる歌だろうと思うのですが、定かではありませんの。歌詞なんかはもう、まるで知らないのですけれど。節回しが耳に残っていたのだと思います」

「ははあ。で、お祖父様はそれがけしからぬと仰せになったんですか」

「ええまあ」

それは良いのです。

お行儀が悪いことに間違いはないのですから、そこは素直に謝りました。

問題はそれから後だったのです。

「恥を知れと罵られて、それもこれも女のくせに学校なんか行ったからだと言われました。良妻賢母が聞いて呆れる、嫁に行って子供を育てるのが良妻賢母で、つまらんことを習って、くだらん理屈を捏ねるのは女のすることじゃない、高い学費払って学校行って、酌婦でもするつもりかと」

「それはまた極論ですね」

「極論も極論ですけれど、酌婦の何がいけないというのでしょう。婦人が就業するのはいけないことなのですか」

「いけなくはないですよ。漁村でも山村でも農村でも、女の人は皆働いています。朝から晩まで働いて、そのうえ家も切り盛りして、子供も産んでちゃんと育てる。立派なものです。貧しい人は特に、働かなくては生きていけませんから。撲滅すべきは貧困だと私は思います。貧しいが故に子供を育てられない社会というのは、矢張り間違っているでしょう。それでは良妻も賢母もないですからね」

「そうですわ」

そういう口答えがしたかったのです。

もしかしてお祖父様は士族ですかと松岡さんはお尋ねになりました。

「そう思われますか」

「どことなく武家の理屈のような気がしました」

「ええ。祖父は薩摩の人です」

なる程、と松岡さんは頷きました。

「良妻賢母こそ国是と言った森有礼も、薩摩の人です。同郷の大臣の発言だからお聞き入れになったのかもしれませんね。しかし元薩摩藩士というと——お祖父様は政府関係者ですか」

「そんなに偉くないですわ」

能くは知らないのです。

「何かお役には就いていらっしゃったようですけれど、それでもきっと偉くはないんです、そんなに」

そんなというのがどんななのか判りませんよと言って、松岡さんは少しお笑いになりました。

この場合は、要するに此方の無知を見下した笑みになるのだと思うのですが、どうもこの方は、笑うと生来の冷たさが薄らいで、多少親しみ易く感じられるようです。厭な感じは致しませんでした。

「厳格な方なのですか」

「さあ。厳格というのかどうか判りませんが、古臭いことは確かですわ」

「そういうことですか」

「何がです」

「お祖父様のお考えは古臭いと、そう貴女はお考えなのでしょう。だからこそ、最初の問い——昔と今は違いますよねという質問が出て来た訳ですね」

「あら」

その通りです。でも、そんな風に論理的に考えた末の発言ではありませんでした。

「お父上はどうなのです」

「父は、祖父のお叱言が始まると何処かへ行ってしまわれますから。先程申しました通り、父は祖父とは意見が合わないのです。父は歌舞音曲を好む質で、何と申しますのでしょう、書生芝居というのでしょうか、ああいうのが好きで」

「書生芝居といえば、新派劇の元になった芝居ですね。あの、川上音二郎の演るようなものでしょう。なら、そもそもは壮士芝居ですよ。いや、それではまあ、お祖父様と話は合わないかもしれませんね」

「松岡さんもご存じなのですか」

「まあ、新派は泉鏡花の『瀧の白糸』なんかも上演していますから、まるで知らないということはありませんが」

「父はそういうのが好きなんです。ですから私が歌ってしまった鼻唄も、大本は父だと思います。父が口ずさんでいたのを、耳が覚えていたんです」

　ですから濡れ衣のようなものですわと言いますと、それは言葉の使い方が少し違いますねと言われました。

「いずれにしてもわたくし、呵られて大層不服でしたの。それで、そういうことがある度に小説を読んでやろうと思うんです。そう思う毎にあの書舗の方に足が向くのですけれど、でも、どうしても先程の辺りで止まってしまって」

　貴女は面白い人ですねと松岡さんは言いました。

「ええ。どうせそうなんです。松岡さんの懊悩に比べれば、わたくしの不平不満など童のだだのようなものです。何不自由なく暮らさせて貰っていて、贅沢もいいところですわ。本屋さんで小説の一つも買えないのですもの」

「そんな風に言ってはいけませんよ。悩みに大小はありませんし、比較することもできません。貴女の悩みは、私の個人的な想いよりずっと普遍的なものかもしれないです」

　少し気が晴れました――。

　そう、松岡さんは仰いました。

「鬱鬱としていたんです。帝大に入ったはいいが、これから先のことを思うと、どうにも決め兼ねることが多過ぎる。そこで自分の一冊が見つかれば、と」

「ああ」

弔堂のご主人は、本は人生に一冊あれば良いと仰っていました。その一冊に出会えれば、人はそれでいいのだと。

そんなものなのでしょうか。

「わたくしも鬱鬱としていましたのよ。ただ、わたくしの場合は叱られてむくれていただけなのですけれど——」

それでも、あんな処に突っ立っていたお蔭で若いご婦人の憧れの的、浪漫派詩人の松岡さんと道行きができたのですから、むくれた甲斐もあるというものです。

おや行き過ぎてしまうところですよと言われて、慌てて立ち止まりました。

弔堂は奇異な建物です。大きくて高くて、形も奇妙です。それなのに、どういう訳か見過ごしてしまいがちなのでした。

ふと目を遣ると。

不思議な人物が弔堂の真ん前に仁王立ちになっていたのでした。

その人は、古びた紋付きの羽織に、矢張り皺の寄った袴を着け、そのうえ山高帽まで被っていました。帽子の鍔の下からは黒黒とした髪の毛が覗いています。お世辞にも綺麗な身態とはいえませんが、何故だかそれなりに恰好はついているのでした。

まるで陸燈台のような弔堂の高い高い屋根を、その人は凝視していました。

全く動きません。

道の方を向いている訳ではありませんから、とおせんぼをしている訳ではないと思うのですが、入りにくいのに違いはありません。

松岡さんは困惑したようにその人を眺めて、さあ入りましょうと促します。

横を過ぎようとした時、その人は突然に声を発しました。

「此家(こちら)の方(かた)か」

「違います」

「しかし、あんたはこの建物に入ろうというのでしょう」

「将(まさ)に入ろうとしています。貴方(あなた)が其処(そこ)にいると、この女性が入りにくいので少しばかり除(よ)けて戴(いただ)けると助かるが」

「ああ」

その人はぷいと体を右に寄せて、これは失礼と言いました。

悪い人ではないようです。

「しかし君、君は、見れば中中の紳士だし、このような若いご婦人を連れているというのも中中のご身分だとは思うが、いったいこの建物に――」

「私は客です」

「客ですかな」

面長の、強面です。ただ、瞳は柔和そうでした。その眼をまるで陽光でも見てしまったかのように細めて、その人は続けました。

美声ではないのですが、迚も能く通る声でした。意外に若い人なのです。松岡さんとそう変わりない齢なのかもしれません。

「すると、此処は矢張り、店舗なのかな」

「はい。そのようですね」

松岡さんは素っ気なくそう言いました。

「他にご用がないようでしたら、失礼します。さあ」

「いや待て。待ってください。客というなら、拙も客だ。ただ、どうもこの奇態な建物が店だと確信できずに、困惑していたのです。ここは」

「本屋でございますよ」

いつの間にか扉が開き、弔と記された半紙の貼られた簾の脇から、京雛のような顔が覗いていました。

このお店の丁稚の、慥か、しほるさんという変わった名の少年です。

「おや。何やら人声がすると思えば、これは松岡様ではありませんか。それに、おやおや、これはこれは珍しい、慥か——塔子様でございましたか。さあさあお入りくださ
い」

「いや、撓君。客というなら此方の方が先客なんだ。招き入れるならこの人が先ですよ」

松岡さんはそう言ってから、羽織の人にどうぞと言いました。

「これは済まないですな。ではお先に」

その人が簾を潜られたので、後に続こうとしたところ、止められました。

「いけないのでしょうか」

「違います。初めて来た人は、大体入り口で止まってしまうでしょう」

松岡さんはそう言って笑いました。

「もう少し待つと眼が慣れて、それから驚くのです」

おおという声が聞こえました。

間違いなく驚かれたのでしょう。弔堂の裡といったら、書物がお好きな人も、そうでない人も、一様に肝を抜かれるような有り様なのです。

簾を少し持ち上げて、松岡さんはもういいだろうというような顔をされて、誘うような仕種をされました。

裡では先程の方が、矢張り仁王立ちのままで固まっておられました。

三階まで吹き抜けの広い土間の壁面は凡て棚です。棚の中は凡て本です。右側の真ん中辺りに踏み台が置いてあり、その上にご主人が乗っていました。

高い処の本を取ろうとでもされていたのでしょうか。

天井には天窓のようなものがあるようなのですが、地上まであまりにも距離があるので、明かり取りの役目は果たしていません。等間隔で並べられた燭台には幾本もの和蠟燭が燈されているのですけれど、充分な光量とはいえません。目が馴れるには暫く時が掛かるのでした。

白い着流しのご主人の姿は暗がりでも浮かび上がって見えるのですが、顔の辺りは益々薄暗くて、のっぺらぼうのようにしか見えません。

「おや」

ご主人は、戸口の方に顔を向けられました。

でも、同時に松岡さんが戸を閉めてしまわれましたので、矢張りお顔は能く判りませんでした。

「漸くおいで戴きましたか、塔子様。そのご様子では松岡様に引かれていらっしゃったということでしょうか。そちらは、松岡様のお連れの方でいらっしゃいますか」

違いますと答えたのは、松岡さんではなく、羽織の殿方の方でした。

「拙は青年倶樂部と関わりのある者で、ま、演歌師の端くれです」

まあ、と声に出してしまいました。

演歌師という人の話を聞いたばかりだったからです。

「本を買いに来たんです。まあ、そんなに金はないので、此方(こちら)の方と違って良い客じゃあないが」

松岡さんは何も言いませんでした。

身態(みなり)がきちんとしているので、お金持ちに見えるのでしょう。本当はどうなのか知りませんけれど、今し方聞いたお話ですとそんな金満家の筈(はず)もなく、寧(むし)ろ家は随分と貧しかったというような口振りではありましたが。

演歌師と名乗った人は上を向きました。

「しっかし、こりゃあいかにも大層だ。こんな景色はありですかな。これ全部が売り物なのですか。ご亭主、あんたは相当の資本家ですかな」

とんでもないとご主人は仰いました。

「私はただの坊主崩れ。乞食(こつじき)同然の暮らし振りです」

「おいおい、そんな訳はないな。一冊幾価(いくら)か知らないが、藁屑(わらくず)だとてこれだけあれば値が張りましょうや」

「値の張るものは僅かです。そうした稀覯本(きこうぼん)は概(おおむ)ね売れません。二束三文で買い付けては買値より廉(やす)く売ったりも致します」

そう言い乍(なが)らご主人は踏み台からゆっくりと降りられました。

透(す)かさずしほるさんが片付けます。

「どうかな」

　演歌師の方は、また眼を細めました。

「そういう暮らし方こそ、暮らし向きに余裕がなければできないのじゃあないか」

「いいえ。欲がなければ叶います」

「欲がなくとも喰わねば死ぬだろう。粥だの麦だの喰うていたとて、爪に火が燈るご時世ですぞ。鐚銭で買い付けたとしてもこれは贅沢というものだ。いや――まあ構わないさ。本を売ってください」

「勿論お売りいたしますが、扨、手前の処はどちら様にお聞きになりましたか。ええと」

　添田です、添田、添田平吉と演歌師の方は仰いました。

　それからちらりと松岡さんの方を見ました。名乗れとでもいうような素振りだった所為か、松岡さんは名乗って、学生ですと付け足しました。

「拙は青年倶樂部の久田鬼石から聞いて来たんですよ」

「久田様といえば、あの『愉快節』の久田様でしょうか」

「そう、その久田です。『愉快節』といいますか『壇の浦』の久田です。〽白々とぉ須磨や明石に朝霧籠めてぇ、の久田鬼石です」

「あら」

また声を上げてしまいました。

聞いたことがあります。もしかしたら鼻唄はこの歌だったかもしれません。

「尤も、久田さんは新派の喜多村さんか誰かから聞いたらしくて、その人も誰かから聞いたのですよ。又聞きの又聞きの又聞きですから、まああまり信用はしていませんでしたがな」

本当にありましたなあと添田さんは歌うように仰いました。

「そうですか。別に何方様からお聞きになられたのでも一向に構わないのですが、演歌師のお客様は初めてでしたもので、少しばかり興味が涌きました」

大変失礼致しましたと言って、ご主人は頭を下げられました。

そして、しほるさんに椅子とお茶を持って来るように申し付けられました。

「それでは」

ご主人は一度松岡さんの方に顔を向けられました。松岡さんは、こちらが先ですご主人と仰せになりました。

「はい。添田様はどのようなご本をご所望なのでしょう。ご覧の通り、主の私も数えたことがございません。一冊ずつご覧になるようなことはできませんでしょうが」

判りませんなと添田さんは仰いました。

本当に能く響く声です。

ご主人の声も大変に佳いお声ではあるのですが、こちらは低くて落ち着いた声です。

元僧侶というのも納得できます。

一方、添田さんの声は、どちらかというと嗄れているのに、艶があります。

それにしても。

「それは困りましたなあ」

ご主人は頭をつるりと撫でられました。

「貴方も困ることがあるのですね」

松岡さんが揶うように言いました。

「それは困りましょう。お買いになるご本人が何を買うか判らないというのは」

「判らんでも見付けてくれると聞きましたが」

添田さんは挑むような口調でそう仰いました。

「いやはや、私は八卦見でも霊術家でもありませんから、お目に掛かったばかりの方の欲しいものを中てることなどできはしません」

「拙もそんなもんは信じておりません。そういう族なら、まあ身近にゴロゴロしておりますからな。それで済むのなら済ませております。拙は、そうですなあ。迷っている訳ではないのですが、見失っているのですかな」

何を見失われましたかとご主人はお尋きになりました。

「何ということはありません。強いて言うなら、時代、ですか」

「ほう」

ご主人は、どういう訳か実に愉快そうな顔をなさいました。

「拙は、まあ何年か前までは青年倶樂部から歌詞本なんかを仕入れて売って歩いていたのですがな、そのうち自分でも歌うようになったのです。安房の在なんかを流していたんですがな、いざ歌い始めると工夫が要るものでしてな。彼此と替えたくなる。伝え易く、語り易くしようと思うのですな」

「改作する、ということでしょうか」

「改作というか、歌詞をところどころ替えるだけです。節なんかは、まあ、西洋音楽なんかと違って、隅隅まできっちりしている訳でもないですから、歌い手次第というところはありますでしょう。で、そんなことをしているうちに自分でも歌を作るようになったのですな。今はまあ、自作の歌を歌っております」

「なる程」

「まあ、そうなると香具師なんかとも交流が深まりますし、最早、一種の興行みたいなものですわ。ただ、こう、ふと思い出すのですよ」

「何をでしょう」

「これで良いのか、と」

「何が――でございましょう」

「それがねえ」

添田さんは真上に顔を向けられました。

「窓がありますな」

「はい。ございます」

「高い窓ですなあ」

「ええ」

あんたどう思いますと添田さんは松岡さんに水を向けました。

「学生さんだそうですが、拙とそう変わらぬ年齢でしょう。どうです、この明治の御世はこれでいいんですか」

「良くも悪くもないでしょう」

「何ですと」

「良くするか、悪くするかだと思います」

「はあん」

添田さんは顔を顰めて、まあそうですがなと言いました。

「拙は、元元川上音二郎の壮士芝居を観て発奮した口なんですな。これからはこうだと思った」

こう、とは――とご主人が質されました。

「そこです。その時はそう思った。世の中を変えてやろう、行動するしかないと、まあ思い込んだ」

「壮士芝居は、でもあまり長くは続かなかったのではないですか」

「まあ、そりゃそうなんですよ。壮士といえばあんた、元は『戰國策』かなんかでしょう。拙は無学なので詳しいことは知りませんが、要は血気盛んな若者ですわ。拙もそうだった。壮士節を耳にして血が騒いだ。でもそれだけだった」

「思想がなかった、ということですか」

松岡さんが尋きました。

「思想ですか。そんな高尚なものじゃあないのですよ。あんたのようなインテリゲンチアと違うて、拙は大磯の農民の子ですからな。学も金も地位も名誉も、何にもないのです。スッカラカンです。ただ、社会に対する憤りのようなものがあって、それをどうにかしようという希望があって、拠り処のない自信があって、後は活動するだけなんですよ。そんなもんですよ。下層の者の自由民権なんてのは。憤りの正体は空腹だったりするんです」

「何か勘違いなさっていますよ、添田さん」

松岡さんは変わらぬ口調で仰いました。

「私は裕福な家に生まれた訳ではありません。医業の家でしたが、兄弟は八人もいて暮らし向きは楽ではなかった。極めて貧乏だった。勿論、下を見れば切りがない訳で、だから——敢えて貧窮していたとは言いませんよ」

「それは何でかな」

　腹を空かせたことはなかったですからねと松岡さんは仰いました。

「ですから、自分は恵まれていると思っています。ただ、家族が揃って何不自由なく暮らせていた、という訳ではありません。私は、他家に預けられたり、兄の許で暮らしたり、親許を離れ転転と居を替え、流されるように生きて来た。とはいえ、捨てられた訳ではありませんし、今も兄の庇護下にあるのですから、自分を下層だと思ったことはありません。しかし、そもそもその、下層という生活があること自体、あってはいけないことだと思っています。なくすべきだと考えます」

　なくなりますかなと添田さんは言われました。

「いや、拙は最初、なくそうとしたんですな。四民平等だ、廃藩置県だ、地租改正だと世の中はガラガラ変わる。でも拙の周りは何も変わらん。暮らしは苦しくなるばかりですわ。しかも、変えているのは何処の誰だか知らん、偉い人ですよ」

「そうですね」

「上京した時は兵隊になろうと思っていましたな。農家よりはマシだろうと」

「ならなかったのですね」

　ご主人が問われました。

「兵学校には入りませんでした。叔父が汽船乗りだったので、海軍がいいかと思っていたのですがな、考えてみりゃあ、くだらん理由ですな。そんなくだらん理由なんざ、長続きはせんもんですよ。壮士節を聞いて、莫迦らしくなってしまった。どうも軍隊というのは民草の暮らしを護るのではなく、偉い人を護るものだと、まあそう思ってしまったのですわ。〽権利幸福嫌いな人に、自由湯をば飲ましたい、オッペケペー、オッペケペー、オッペケペッポポペッポポッポポ、ですよ」

　何ですかオッペケペーというのはと添田さんは声を荒らげました。

「巫山戯ていますよ。元は、上方の噺家の作だそうじゃないですか」

　流行しましたとご主人は言いました。

　そうなのでしょう。

　そうしたことに疎いというのに、聞いたことがあります。

「それでも、勿論構わんのですよ。何かが伝わればいいのでしょうよ。どんなに面白可笑しく歌っても、そこに何か、こう不正を正す力があるなら、構わんのでしょうや。そりゃ思想とかいう高邁なもんじゃあない。怒りに近いのですよ」

　それは能く解りますと松岡さんは言いました。

「解りますか、あんたに。まあ、色色誤解はあったようだが。兎に角、拙は、その時分怒ってはいたのです。正に壮士です。己は壮士だと思った。壮士になろうと思ったのですな。へ上辺の飾りは良いけれど、政治の思想が欠乏だ、天地の真理が解らない、心に自由の種を蒔け——そう。でも思想が欠乏していたのは政治だけじゃあない」

壮士に思想なんかないんですよと添田さんは仰いました。

「そうでしょうか」

「あるのは不満ですよ」

「その不満が思想を生むこともあるのではないですか。現に、そうした出自の活動家の方もいらっしゃるでしょう」

拙には無理ですよと添田さんは眼を細めます。

「天地の真理なんかは解らん。心に自由の種は蒔いたが、蒔き放しで水をやることができなかった。芽吹くくらいはしたかもしれんが、根腐れ立ち腐れですわ。川上音二郎は新派劇で頑張っておられる。どうも政治にも参加する勢いですな。拙は、演歌師になって、まあ自由民権めいたことを撒き散らしていたが」

そこで添田さんは言葉を切り、上目遣いでご主人を見ました。

「気が付くと芸人になっていた」

「芸人ですか」

「芸人でしょう。歌の出来の良し悪しは、自由とも民権とも関係ないです。何を伝えるかではなく、どう伝えるかに技巧を凝らしている。そこに気づいた。歌なんざ下手でもいいのでしょうや。伝えたいことが強くあるなら、まあ愚直に語ればいい。節なんぞなくとも辻説法で充分でしょう。何故――歌う」

それは集会条例で演説が勝手にできなくなったからでしょうと、松岡さんが言いました。

「演歌というのは、演説歌ですよ」

「判っていますわい。でも、今の演歌師の歌を聴いて、誰が発奮しますか。拙の歌を聴いてだな、ようし自分も世直ししよう、私も俺も立ち上がろうと思う者が一人でもおりますかい」

ううむ、と松岡さんは考え込まれます。

「と、いうかですな、拙自身、もうそんなことはどうでも良くなっているのじゃないかと思うのです。いやね、拙はあんたと違って、この世の中が良くも悪くもないとは思っちゃいないですよ。まるで良いと思っておりません。悪いと思うている。でも、良くはなるまいと、何処かで思っている。諦めているのではない。決して諦めてはおらんが」

「見失ってしまった訳ですか」

時代を――とご主人は仰いました。

「まあ、そういうことです」

　添田さんは横を向きました。

　そして、ずらりと並んだ書物を端から眺めて、

「もう涼しくなって来ましたが、あの、夏場に煩瑣い蟬というのは、あれ何故に鳴きますか」

　と、言いました。

　唐突な問いでしたが、松岡さんは矢張り落ち着いた調子で、

「交尾が可能になったことを雌に知らせているのでしょう」

　と答えられました。

「求愛のようなもんでしょうな。異性に届けるためにミンミンミン鳴く。蟬には、蟬の言葉が通じておるのでしょう。ありゃ、ミンミンミンミン煩瑣いだけじゃない、ちゃんと別の蟬に届いておる訳でしょうに」

「そうでしょう」

「拙の声は、煩瑣いだけなんだ。鳴き方に工夫はある。佳い鳴き声なのかもしらん。でも通じないのですよ、他の蟬に。何のために鳴いておるのか。いや、こりゃ鳴いているうちに入らんのです。歌だ。拙は、歌は歌うが鳴けない蟬のようなもんですよ。肝心なところは、肝心の人に届きはしないんだな」

でも已められないのですなあ、歌うのをと添田さんは続けました。

「鳴かずに歌う蟬など、何の価値があるのかと思う。しかし歌わずにはおれない。歌を作ってしまうのです。歌詞を考えていますよ、今でも」

　これでいいのですかなあ、と添田さんは言いました。

「判らんのです。まあ、それで良いと言われれば、別にそれでも良いと思うが。違うと言われれば、じゃあどう違うのか教えて貰わなきゃ、サッパリ判らんです。と、いう訳で拙はどの本が欲しいのか、全く判らんのです」

「そうですか」

　ご主人は顎を擦られました。

「私も商売ですから、あなた様にもご本をお売りしたいとは思いますが」

「なら売ってください。別に、難しいことはないのですわ。新しい歌のネタになる本でも一向に構わん。それならそれを元にして歌を作るまでです。良く出来た演歌を作るだけですわ」

「松岡様」

　何故かご主人はそこで松岡さんに向き直られました。

「さて今のお話――詩人の松岡様は、どうお考えでしょう」

　詩人――と、添田さんは声を張り上げました。

「学生じゃないのかね」

「学生というのは嘘ではありません。こちらは先だって東京帝國大學法科大學政治学科にご入学されたばかりの、優秀な学生さんです。同時に、浪漫主義の新体詩を作られる詩人でもあられる」

「お止めくださいご主人。再三申し上げている通り、私はもう、詩作への情熱を失いかけています。それに、浪漫云々と評されるのには抵抗がある」

失礼、とご主人は慇懃に謝られました。

「いや、だからこそお尋きしたのです松岡様。私の思うに、偶然出会われたお二人は同じような苦境にいらっしゃるのではないかと拝察仕りましたもので」

「はあ」

添田さんが妙な声を上げられました。

「何を言い出すのですかご亭主。いいですか、拙は演歌師ですぞ、演歌師。作るのは野天で声を張り上げて歌う、演歌です。しかも卑俗な戯れ歌だ。オッペケペーですぞ。いや、川上音二郎のオッペケペーにはまだ、その、こちらの言う思想があったのかもしらんですわ。拙は今、それすら見失っておるのですぞ」

新体詩にも思想はありませんよと松岡さんは仰いました。

「詩というと聞こえはいいですが、ただ言葉を並べただけのものですよ」

ただ並べただけでは詩になるまいさと添田さんは言いました。

それは、その通りでしょう。

「それは言葉は選びますよ。しかし、言ってしまえば聞こえの良いように選んで並べるだけですからね。それにしたって――西洋の真似です」

「そうなのか。いや、壮士演歌如きでも言葉を並べるのには苦吟するのさ。歌にするには、調子だのなんだのを合わせにゃならん。節がありますからな。一番と二番の長さが違うのじゃあ歌にはならんし、言い難い文言を連ねれば歌えなくなる。調子が良くなくちゃ、覚えても貰えない。だが調子が良くたって、意味が通じなきゃ歌にならんだろ」

流行歌には型があるでしょうと松岡さんは言いました。

「そんなものはないわ」

「ありますよ。貴方の言うその調子というのは型です。それを決めて、言葉を選んで嵌めて行く。節回しに合わせて主義主張に沿った内容を語る。それが歌になるのでしょう。詳しくはないが、使われる音の数は七と五の組み合わせが多いように思います」

そのようですねとご主人が答えられました。

「勿論そうでない歌も多くあるとは思いますが、人口に膾炙した所謂流行歌は、多く七音と五音を組み合わせた調子であるように思うのでございますが、如何でございましょう」

添田さんは何も言いませんでした。

ご主人は、例えば――と言って、歌のようなものを諳んじられました。節はついておりませんでした。

「乱れし世には忠臣の、顕る例し東西の、歴史を繙き見るにつけ、青年男児が尽くすべき、責ぞ中中重からむ、されば国家の貧弱や――『愉快節』は七と五の調子に作られておりますね」

それは『望青年』の歌詞じゃないかと添田さんは驚いたように言いました。

「ご亭主、あんた能く知っておるな。それは拙も好きで繰り返し歌った歌だよ。青年倶樂部に入ったばかりの頃、新潟から出て来た男と二人で組んで、街頭に立つとそればかりを歌っていたものだ」

添田さんは眼を閉じました。

何かを思い出しているのでしょう。

松岡さんはその姿に切れ長の眼で一瞥をくれて、続けました。

「七音と五音の組み合わせというのは、この国の言葉に於ては心地良いリズムを生むものなのでしょう。和歌も短歌も俳句も、その組み合わせですからね。狂歌であれ川柳であれ、目的や志は違えども、その型から外れるものではない。型はあるんです。詩歌には本来、型というものがあるのですよ」

「型か」

「約束ごとです。その約束ごとをきちんと守って、それでいて様様な表現をする、それでこその詩歌です。漢詩などもっと細かい約束ごとがありますよ。平仄に韻律と、それは細かく厳しい。漢詩に至っては、型通りか否かで評価が決まってしまうのです。俳句などには約束破りの作もありますが、それだって先ず約束ありきのことですよ。貴方達の作る流行歌は、一作ごとに節という独自の約束ごとを作っている訳でしょう」

寧ろ古典的ですよと松岡さんは言いました。

「新体詩というのは、あれは元元、翻訳した欧羅巴や露西亜の詩の真似なんですよ。翻訳なんだから型なんかない。並べ方が今までと違う、定型がないというだけで新体詩なども称しているが、要するに約束ごとがないというだけです。決まりごとがないのですから、何でもありでしょう。自律する何かがなければ、それはただの駄文です」

添田さんは眼を開けて、随分なことを言う人だなあ、と言いました。

「事実ですから」

「しかし、聞けばあんたもその新体詩の作家なんだろう」

「違いますよ。単に己に酔っていただけですよ。私の書いた詩は、だらだらと真情を書き連ねただけの、しかも具体的な物ごとを何一つ言い表していない、見事につまらない駄文です」

身も蓋(ふた)もない男だよと添田さんは呆れたように言いました。

「自由民権運動の是非は措(お)いておくとしても、それから貴方の仰るように思想信条が欠落していたのだとしても、演歌には主張があるではないですか。政治がおかしい政治家が当てにならない、政策が宜しくない政府は信用できないと、そういう主張を、面白可笑しく歌い上げるのでしょう」

「主張なあ」

添田さんは首を捻(ひね)りました。

「まあ、それらしいものはあったさ。主張はあったんだと思うよ。青年倶樂部は政治団体だ。政治運動もすれば選挙にも出るからな。壮士演歌てえのは、資金稼ぎを兼ねた政見の喧伝(けんでん)だ」

「そうでしょう。体制に異を唱えるという主張がある」

「いや」

添田さんはまた腕を組まれました。

「それは——あるか。あるんだろうな。条約改正問題に文句を言ったり、選挙干渉や廃娼(はいしょう)問題を声高に語ったりと、そういう歌はあるさ。壮士は天下国家を大いに論じた。今の日本にゃ政府なんてない、あるのは藩閥(はんばつ)だけだと、大いに発奮していたものだ。それは、主張だろうな」

「ならば、自分で節という型を考案し、そこに主張を盛り込んで、聞き易く歌い易く覚え易い歌を作る——立派な創作活動ですよ」

添田さんは顔を顰めました。

「創作はするがな。立派かな」

「違うと言うのですか」

「主張があればいいというものでもないだろう。壮士演歌なんぞは、その主張とやらを面白可笑しく弄り回しているだけじゃないのか。そう思えてならないのだ。拙は、もう選挙活動はしない。倶樂部に籠って歌ばかり作っている。読売専門だ。他の連中にとって、歌の読売は手段だが、拙はいつの間にか歌作りが目的になってしまったのだ」

お厭ですかなとご主人が問われました。

「厭ではないさ。ただ」

「これでいいのかとお悩みだ、と」

「そうだな。この松岡君の言う通り、高が戯れ歌でも何某かの主張があれば、何か意味もあるのだろうな。だが、拙は主張しているのではない。主張を歌にすることの方に心血を注ぎ始めている。そんな気がしてならん。それでは——」

「そうだとしても」

松岡さんは苛ついたような口調で添田さんの言葉を遮りました。

「貴方自身に主張がなかったとしても、ですよ。少なくとも貴方の作る歌には社会があるじゃないですか。この社会なくしてあなたの歌は成立し得ないんですよ。貴方が何処に工夫を凝らそうと、貴方の作る歌は社会批判であり社会諷刺でしょう。しかし、私の書く詩に社会なんかはない。私という個人の、歪んだ、拙い、狭い小さな心の中の、つまらなくて愚かしくて無意味な葛藤があるだけだ。それを恰も、この世の終わりのように大袈裟に書くだけなんです。貴方の作る歌を私は知らないが」

その歌の方が少なくとも世間の役には立つでしょうと松岡さんは言って、添田さんが座っているのとは逆の方を向かれました。

「優秀な帝大の学生さんに褒められるとは思っていなかったな」

「添田さん」

松岡さんは添田さんを横目で睨み付けました。

「添田さん。貴方達が体制に不満を抱いているのは解ります。私だっておかしいことはおかしいと思うし、何もかも正しいとは思っていませんからね。しかし、凡てが間違いだとも思わない。貴方は高尚なものだとかインテリゲンチアだとか富裕層だとか、そうしたものは普く体制の側にあると思っておられるようだし、またそうしたものが、恰も宙にぽっかりと浮いているかのように、それだけで成り立っているものであるかのような仰り方をなさるが、そんな考えは――幻想ですよ」

「幻想だと」

「そうやって仮想敵を作っているだけですよ。世の中はもっと複雑なものだ。大衆は簡単な図式を好むし、解り易い方が受け入れられるのでしょうから、政治運動の手法として問題の簡素化というのは有効でしょう。だが、実際には世間は黒と白に二極化できるようなものじゃないでしょう」

「灰色を認めろということかい」

「違いますよ。灰色はない。正しいものは正しいし間違っているものは間違っていてそれは正すべきです。黒は黒なんです。しかし黒と白は複雑に入り組んでいる」

「だから何だね」

　白だけが固まっていたり黒だけが固まっているようなことはないと言っていますと松岡さんはきつく仰いました。

「為政者や資本家が悪いのではない。為政者や資本家に頭の悪い者や性根の腐った者がいるというだけのことです。同じように、貧乏人にも駄目な者はいる。大勢いるでしょう。幾ら虐げられた暮らし振りだったとしても、間違いは正すべきですが、上流が凡ていけなくて下流は遍く正しいなどと決め付けることは幻想でしょう。政治家だって官僚だって、同じ人間ですからね。色んな人がいるんです」

「そりゃそうだが」

「今の政府には正さねばならぬところが多多あるでしょう。藩閥が根底にあることが原因なのかもしれない。だが、藩閥政治だから悪いというのも偏見でしょうよ。仮令藩閥が世の中を動かしていたのだとしたって、良い政が行われているなら不平は出ない筈です。富裕層とて何もひと括りにできるものじゃないでしょう。慥かにこの国には階層があって、それは表向きは撤廃されたんだけれども、消えた訳ではないでしょう。士農工商は廃されたけれど、代わりに貧富の差が剝き出しになった。婦人に対する蔑視だって、根強く残っていますよ」

　松岡さんは此方を向かれました。

「このお嬢さんだって、外から見れば裕福な士族のご令嬢ですが、女性だというだけで不当な扱いを受けているようです。ご本人はそれを不当だと思われてはいないようですが、聞くだに彼女の人権は否定されている。制度が変わったって文化は然う然う変わらない。この女性に、真の意味での自由はない。自由民権運動家は、こういう人には自由は要らぬと言いますか」

　そんなことは言わぬよと添田さんは言いました。

「まあ、金持ちや権力者に偏見を持っていることは認める。あんたの言う通り色んな人がいるんだろう。何もかも一緒くたにするのはいかんのだろう。気を悪くしたなら謝るが、ただ、拙が言いたいのはだな」

「お待ちください」

　ご主人がお二人の会話を止めました。

　添田さんと松岡さんは同時に、この得体の知れない、それでいて警戒心を抱かせない不思議な人物に顔を向けました。

「矢張り、同じではありませぬか」

「同じとは」

「新体詩と壮士演歌が同じだと申し上げている訳ではございません。形式が全く違いましょうし、創作の動機も、受け取られ方も全く違うのですから、同じという方がおかしいかと存じます。ただ、そうした差異を捨ててしまえば――如何でしょう」

「如何と言われてもだな、ご亭主」

「こうしてお聞きしておりますと、お二人ともご自分のお作りになるものにご不満があるご様子。いや、添田様はお作そのものにご不満がある訳ではないのでございましょうか」

「それはなあ」

　あるといえばある、ないといえばない、と添田さんはお答えになりました。

「そうですか。少し、整理してみてくださいませ」

「整理ですか」

松岡さんは、何か挑まれたとでも思われたのでしょうか。そんな顔付きで、人差指を唇に当てて考えを巡らせているようでした。

「整理しろというのは——その、何というか——それは装いや血肉を捨てて、骨格というか、構造というか、そういうものを比較しろということですか、ご主人」

「そうなりましょう。私と松岡様は別人ですが、同じ男。同じ人という括りにするならば、塔子様も同じ人でございます。甚だ失礼な物言いではございまするが、生き物という括りにするなら、犬も猫も同じ、ということになりましょうな。凡そ、目に見えるものなどは皮相に過ぎませぬ。着せられた衣服だけで人の本性は見えぬもの。和装も洋装も、布で身体を覆っているという意味では同じこと」

「それでも」

違うように思いますがと松岡さんは仰いました。

お考えが纏まったのでしょう。

「違いましょうか」

「添田さん。貴方は、貴方ご自身の在り方に疑義を抱いてはいらっしゃるようだが、壮士演歌そのものに疑義を抱いていますか」

添田さんは髪を搔き上げ、ウン、と一言言って、そうかと続けられました。

「まあ、多少は感じていますな」

「多少、ですか」

「まあ、歌など歌ったところで、またそれを広めたところで世の中が変わるものだろうかと、それは思わぬでもない」

「否定されている訳ではないですね」

「いや、まああんたの言う通りですよ。主張を解り易く広める助けにはなる。流行すればするだけ、まあ伝わりますからな」

「その主張――貴方のされている運動自体に対してはどうです」

「それはまあ、運動家同士で多少の違いはあるけれども、無意味なものとは思っていないですよ。皆、世の中を良くしようとしているのだし」

「そうでしょう。つまり、突き詰めれば貴方は、壮士演歌という形式やその目的である政治運動自体に大きな疑義を抱いている訳ではないのです。それとご自分との関わり方に疑問を感じているだけです。私は違います」

「どう違うね」

「私は、新体詩というもの自体にそれ程魅力を感じなくなっています。勿論、更に研鑽（けんさん）し、突き詰めて行けば、文学の形式としては有効なものになるのでしょう。ただ、今のままではいけない。そして、それを研鑽し突き詰めるだけの意欲を、私は既に失っています」

「遣る気がなくなったということかな」

「自ら詩作する意味を見失った、ということでしょうか」

「動機がなくなったということですか」

「そう、理由は明確です。自分の個人的感情を他人に披瀝しても、何の意味もないと気づいたからですよ。私には」

松岡さんはそこで言葉を切り、唇を噛んで、少し思案した上で、言い難そうに続けられました。

「想い人がいる」

「そうか。それはまあ、別に悪いことではないだろう」

「いや——それは、世間的にはそうなのでしょう。だが」

片想いか、それとも倫ならぬ恋かなと添田さんは言いました。

「茶化しておるのではない。気に障ったなら謝るが、そういう通俗な物言いを商売にしているようなところがあるのでね」

「そのどちらでもありませんが、私にとっては似たようなものです」

「身分が違うとか、そういうことかな。まあ、悲恋といえば身分違いと、そりゃあ瓦解前からの常套だ。あんたの言うように表向きは四民平等だが、いまだに出自は高い壁になっておるからなあ。華族新華族と貧民細民の縁組みなどは、まあないだろうし」

魚屋の娘ですよと松岡さんはぼそりと言いました。

「私は医者の居候。松岡の家は別に名家でも何でもありませんし、そうだったとしてもそんなものは障害にはなりません。いいえ、そうだったなら撥ね除けるでしょう。そういう、外圧の問題でもないんですよ」

「それじゃあ何だね」

「気持ちの問題ですよ」

「踏ん切りがつかないのか」

松岡さんは寂しそうに笑いました。

「そういう言い方も――できるかもしれませんね。私は、その人を迚も大事に想っている。ただ、多分添い遂げることは叶わないでしょう」

果たしてどのような障害があるのか、考えも及びません。

添田さんも同じように思われたのでしょう、やや肩を落とされて、松岡さんに顔をお向けになりました。

「はてさて、子細を知らぬから何とも言えぬけれども、あんたは賢いようだが、その賢さが邪魔してるのじゃないか。毛唐の言葉で恋は盲目とか、恋は闇とか謂うそうだ。あんたの場合は、その聡明さが目を啓き闇を照らしておるようだが」

照らしているものですかと松岡さんは言いました。

「目はより固く閉ざされ、闇はより深くなるばかりです。いや、詳しいことはこの際どうでもいいのだが、愛おしく想い慈しむ気持ちは、また切なく、辛く苦しい気持ちを生み出すものです。今の私は、正直に告白するなら、その人への想いで満ち溢れているんですよ。こんなことを言うと添田さんは私を軽蔑するかもしれないが――今の私には学問も立身も、序でに言えば社会も国家も二の次ですよ」

当たり前だと添田さんは言いました。

「誰が軽蔑なんぞするものかね。惚れれば誰でもそうなるさ。医者殿も学士様も恋の病だけは治せないと謂うからな。だから、それとこれとは話が別だろうよ。何の悩みもなくたって、何も考えてない輩も多いんだ。そうしてみればあんたぁ、至極真っ当な人だろう。拙だってそこまで女に惚れりゃあ同じようになるさ。いいや、上から下まで、誰だって、みんなそうだろう」

「そう、誰でもそうなのでしょう。身分思想の隔てなく、同じようになるのかもしれない。珍しい話じゃあないんですよ。だが」

他人のそんな気持ちを、貴方は知りたいですかと松岡さんは問われました。

添田さんは困ったような顔をなさいました。

「いやあ、下世話な話、知人だったら知りたくないこともないだろうが、まあ、赤の他人だったなら」

どうでもいいでしょうそんなことと松岡さんは言いました。

「貴方の歌う歌は、慥かに卑俗なのかもしれないが、それは、わざとそうしているだけなのでしょう。大衆に染みるように面白可笑しく作っているだけで、そうするだけの意味がちゃんとある。聞く方にも聞く意味が生まれる。藩閥政治は愚かだという歌を聴けばそうだそうだと思うし、愚か者を愚か者と詰れば溜飲も下がる。もしかしたらそれで世の中が変わるかもしれない。いや変えようとしている。しかし私の詩はそんなものじゃない。貴方は他人の恋心など聞かされて楽しいですか。いや、貴方は自分のそんな気持ちを、誰とも知らぬ不特定多数の人に喧伝したいですか」

「そうだなあ」

　添田さんは首を捻ります。

「まあ、惚気というのはあるだろう。程度にも依るが、他人の惚気はそんなに聞く気にはならんから、この先自分がそうなった暁にもあまり口走らぬよう心掛けるつもりだがな。それから、まあ巧く行かぬ時は誰かに相談したい、打ち明けたいという気持ちにはなるかもしらん」

「広めたいですか」

「いやあ。そんなことをする――」

　意味がないでしょうと松岡さんは言いました。

「恋文を新聞に載せるようなものなんですよ、私の詩作は。貴方の戸惑いと、私の懊悩は、だからまるで質の違うものです。貴方が壮士演歌という形式に対してそれなりの意味を見出して（みいだ）いるのに対し、私は現在の新体詩という形式自体に疑義を持っているのです。その上詩作の動機にも大いに疑義を持っている。まるで違いますよ」

整理しましたよご主人、と松岡さんは言いました。

ご主人は興味深そうにお二人の会話を聞かれていましたが、一言、

「まだ足りませぬ」

と仰いました。

「足りないですか」

「もう一枚衣を剝（は）がなければならぬかと存じますが」

ご主人はそう言って、帳場の方に行くと一枚の紙を手にして戻られました。どうやら錦絵か何かのようでした。

「これは三枚続（さんまいつづき）の大判錦絵です。何が——描かれておりますでしょう」

ご主人は一枚を添田さんに、もう一枚を松岡さんに渡し、残りをくださいました。

受け取って見ると、迚（とて）も気味の悪いものが描かれておりました。

円（まる）い、巨（おお）きな目玉のお化けが、幕のようなものを曳（ひ）いていて、その真下には頭に髷を載せた時代の人——お侍が座っています。

眺めているとやがて松岡さんがご自分の手許の絵をくださいましたので、代わりに差し出しました。

二枚目の絵には、囲碁を打っている二人のお侍が描かれていて、上の方には三ツ目だのろくろっ首だの、奇妙な姿をした異形（いぎょう）のもの達が沢山描かれておりました。

最後に手渡された一枚にも、旗や提燈（ちょうちん）などを掲げて押し寄せて来るお化けの群れが描かれており、やはり侍が一人描かれておりました。杯を持っていますから、お酒を飲まれているのでしょう。

化け物の絵じゃないかと添田さんが仰いました。

「これは見世物小屋の看板のようなものじゃないかね。真ん中で碁を打っている侍のところには、坂田金時（さかたのきんとき）と渡邉綱（わたなべのつな）という名が書かれていたから、大方、頼光（らいこう）と四天王の絵だろう。これから上に浮いている化け物どもを退治しようという趣向じゃないのか。ご亭主、これがどうかしたのか」

「はい、それは歌川國芳（うたがわくによし）描く『源頼光公舘土蜘作妖怪圖（みなもとよりみつこうやかたつちぐもさくようかいのず）』という題の錦絵でございます」

「ほうれ、そうでしょう。國芳とあらば慥（たし）か、そう、拙（わし）はその絵の続きを見たことがありますぞ。この、目玉の大きな化け物が土蜘蛛（つちぐも）なのでしょう。こいつを、頼光が斬り倒している絵があったぞ。わりと最近、見た覚えがある」

ご主人はおやというように眉間に力を入れ、すぐに、

「確かにございます。國芳は豪傑が化け物を退治する絵を能く描いている。でも、頼光が土蜘蛛を斬る絵が刷られましたのは、その錦絵が刷られる二十年も前のことでございます。文政の頃ですから、七十年は経っております。それに蜘蛛の絵柄がかなり違っております」

と仰いました。

「いや、そういう形のお化けが描いてあったと思いますがね」

「もしや添田様がご覧になったのは、國芳ではなく芳年ではございませんか。『新形三十六怪撰』の中に『源頼光土蜘蛛ヲ切ル圖』がございます。そちらの蜘蛛は、同じような姿形でございましょう」

「そうかもしれんが」

それが何ですかご亭主と添田さんは不審そうにお尋ねになりました。

松岡さんは黙っています。

「蜘蛛だろうが百足だろうが構わぬが、空想で描かれた化け物退治の絵など、関係はないと思うが」

「いや」

松岡さんが口を開きました。

「これは慥か、天保の改革に対する批判というか、諷刺画として描かれたもの——ではなかったですか」

「そう謂われております」

「ただの化け物の絵に見えるが」

添田さんは訝しそうに顔を顰められます。

「その、蜘蛛の化け物の下で床に就いているのが源頼光でございますが、それこそが時の将軍徳川家慶だ——とされております。その前に描かれている卜部季武が、老中水野忠邦だと謂われます」

「何故だね。そんなことはどこにも書いていない」

「季武が身に着けている衣装の逆沢瀉紋が水野の紋と通じているのです。それから頼光の床の前に置かれた台の上に、兎の置物がありますでしょう」

「ああ。小さくて見えなかったですが」

「それは干支です。天保十四年は卯年だったのでございます」

「それだけのことか。だが、それでそう思えと言われても、そうと聞かなければ解らないと思うがなあ」

「その当時は解ったのです」

「そうなのですか」

「ええ。大評判になった。しかしそうだったとして、上に描かれている化け物は一体何だ、ということになりましょう」

「何なのだ」

「圧政に苦しむ大衆でしょうか」

松岡さんがそう言いました。

ご主人は首肯かれました。

「その通り。天保の改革で苦しんでいる庶民こそがその化け物の一団なのだと、当時の人達は判じたのでございます。そして、それぞれの化け物が何を表しているのか、どのお化けが誰なのか、振り当てて考案するのが流行したのだそうです」

「考えれば判るように描かれているのですか」

「判らないように描かれています。判ってしまえばお縄になってしまう。実際、お咎めのないよう、版木は削られたとか」

「しかしそれでは矢張り判るまい」

判ったのですよとご主人は言いました。

「少なくともその時代の人人には通じたのです。その時代の民衆は、その絵をそう読み解いたのです。宜しいですか添田様。天保十四年といえば、高だか五十四年前でございますよ。瓦解前とはいいえ、当時を知る人はまだ大勢生きております」

「そうだが」

「たった五十年で判らなくなってしまったということでございます。例えば、そう、その頼光公の顔が、伊藤博文公や松方正義総理大臣の似顔になっていたとしたら、どうでございましょう」

「いやいや、それなら見立てもし易いが」

「五十年後では如何」

「ああ。しかしなご亭主。そういうものは今の世に向けて発信するもので、五十年後百年後に伝えるために作られるものではなかろうよ」

「仰せの通り。しかし、五十年経って意味は判じ難くなっておりますが、この錦絵は充分に美しゅうございます。絵画としての価値は微塵も下がっておりません」

　添田さんは眼を細められました。

「これが下手な絵であれば、多分残っておりません。それだけではなく、当時だとて流行はしていなかった筈です。その絵に誘発されて後発で描かれた同じような風刺画が沢山あったそうですが、そちらは、お咎めを受けたそうですし、実際に今ではもう目にすることもない。宜しいですか、この錦絵は、先ず以て、絵として優れていたからこそ売れたのでございます。売れて、大勢の目に触れたからこそ、絵解きも流行した。違いましょうかな」

　添田さんは眉間に皺を立てました。

「主張や思想を形にして世に問うためにはそれなりの覚悟と、同等の研鑽が必要なのです。宜しいですか、その錦絵は天保の改革に対する風刺画と謂われてはおりますけれども、違うのかもしれないのです」

「違う――とは」

「水野の改革断行に反対する意志を以て描いたと國芳が明言したなどという話は寡聞(かぶん)にして聞いたことがありません。置物にしても家紋にしても、偶然なのかもしれない。その魑魅魍魎(ちみもうりょう)どもを誰かに特定することなどできはしないのかもしれませぬ。凡てが深読みのなせる業なのかもしれない。それは、そうした意図で描かれたのかもしれないけれども、そうでないかもしれないのです。確実なのは、その時代の民衆が」

　勝手にそう受け取ったということだけにございまするとご主人は言いました。

「添田様。あなた様が運動そのものより歌作りに専念されるようになったのは、宜(むべ)なるかなと存じまする。片手間に作った歌では、世の中には受け入れられますまい。広めるためには技巧が要る。工夫を凝らし、民衆に親しまれ広まる流行歌を作るのは、簡単なことではございません。あなた様は、それに就いてはご理解されているご様子と――お見受けいたします。それなのにそれでいいのか、とあなた様が仰るのは、松岡様の仰るような、単なる関わり方の問題ではないのではありませぬかな」

「さあ、どうでありましょう」

「運動をお止めになったのだとして、お作りになった歌が有効な政治運動となり得るのであれば、それはそれで良い筈でございます。また、街頭で歌を歌うことが政治運動とはならぬと判じられたのなら、別の方法を考案するしかございませんでしょう。でもあなた様は、松岡様の仰る通り、壮士演歌の有効性を認めていらっしゃるのですよ。それ自体に疑義は抱かれていない。ならばあなた様は、あなた様のお作りになった歌が、民衆に単なる戯れ歌として受け取られることが厭――なのではないのですか」

「ああ」

「流行させるための工夫と、主義主張を盛り込むための工夫は、自ずと道が違っておりましょう。主義主張を盛り込む工夫は運動と直結しておりましょうが、流行させるための工夫は運動とは関係のないもの。しかし、流行させるための工夫がおざなりになってしまえば、歌は広まらないのでございます。だからこそ、あなた様は、運動と無関係な工夫に心血を注ぐことになられた。そして、そこに至って不安を抱かれた。良い出来の歌は広まる。しかしそれはただ、面白可笑しい流行歌として広まっているだけではないのか――と」

　そうですな、と添田さんは素直に認められました。

「その通りだご亭主」

「あなた様が心血を注いだ工夫は、受け入れられはするものの、あなた様が望む形とはまるで隔たった形で受け入れられている。そこが納得できない――のではございませぬか」

まさにそうだよと添田さんは仰いました。

「一方」

ご主人は松岡さんを見据えられました。

「松岡様の方は、今の新体詩そのものに魅力を感じなくなられておられる上、また詩作の動機も薄らいでいると仰せです。しかしそれはひとつの変節――なのでございましょうか」

「考えを改めたのです」

「ならばその契機は」

「契機などありませんよご主人。熟考の末のことです」

「そうでございましょうか。辛く、切ない恋心を綴っているというのに、美しい浪漫主義の詩として受け取られてしまう。真情を吐露しているというのに、読み手の方は浪漫として解釈してしまう。何と美しく、素敵な詞だろうと、夢見がちな娘さん達が心を焦がす。しかし松岡様にしてみれば、その詩はそんな浮ついたものではない。切実でしょう。だからご自分の詩は、そんなものじゃないんだと――強く思われた」

そんなものじゃありませんからねと松岡さんは投げ遣りに仰いました。

「さっきも申し上げたが、恋文を新聞に載せたって意味はない」

「それはあなた様にとって意味がない、ということでございましょう」

「何ですと」

松岡さんは——。

動揺されたように思えました。

「歌舞音曲、絵画、演劇、詩歌、彫刻、そうしたものは舶来の言葉でartと謂われますでしょう。昨今では芸術とも呼ぶようでございますが」

「今年亡くなった旧幕臣の西周の命名と聞きます」

「明六社の西様でございますな。漢学蘭学共に造詣の深かった西様ならではの訳語かと存じまする。ただ、この芸術という新しい言葉は、芸の字が付きまするから、所謂芸事と一緒にされがちでございます」

「芸事と芸術ですか」

「ええ。それはある意味で一緒でもあるのでしょうが——少しばかり異なってもおりましょうな」

「そうですか。私には大きな違いが判りませんが」

「そうですねえ、言うなれば——観る者の存在、とでも申しましょうか」

「芸事にも鑑賞者はいますでしょう」

「我が邦(くに)の芸道は、鑑賞者なくしても成り立ってしまうものなのでございます」

「そうですか。そうとは思えませんが」

「芸は、芸として独立してあり、人はその道に励み技を磨き、精進するのみ。芸が成ったか否かを決めるのは観客ではございません。師匠であり家元です。芸が成っていれば鑑賞者は称賛する。成っていなければ認めない。それのみにございます。鑑賞するのは一定水準以上の芸事であって、それは常に同じものでなくてはなりません。それは文化風土と決して切り離せるものではない。即(すなわ)ち本邦の芸道は普遍を否定しております。しかし、芸術は違いましょう」

「違いますか」

「芸術に於ては、創作者と鑑賞者は同等なのでございますよ、松岡様。鑑賞者の心中に何某(なにがし)かの感動が発露した時、それは初めて芸術と呼ばれるのでございます。芸術は決して自己の表現などではございません。そんな、独(ひと)り善(よ)がりなものではないのでございます。art は観る者聴く者の中に立ち上がるものなのです。芸術的価値は第三者が付けるもの。創った者が値踏みできるようなものではございません」

「いやしかしご主人——」

松岡さんは矢張り動揺しているようでした。

「――artが自己表現でないというところは得心が行きません」

「作者がどれだけ自己を表現し得たと判じようとも、鑑賞者にそれが伝わらなければそれまででございましょうな。一方で、作者の想いを何一つ反映していない作品であっても、鑑賞者は勝手に何かを感じ取るもの」

「それはそうでしょう。だが」

「作者一人が満足したとしてもそれは芸術とは呼ばれないのです。普遍性が高ければ高い程に、芸術的な価値は上がるのでございますよ。十人が感動するより百人が感動する方が、十年保つ感動より百年保つ感動の方が、芸術作品としては優れていると判断される、ということでございましょう。事実、百年前の彫刻だとて素晴しいものは素晴しいのでございます。今観ても、その感動は変わりますまい」

　松岡さんは濃い眉を顰めて、ううんと唸られました。

「宜しいですか松岡様。千年前に彫られた仏像があったとしましょう。それは見事な出来栄えだったとしてくださいませ。それを海外のお方が観て、素晴しいと感動したとしましょう。その瞬間、その仏像は芸術として評価されたことになる。しかし千年前にその仏像を彫った仏師は、そんな評価など全く期待していなかった筈。仏師はただ有り難き仏の姿を刻みたかっただけ。信徒に仏の御姿をお見せしよう、現世に御仏を顕現させようと、そう思って彫ったに違いないのです」

「ならその評価は迷惑でしょう」

松岡さんは剣のある口調で言いました。

「それに外国人相手では布教にすらならない。異教徒にとっては、普賢菩薩か大日如来かも判らないでしょう。無意味な評価です」

「仏師にとってはそうでございましょうな」

「ならば」

「それを観た人の感動を否定することはできますまい。またそう評価されたことで本来の仏師の意図が曲げられるとも思えない。もしも曲がってしまったのなら、それは作り方が悪いということ。ならばやむを得ないこととして作り直すよりありますまい。そうだとしても、その仏像の芸術としての価値は否定できないのではございませぬか」

松岡さんは答えませんでした。

「同じことです」

ご主人はそう静かに仰いました。

「その錦絵は、時代を描いている。体制に反抗する諷刺画としてその時代の大衆に受け入れられたのでしょう。しかし、今は時代が違ってしまった。諷刺画としては機能しません。天保の改革は昔のことだからです。しかし、その錦絵の芸術としての価値は薄らいでいません。それは普遍的なものだからでございます」

「普遍――ですか」

「普遍でございます。普遍を否定する本邦の芸道も、極めれば普遍を獲得し得るものと存じます。本邦の歌舞音曲を観た異国の方が、意味も何も判らずとも何かしら感動を得たとするならば、その感動は文化風土とは切れたもの。それは鑑賞者が定めた価値でございます故、芸術と呼んでも差し支えないものにございましょう。そして、仮令芸術と呼ばれようとも、芸道芸事としての価値が下がるものではございますまい。芸術としての価値は、別の価値。そうして得た価値は、既に普遍でございます」

　野菊と一緒ですわねと申し上げました。

　松岡さんは一度此方を向かれました。

「野菊――」

「野菊は普遍だと松岡さんが仰いました」

　松岡さんは、此方を向いて何とも表現のし難い表情をされた後、ご主人の方にお顔を戻されました。

「そうですね。嫁菜は何か主張がある訳ではない。ただ咲くだけです。しかしそれを綺麗だと思うのは観る者の自由です。そしてどんなに綺麗だと思っても、嫁菜は困りはしない。嫁菜が花を咲かせるのは種を次代に継ぐためで、その目的と、我我が綺麗だと思うことに関係はない」

「そうなのです。私が、お二人を同じだと申し上げましたのは、正にそこのところなのでございます。発信する者の想いと、受け取る側の想いに大きな乖離がある。お二人共その差を歪みとして受け取られていらっしゃる。そして、それを何とか解消しようとなさっている。添田様はご自分の歌との関わり方に歪みの原因を求められていらっしゃるようです。松岡様は歪みが生まれるのは仕方のないこととされて、詩作をお止めになる選択をされた。これは大変僭越な物言いになってしまいまするが」

それはそれで一つの見識でございましょうとご主人は仰いました。

松岡さんは、何もお答えになりませんでした。

「ただ老婆心乍ら付け加えまするなら、松岡様がどうお想いになろうとも、松岡様の発表された作品が浪漫主義の新体詩として受け取られ、少なからぬ人人を感動させたことは事実でございます。それ自体は否定できますまい」

花を愛でるのと同じことと、ご主人は仰いました。

「松岡様がそれを厭だとお感じになり、詩作から引かれると仰せならそれはご自由でございまするが、そうされたところで発表された詩に対し芸術としての価値が付けられたことは、変えられぬ事実でございますぞ。この時代の幾人もの読者がそう認めたのでございますから」

それは消せぬのですとご主人は仰いました。

「また、添田様がお作りになられた楽曲が面白可笑しい戯れ歌として巷間に広がることも、これは良いことかと存じまする。流布しなくては目的が果たせませぬからな。その場合、仮令どのように受け取られたとしても、それは創った者が兎や角言えることではないのでございます」

「そうなのかな」

「受け取るだけの私が申し上げるのですから、そうお考えください。先程、添田様は時代を見失われたと仰せになった」

「言った。自分だけではない、例えば仲間の久田の作なども、時代から離れてきているように思えておったから、それはまあそう思う」

「それは、普遍的な工夫に目が行っているだけかと存じまする。再度申し上げますがそれは悪いことではございません。この錦絵を観れば一目瞭然、普遍的価値と時代的な価値は共存できるものかと」

「いや、話は解るがご亭主。拙の歌は政治の手段で、その、芸術とやらではない」

「ですから」

ご主人は添田さんの前に立たれました。

「それは作り手の決めることではございませんよ、添田様」

「うむ――」

「芸術は別段崇高なものではございません。それを何か特別なもの高尚なものとして祀(まつ)り上げることこそ、添田様がたの主張に反することであろうかと存じます。それは、寧ろ庶民の中にこそ生まれるものであるべきです」

「庶民、ですか」

「国を作るのは大衆です」

「平民、と受け取れば良いのかな」

　そうですねと、松岡さんが仰いました。

「民の暮らし、俗なる文化は為政者が押し付けたものではない。暮らしは常に、民と共にあるのです。そして、それは急激に変わるものではないのかもしれない。時代は変わります。制度も変わる。でも土地土地の習俗が大きく変わることはない。そこには、もしかしたら普遍となるべき何かがあるのかもしれません」

　卓見(たっけん)かと存じますと、ご主人は仰いました。

「例えば、七五調と申しますのは今の時代だから受け入れられるという類(たぐい)の形式ではございますまい。そうした技巧は古くから沢山ありましょうし、今も廃れてはいない。普遍の技巧というのは、器でございます。良い器の方が長持ちするし、使い易い。そして美しい。だから喜ばれもしましょう。盛られた料理は喰われてしまえば消えてなくなりましょうが、しかし喰えば身になる。そして、良くできた器は」

何年も何百年も保ちましょう。

「良い器か」

「はい。ただ器だけではどうにもなりませぬ。飾っておくことしかできませぬ。器は料理を盛るためにありましょう」

「何を盛る」

「添田様の場合はそこに主張を盛ることになりましょうか。しかし、ただ盛ったのではいけません。時代に沿った料理をしなければなりますまいな。どれだけ素材が良かろうと、どれだけ器が良かろうと、料理の手が拙ければあまり食べては貰えませぬぞ」

普遍の器に時代という料理を盛るのでございますとご主人は仰いました。

「慥かにそうですな。久田の愉快節は歌詞を替えて何度でも歌われる。なる程、拙が今工夫しているのは、良き器作りか。ならばそこに良き素材を、上手に料理して盛れば良いのか」

大勢が喰いましょうとご主人は何故か嬉しそうに仰いました。

「ただ、召し上がった凡ての人に料理の趣旨が伝わるかと言えば、それは否です。しかし、例えばその料理の目指すところを感じ取れる御仁が十人に一人あったと致しましょう。そうならば、十人にしか食べて貰えなければたった一人にしか伝わりませぬ。しかし千人が食せば百人に伝わる。そのための工夫でございましょう」

「そうか。得心できた気がする」

添田さんはぽんと膝を叩(たた)かれました。

「それでは添田様、本日は」


どのようなご本をご所望でしょうかとご主人は仰いました。


「本は要りません。この絵を買う」

「そうですか」

「このなあ、蜘蛛。このようになろう。まあ拙(わし)は蜘蛛ではなく蟬、しかも鳴けぬ蟬のようなものですが、世の中の外側からこう、かっと覗き込み、為政者どもの頭の上でずっと鬱陶しく歌い続けることに致しましょう。平民として」

「畏(かしこ)まりました」

ご主人はそう言って、三枚の錦絵を集めるとしほるさんにお包みするように言い付けました。

それから、ご主人は松岡さんの名をお呼びになりました。

「先程の芸術のお話でございますが」

「何でしょう」

「そもそも西様が芸術と訳されたのは、ただの art ではなく、liberal arts のことであったようでございますよ。リベラルと謂えば自由主義なのでございますが、リベラルアーツとは、本来は人を自由にするための技術のことでございます」

「それはどういうものですか」

「先ずは学問――でしょうか」

「学問ですか」

「そうです。しかも、基礎的な学問、普遍的な学問です。文法学、論理学、算術、そうしたものでございます」

「ほう。そうでしたか」

「はい。これは音曲や絵画などより更に普遍的なものでございましょうな。個人が感動するとかしないとかいうような類のものではなくて、体系化した知識と申しますか、そういう意味では寧ろ science に近いかもしれませんな」

「より、普遍的ですか」

「正に余計なお世話なのではございますけれども、松岡様は、どうもそちらの方をお好みのような気が致します。いつでございましたか、松岡様はエミイル・ゾラの本をご所望されましたでしょう。ゾラの根底にも、近代自然科学がございます」

「そうかもしれません」

「あくまで私見でございまするが、松岡様のお考えは文学や芸術というより、人文科学と呼んだ方がしっくり来るような、そんな気がするのでございます。松岡様はartsを創られる方ではなく、artsを研究される方なのではないかと」

「そう——思われますか」

松岡さんは何かを呑み込まれ、それから立ち上がられました。

そして、此方の塔子さんは小説をご所望です、と仰いました。

驚いてしまいました。

「先ずは、封建的なご家族に見付かってもあまり呵られぬような、それでいて面白い小説を見繕ってあげては戴けませんか」

松岡さんはそう言って、少しだけ微笑まれたのでした。

添田平吉こと添田唖蟬坊様は、それからも演歌師としての活動を続けられました。

大衆新聞『二六新報』の復刊に関わられたり、日本社会党結成の折には評議員になられたりもされたようですが、それでも演歌師をお辞めになることはなかったのでございます。

添田唖蟬坊様は、ずっと辻に立ち、能く通るあの声で、自作の曲を歌い続けられたのでございます。

やがて愛妻の死を境に暮らし振りをすっかり改められた添田様は、常に貧しき人と共にあることを実践され、また全国を漂泊されて、明治の御世が終わった後も尚、お亡くなりになるまでずっと、歌を歌い続けられたのでございます。

元号が改まってからお作りになった『まっくろけ節』や『ノンキ節』などは、時代を超えて歌われる流行曲となったのでございます。

そしてその時、ご主人がお売りくださった小説はと言えば――。

いいえ、それはまた、別のお話なのでございます。

書楼弔堂
炎昼

探書玖

隠秘

家裡にあって、隠れて読書をするという行いは、殊の外難儀なことだったのです。厚い御本ではありませんでしたから、数日もすれば読み終わってしまうかと思っておりましたのに、何と三月もかかってしまったのでした。

読み進むうちに歳も暮れ、そして、気がつけば新年が訪れてしまっておりました。

一日数頁、日によっては何行か、時に何文字かしか、読み進めることが叶いませんでした。

読み慣れていないことは慥かでしたが、取り分け読むのが遅いということもなかったと思います。家人に見付からないように怖く怖くと読み進めた所為でしょう。

微かな音を耳にしては本を閉じ、気配を感じては隠し、寝た振りをしてみたり嘘恍惚けてみたり、そんなことばかりを繰り返していたのでした。

御本を家に持ち帰った時は、それはもう激しい動悸がしたものです。眩暈を起こしそうな案配でした。まるで御禁制の品でも持ち込むかのような——いいえ、正に吾が家に於てそれは御禁制の品だったのですが——背徳い気分になったものでした。

でも。

持ち込んだのは悪書ではありません。

何といっても、明治女學校の英語教師でいらっしゃった若松賤子先生のご著書だったのですから。

題名は『小公子』といいます。米国のバルネット夫人という女性が書かれた小説を若松先生が翻訳されたもので、幾年か前に大層評判になった御本です。本当はもっと年齢の低い、しかも男の子などが読むものなのかもしれないのですが、どうしても読みたかったのです。

明治女學校は昨年――いいえ、年が明けたので一昨年、火事で焼けてしまったのですが、若松先生はその数日後にお亡くなりになってしまわれました。

元元胸を患われていらしたようなのですが、心労もおありだったのでしょう。

お友達の幾人かがこの女学校に進み、若松先生に教えを乞うているのです。その所為もあって、読んだという人も身の回りには多く居りました。

書舗――弔堂のご主人は、あれこれと沢山面白そうな御本を勧めてくださったのですが、偶偶その中にこの本を見付け、どうしても読んでみたくなったのでした。

何でもこれまでは前半しか本になっておらず、そのうえ後半の推敲原稿も火事で失われてしまったのだそうです。先生の死後、何方かが雑誌に載ったものを纏めることをして、昨今漸く凡て揃ったのだとご主人は説明してくださいました。

それなら出遅れたということもありますまい。

表紙に描かれた少年の絵は、ちょっと金太郎のようでもあり、どんな話なのか大いに気にもなったのでした。

お話は、想像とはまるで違っていたのですけれど。

しかも違っていたのは筋書きだけではありませんでした。

書き振りが、まるで新鮮なのです。

毎日毎日、ほんの僅(わず)かしか読めないというのにも拘(かかわ)らず、本を開くたびに、すうと続きが頭に入って来ます。

忘れてしまうことなどありませんでした。

本を閉じている時、本の中の世界の時間は止まっています。

でもその時間は、本を開くだけで、また止まったところから流れ出すのです。

こんな不思議なことが、他にあるでしょうか。

まるで二つの時間、二つの世界を往き来して暮らしているような、そんな感覚なのでした。しかも、どちらの世界に行くのかは、自分次第なのです。頁を開いて文字に目を落とせば、その瞬間から別の世界の時間が動き出すのですから。

何て贅沢(ぜいたく)なのでしょう。

魔法のようです。

文章も、迚も読み易く、誰かに語りかけて貰っているような、いいえ、自分が語ってでもいるかのような——知らないことを自ら語るというのは、それこそ魔法染みているのですけれども——少し奇妙な想いに駆られてしまいました。

読む度に。

話に聞けば、『小公子』は言文一致という今風の書き方で綴られているのだそうです。しかも、その書き方を工夫された一人である、坪内逍遙という偉い先生も良く書けているとお褒めになったとか——受け売りなので能くは知らないのですが——そうしたものなのだそうです。

直接お目に掛かったことこそないのですが、お友達の先生という、そう遠くない間柄の方がお書きになったのだと思うと、何故か誇らしく思えてしまいます。

我乍ら子供っぽい考えだと思うのですけれど。

そんなこともあって、大いに夢中になったのでした。

切れ切れではありましたけれども、この三月の間、文字通り夢中になっていたのです。時に、本を閉じている間も気持ちは小説の世界に飛んでいて、夢現になったりもしました。物語が佳境に差し掛かった頃には、現世に居乍ら心は英国のお屋敷なぞにあって、うっかり粗相をして叱られたりもいたしました。

読み終わった時の寂寥さといったら。

もう一度最初から読み直そうかと思ったくらいなのでした。

何しろ、初めて読んだ小説なのですから仕方がありません。読後の余韻は中中醒めず、お年始の挨拶も漫ろで、どうにも落ち着きませんでした。

この気持ちを誰かに伝えたいという衝動に駆られました。

いいえ、話すだけでは不充分です。自分以外の誰かと、小説に就いて語り合いたいと思ったのです。とはいえ、家裡でそれを口にする訳には参りません。何しろこの家で小説は御禁制の品なのですから。

仮令、女学校の立派な先生がお書きになったものであっても、それがどれ程評価されているものであったとしても、そんなことは関係ありません。

元元は異国の小説なのですし、訳された方も敬虔な基督教徒で、しかも英語をお教えになっていた方なのです。若松先生がどれだけ人格者であられたのだとしても、薩摩武士だったお祖父様が許す訳もありません。

見付かるなり取り上げられて、破かれるか焼かれるかしてしまうでしょう。

そんなのは絶対に嫌です。

それでも我慢できませんでした。

感想を言ったり、聞いたりしたくて仕様がありませんでした。

思いあぐねた結果――。

お友達と会うことに致しました。

松も取れたところですし、ここしばらくは温順しくしていたのですから、それくらいは構わないでしょう。

人選は色色と思案しましたが、菅沼美音子さんに白羽の矢を立てました。美音子さんはお医者様のご令嬢で、明治女學校で若松先生に英語を習っていらした方です。記憶が確かなら、以前、『小公子』のお話もされていたと思います。

良家の子女ですから、家人に隠す必要もありません。

爺やにお遣いをお願いしました。明日の午に甘味屋で待ち合わせを致しませんかという言伝を托したのです。

快諾のお返事を戴きました。

その夜は中中寝付けませんでした。

殿方と密会でもするような——勿論そんなことをしたことはありませんから、想像でしかないのですが——そんな気持ちだったのです。

小説の主人公、セドリックのことを考えているうちに、それは夢になり、夢が現実と混濁して、漸く眠りました。

そんな訳ですから。眠りは浅かったというのに、大分早く目覚めてしまい、することもありませんので、そそくさと支度をして、かなり早めに家を出ました。

悠寛(ゆっくり)と歩いて行けば良いのです。

街の人出は思っていたよりずっと多いようでした。取り分け、子童(おこさま)の手を引いたご婦人の姿を多く見かけました。ただお母様との嬉(うれ)しいお出掛けの筈(はず)ですのに、児等(こら)は一様に何ともいえぬ表情をしているのでした。可怖可驚(おっかなびっくり)というか、恐る恐るというか、娯(たの)しんでいる様子はありません。

そこで気づきました。

なる程、本日は閻魔詣(えんまもうで)なのです。

地獄の釜開き、帝都中の閻魔堂が御開帳になる日なのでした。

畏(こわ)い畏い閻魔様のお顔を童(わらべ)に見せて、嘘(うそ)を吐(つ)くと舌を抜かれますよと教えるのでしょう。

増上寺(ぞうじょうじ)の閻魔様しか観(み)たことはありませんけれども、慥(たし)かに眼(め)を剝(む)かれ、口を大きく開かれた、それは恐ろしげなお顔をしていらっしゃいました。幼い童(わらべ)なら泣いてしまうに決まっています。

なる程これから怖いものを見せられると知っているから、あんな表情になっているのでしょう。初めて詣(まい)る子も薄薄感付いているのです。

微笑(ほほえ)ましい気持ちになります。

同時に少し滑稽(こっけい)な気も致します。

　実際に地獄があるものかどうかは知りませんけれど、お堂に祀られている閻魔様はどれも木造です。それを見せて脅かしておいて、舌を抜くと威すというのも、また嘘のうちのように思えます。

　嘘吐きを止めさせるための嘘というのは、嘘に勘定されないのでしょうか。

　小さな橋を渡って、堀端を歩きます。

　水仙が沢山咲いていました。

　割と、好きな花です。

　何も考えずに白く清廉な花を眺め、そこではたと気がつきました。

『小公子』の舞台は米国と英国です。勿論行ったこともなければ、何かで目にしたこともありません。それなのに何故か、判らない知らないとは思いませんでした。

　挿し絵を覧て想像していた訳でもありません。綺麗な絵を眺めれば素敵だとは思いますけれど、それを現実とは思いません。お伽噺のように、その絵の中に入り込んでしまうような気になることも、ございません。

　絵は、絵なのです。

　でも、夢中になって読み耽っていたその時、小説の登場人物はちゃんと生きて暮らしておりました。あれはいったい、何処で生きて何処で暮らしていたのでしょう。頭の中では、何もかも、この現実と変わらぬ有り様で感じておりましたのに。

英国にも水仙は咲くのでしょうか。

もしかしたら咲かないのかもしれません。咲かないのだとしたら、『小公子』の世界の人人は、水仙の咲くこの風景を知らないのでしょう。

でも——少なくともこの三月の間、毎夜毎夜自分が成り代わっていた『小公子』のセドリックは、水仙を知っていた筈です。

そう、思います。

真実のセドリックは、知っているのでしょうか。

真実のセドリックとは果たして誰なのでしょう。

作り物なのですから、存在しないのでしょうか。

それなら、あの胸躍るような三月の体験は——。

何だったのでしょう。

益々不思議な気持ちになりました。

堀から離れ、径を抜けて、また大きな道に出ます。

往来で童が泣いています。

母親が宥めたり賺したり、呵ったりを繰り返しています。

きっとあの子は閻魔様にお詣りするのが厭なのでしょう。怖いものをわざわざ見に行くのは、まあ厭なのだろうと思います。

そのうち母親は飴を買ってやるから行こうなどといい始めました。そうまでして連れて行くことに、いったいどれ程の意味があるのかしらなどと思いつつ、通り過ぎます。

甘月庵という看板が見えて来ます。

できたばかりの御菓子司です。

戴いたことはないのですが、干菓子が評判なのだそうです。

残念乍ら飴は売っていないと思うので、あのお子が参詣のご褒美を貰えるのは別の場所ということになるでしょう。

そのお店の横に、小さな甘味処が設えられております。

花の形に造った糝粉細工に、茹でた赤豌豆や賽の目に切った寒天などを添えて、蜜をかけた甘味が大層美味しいのでした。

恐る恐る戸を開けます。

美音子さんはもう来ていらっしゃいました。

少しばかり早めに着いたと思っていましたので、意外に思いました。美音子さんはあら塔子さん早いのねと仰いました。

「美音子さんこそお早いですわ」

「家に居たくなかったんですもの」

美音子さんは眉根を寄せられます。

何だか、あまり楽しそうな様子ではありませんでした。

注文をするや否や、どうかなさったのとお尋きしました。

本当は、すぐにでも不思議な読書体験のお話をしたかったのですけれど、そんな雰囲気ではなかったのです。

「お父様と喧嘩してしまいましたの」

美音子さんはそう仰いました。

「喧嘩――ですの」

「ええ喧嘩よ」

「叩られたのではなくて」

違うの喧嘩よと美音子さんは繰り返しました。

喧嘩というのは、対等の立場の者がするものだ――と、そう思っていました。

殿方と、しかも父親と対等だと美音子さんはお考えなのでしょうか。

「立場なんて関係なくってよ」

「関係ないって」

「悪いことをして咎められるのは当然のことでしょう。目上の方に礼儀を尽くすのも当たり前のことですわ。でも、正しいことは正しいし、間違っていることは間違っているのじゃなくって。違っていて」

「違わないわ」

「なら、ものごとの正否を見極めるのに立場は関係ないのじゃなくって。お父様は、間違っているの。ですから正して差し上げたのに、あの方、どうしても聞き入れてくださいませんの。ですから」

「喧嘩」

喧嘩よと美音子さんは強い口調で三度仰いました。

羨ましい限りです。お祖父様やお父様とこんな口調で堂堂と口論できたなら、どんなに爽快でしょう。

何を争われたのか尋ねると、心理学ですわと美音子さんはお答えになりました。

「心――理学ですの」

「御存じ、塔子さん」

知りませんでした。

「わたくし、性理学、心理学に迚も興味がありますの」

「御免なさい」

まったく何のことか解らないのでした。

学と付くからには学問の一つなのでしょうけれど、そもそも学問自体に縁がないのですから、測りようもありません。

「元良先生って御存じなくて」

「存じ上げませんわ。わたくし——美音子さんと違って疎いのですわ。その、色色」

「元良勇次郎先生は、東京帝國大學で教授をなさっている方ですわ。明治女學校にもお出でくださっていたことがあって、わたくしも講義を拝聴したことがございますの。それで、興味を持ったのですわ。そうそう、塔子さん」

　縦に書かれた文字と横に書かれた文字とどちらが読み易くって——と、美音子さんは尋ねられました。

「そんなの、同じじゃなくって」

「そうかしら。まあ、横書きは大抵が英語ですものね。でも、日本の文だって、横に書けますわ」

「甘月庵の看板も横書きですわ」

「たった三文字じゃ比べられないわね。それにあれは、一文字ずつ行を変えているだけらしいわよ。でも、縦と横では、やっぱり違いますのよ。面白いと思わなくって」

「どうかしら」

　それがどんな意味を持つのか、能く解らないのでした。

「人って、そういうことを普段は考えないでしょう。でも、どんなものにも理由はあるし、理由が判れば変えることもできますでしょう。実験をすれば判るのですわ」

「判るって、理由が判るということですの。その——」

何の理由なのでしょう。

気持ちの理由、と美音子さんは仰いました。

「気持ちですの」

「心の動き方——精神というのかしら。何故そう思うか、何をどう感じるのか、その理由。心の理ですわ」

「それで心理学ですの」

「そうなの。解って戴いて。物の理は物理学。心理学は精神の物理学ですわ」

「難しいわ」

何だか付いて行けません。

それは、何のための学問なのでしょう。

その学問と、美音子さんの父娘喧嘩にどのような関係があるのでしょう。混乱するばかりです。

「その心理学——は、いったい何の役に立つ学問なのかしら」

賢ぶっても詮方ありません。解らないものは解らないのですから。

「それは」

美音子さんは眼を見開き、少し困ったような顔をなさいました。

「その、心の病を治すとか気鬱を散じさせるとか、集中する力を上げるとか――いいえ、違いますわね」

「違うのですか」

「違わないのですけれど、そういう効果効能というよりも、そう、人の心を覗くというか、仕組みを解明するというか」

「心を覗きますの」

それは、霊術とか仙術のようなものではないのでしょうか。天眼通やら読心術やらといった摩訶不思議な魔法を繰る霊術師のお話を伺ったことがあります。

駄目ね、駄目だわと美音子さんは頭を振られました。

「何が駄目なのかしら」

「上手に説明ができませんの。まだまだ理解が足りていない証拠ですわ。こんなですからお父様に勝てないの」

「勝つ――」

何という大胆な仰りようでしょう。

「お父様は、そんなものはまやかしだと仰るのよ。催眠術と同じだと」

「催眠術って」

それこそ、霊術の一種なのではないのでしょうか。

「催眠術だってそんな怪しいものじゃありませんのよ」

そう美音子さんは仰いました。

「芸人さんなんかが見世物にして小屋に掛けたりするのでしょう。能く存じませんけれど。ああいうのは、きっと何か仕掛けがありますの。所詮は西洋手品ですもの。それに八卦見みたいなものとも違いますのよ。ちゃんと理があるんですもの」

「まあ」

また理なのでした。

「でも、美音子さんのお父様はお医者様でしょう」

藪医者ですわと美音子さんは悪態を吐かれました。

答えようがありません。

「催眠術も心理学も、人を癒す役に立つ立派な学問だというのに、それと迷信と区別がつかないなんて、お医者のくせに時代遅れも甚だしいですわ」

そんな訳はないでしょう。

美音子さんが明治女學校に入学されて一番影響を受けられたのは、校医でもあった荻野吟子先生なのだと、以前お聞きしたことがあります。

荻野先生は、本邦で最初の公許女医でいらっしゃいます。

美音子さんは荻野先生に憧れて、予てより女医を目指すと公言されている人です。

その志を聞かされた時は夢のようなお話としか思えなかったのですけれど、美音子さんのお父様はそんな娘の無謀を応援されているのだと聞きます。

普通なら、そんな将来の希望は一笑に付されてお終いなのではないでしょうか。

婦人が職業人として社会参加すること自体が難しいこのご時世に、女医になりたいなどという破天荒な希望を聞き入れてくださるような方が、時代遅れである筈がありません。

それなら、婦人に学問は一切不要だと言い張る吾が家のお祖父様や、女子は嫁す以外に道なしと言い切る吾が家のお父様などは、いったいどうなるというのでしょう。時代遅れどころの話ではありません。

そう言いました。

「だって、塔子さんのお父様は官吏じゃなくって。わたくしの父は、町医者とはいえ医学博士の端くれなのですわ。それなのに、自然科学と見世物迷信の区別がつかないなんて、言語道断です。でも、ちゃんと反論できないわたくしも、半人前なの」

「そうは思えませんけど」

美音子さんが半人前なら、自分はどうなるというのでしょう。

お子様向けの小説を読んで興奮しているだけの自分が、やけに幼く思えて、少し哀しくなってしまいました。

「美音子さん、勿論、まだお医者様になるおつもりなのでしょう」

「諦めてはいなくてよ。でも、道は遠いと思っていますわ。荻野先生も、医業を志されてから試験に通られるまで、十五年もかかったというお話ですもの。それは茨の道だったとお聞きしていますわ。開業されたのは三十歳を超されてからですものね。わたくしなんか、まだまだですわ」

慥かに、美音子さんは優秀な方だと思いますけれども、余りご苦労をされているようにはお見受けできません。

甚だ失礼な感想だとは思いますけれど。

「荻野先生に続けとばかりに、この十数年で試験を受ける方の数も増えて、公許を得た方もいらっしゃいますけれど、それでもまだ開業した女医は数える程ですわ。しかも多くは婦人科なのですわ」

「美音子さんは婦人科のお医者様になるのではなくって」

男性医師に診察されることに抵抗を持つご婦人が多いというのが、女医公許に至る契機だったと聞いています。

美音子さんはそうねえと、顎に手を当てられました。どこか大人の風です。

「女医を産婆だと勘違いしている人も多くおりますのよ。婦人科医即ち助産師ではありませんわ。それにわたくし、最初から婦人科の医者になるつもりはなくってよ」

「そうなのですか」

そこで心理学なのよと美音子さんは仰いました。

「その、しん――理学というのも、お医者様の領分なの」

「いずれはそうなると思うの。心の理を解き明かせれば、必ず病気を治すための手段となりますわ。催眠術だってそうよ」

「そう――なの」

どうしても、催眠術と聞くと霊術家の施す怪しげな術、という印象を持ってしまいます。きっと美音子さんのお父様も同様なのだろうと想像します。

「美音子さん、わたくし、ものを識らないので能く解らないのですけれど、心理学や催眠術が立派な学問だったとして、それをお勉強することでお医者様になれるものなのかしら」

美音子さんは一瞬黙って、なれませんわね、と答えられました。

「医術開業試験は、また別ですもの。ですから、わたくしの目指す道は普通に女医になるよりも更に遠退くのですわ。今のわたくしは医学校にも帝國大學にも進むことが叶わないの。学べたところで試験に通るかどうかは判りませんもの。それに、女ですから、世間の無理解や偏見の壁は更に厚いのですわ。それを突き崩すのは大変よ。何より、わたくしは町医者一人説得できないのです。それも、実父よ」

美音子さんはその後、婦人の地位向上問題やら旧弊への不満やら、果ては廃娼運動に至るまで、多分、常日頃考えられているのだろうあれやこれやの思いの丈を、滔滔と語られたのでした。

首肯けることも多くあり、日日不平不満を直隠しにして暮らしている身にとっては快哉を叫びたくなるような話し振りでもあったのですが、実のところは半分くらいしか理解できておらず、ただ知った振りをして頷くだけでした。

甘味屋で話す内容ではないように思ったのですけれど。

これが議論だったらまだ恰好もつくのでしょう。

書生さんなどは能く、お店で議論をされています。でも、こちらはハイハイと合いの手を入れるだけなのですから、もう演説会に集まった聴衆か、講義の聴講者のようなものです。

折角の甘味の味も、能く判らなかったのでした。

半刻ばかり話されて、美音子さんはあら失礼と仰いました。

「わたくしばかりお話ししてしまって。そういえば――塔子さんも何かお話があったのじゃなくて」

「いいえ。いいんです」

何だかすっかり気後れしてしまったのでした。

今更、小説を読んで面白かったはないでしょう。セドリックの苦境はすっかり霞んでしまったのです。

こちらからの話題がなければ会話にはなりません。

狭いお店で、そんなに長居もできませんから、もうお開きにすることに致しました。

空模様も怪しげです。

朝は快晴だったというのに、昊天の碧さはすっかり薄れ、雲こそありませんが上方は真っ白で、雪でも落ちてくるのじゃないかと思える程でした。

美音子さんと別れて堀の処まで戻りましたが、このまま家に帰る気にはなれませんでした。

案山子のように堀端に立って、水仙を眺めました。

忘我でいると、『小公子』やら閻魔詣やら心理学やら催眠術やら、関係のない諸諸が渾然一体となって思い出され、何ともいえない奇妙な想いに掏り替わって、何処にいて何をしているのか判らなくなってしまいそうです。

どれも実体験ではありません。

心理学とやらは、こんな心の中も覗けてしまうものなのでしょうか。覗いた人はどう思うことでしょう。

ただ立っていては冷えてしまいます。

取り敢えず歩き出しはしましたが、足は家の方角に向かいはしませんでした。

謂わば忘我のまま、目的もなしに歩を進めただけで、何処をどう歩いたものか、心此処に在らずの状態で町並みも何も目には入っておらず、気が付けば広い坂道の途中にいたのです。

そう、それは丁度、弔堂に至る径の入り口の辺りでした。

あの風変わりな書舗に何度も何度も行きかけては立ち止まり、結局引き返した、その場所です。立ち止まる癖がついてしまっていたのでしょうか。

今日は、止めるものなど何もないというのに。

——なら。

径を進みましょう。

行くしかないような気がしたのです。

こんな半端な気持ちで家に帰っても、遣り切れなくなるだけでしょう。美音子さんのように気丈な質ではないのです。あんな威勢の良いお話を聞かされた後では、お父様やお祖父様の顔を見ただけで心が萎えてしまう気がしました。

径を進みます。

やがて、弔堂の威容が目に入ってきました。情景に溶け込んで見過ごしがちな建物なのですが、今日はやけに浮き上がって見えました。

三月振りです。

でも――。

前に来た時とは幾分景色が違います。

弔堂の前には人力車が一台停められておりました。

その俥の横には車夫らしき人がしゃがんでおり、煙草をふかしているのでした。

ちょっと躊躇します。

別に、前を突っ切って行けば済むことなのですが。

すると、丁稚のしほるさんが目敏く気づいてくれました。

看板代わりの簾の陰にいらしたのでしょう。

しほるさんはおやおやと言い乍ら小走りで俥を越し、こちらに寄って来ました。

「塔子さん、これはお珍しい」

「覚えていてくださいましたの」

忘れるものですかとしほるさんは整ったお顔を顰めます。

「手前は、これでも一度いらしたお客様のお顔は忘れないのです。塔子さんは二度もいらしているじゃないですか。お名前もちゃんと憶えておりますとも。それより今日はお独りでございますか」

「独りで来ましたわ」

「付添いは要らなくなったのでございますね。年が明けたので、ひとつ大人になられましたか」

「まあ」

　憎らしいことを言う少年です。まだ十二三だと思うのですけれど。

「遅ればせ乍ら新年、お目出度うございます」

　生意気なお小僧さんは頭を下げて、それからお入りくださいと言いました。

「お客様がいらしてるのじゃなくって」

「大層な方がいらしてますが、塔子さんもお客様なのです。お客様を外でお待たせしたりすると、主に叱られてしまうのです」

　しほるさんは簾を持ち上げ、裡へと誘います。戸を開けると、途端に大きな声が聞こえてきました。

「で、どうなんだよ。お前さんにしちゃ歯切れの悪い言い様じゃねえか」

　啖呵めいた口調でした。

　状況が呑み込めません。

　聞き覚えのない声でした。それ以前に、ご主人はこんな喋り方をなさいません。しかし書舗で店主相手に啖呵を切るなんて、そんな状況は想像できません。

「どうなんだよ。その催眠術てえのは、いんちきなんじゃねえのかよ」

目が慣れました。

そして、愈々吃驚しました。

声の調子から想像していたのとはまるで違った紳士が座っていたからです。

ご主人と対峙されていた方は、齢の頃なら七十過ぎでしょうか、上等の洋装に身を包み、白髪を後に撫で付けた、背筋の伸びたご老人でした。

ご老人はこちらをちらとご覧になり、

「おや、お前さんとこにゃこんな可愛らしい客も来ンのかい。驚えたねこりゃ」

と仰いました。

見た目と口調がまったく合っておりません。

どこか、横で別の人が喋っているようでした。

ご主人はいつもの調子で、

「おや、これは塔子様、能くお出で下さいました」

と言われました。

お辞儀を致しますとご老人が、悪いなあと仰いました。

「ちょっとばかり待っててくれねえかい。俺の話がつくまでのこった。本は逃げねえから、寸暇辛抱してくれ。おい、小僧さんよ。椅子だよ。それから茶を出しな」

しほるさんは承知致しましたと必要以上に畏まって、奥に走って行きました。

「しかしな、昨今はこんなお嬢さんが本を読むのかい」

「おや、これは御前らしからぬお言葉でございますね。もしや、ご婦人の勉学にはご反対のお立場ですか」

「莫迦言うねェ。結構なことじゃあねえかよ。賢くなんのに、男も女もねえさ。勉学結構、大結構だ。大体これからは勉強ぐれえしとかなくッちゃあ、働くことすらできねえやな。今度な、本石町の日本銀行でも婦人の行員を採用すンだ。便所がねェって大騒ぎだよ。まあな、建前上、立法だ条例だって話になると軽軽しく口にゃできねえけどもな、俺は賛成だぜ」

伝法な口調の割に、驚く程に進歩的な方のようです。多分、お祖父様より齢は上だと思うのですけれど。そうならこの方の頭の上にも、髷が載っかっていた筈なのですが。

本でも何でもどんどん読みなとご老人は仰いました。

「若えうちだよ、お嬢さん」

ご老人は優しい笑顔を作られました。

「いずれにしても好きなことができるてなあいいことだよ。瓦解前は本なんぞ読みたくたって読めやしなかったからな。読み書きできたって売ってねえ。売ってたって買えやしねえ。買えたところで」

ご老人は顔を上げ、四方に聳える書架を見上げられました。

「こんなにゃねえものよ。どうだい、この有り様ァ。ここまで来ると莫迦野郎だとは思うがなあ」

「今度は莫迦野郎でございますか」

　ご主人は苦笑いをされます。

「莫迦だろうよ。まア、俺はそもそも本なんか読みやしなかったからな。蟄居させられてた時分に、あんまりすることがねえもんだから、暇潰しに嫌嫌読んだぐれえのもんだよ。こんな辛気臭えもんは、ホントは見るのも御免だな。虫酸が走らァ」

「大層な言われようでございますな。いやはや、そうでございましたか。その割にはそのお嫌いな本しかない此処に能くお出でになるようでございますが――お忙しいお体でしょうに」

　お前さんが出て来ねえからだよとご老人は仰いました。

「あのな、本来なら俺は忙しい訳がねェんだよ。こちとら隠居ォ決め込んでンだぞ。隠居ってな暇なものだろうよ。それなのに、何だかんだと人が来やがるンだよ。来る奴ァ必ず面倒ごと運んで来やがるから敵わねえ。勘弁して欲しいぜ。だからな、ここへはその意趣返しにな、足繁く来てやってんじゃねえか」

「それで私に意趣返しとは、とんだとばっちりでございますよ」

「面倒ごとのお裾分けだよ」

「それに、私はこのように隠棲(いんせい)しておりますが、御前は隠居ではなく枢密顧問官(すうみつこもんかん)であらせられるのですから、お忙しくて当然でしょう」

またまた辞めさせてくれねえんだよとご老人は仰いました。

枢密顧問官といえば、相当偉いお方なのでしょうか。椅子を出してくださったしほるさんに尋ねようかとも思いましたが、聞きそびれてしまいました。

「去年も辞めるとゴネたんだがな」

「前にゴネられた際は、従二位(じゅにい)になられた。また位が上がりましょうよ」

ありゃあ逆効果だったなあとご老人は頭をお掻(か)きになられました。従二位というのですからもう、雲上人(うんじょうびと)のような方なのでしょう。

「勝手に上げられて元の如(ごと)しよ。オイオイそんなこたァどうでもいいんだよ。それからな、その御前てェのも止(よ)せよ弔堂。お前さんは、どうして俺が厭がるような呼び方ばっかりしやがるんだよ。ワザとじゃねえのかよ」

「礼を尽くしているつもりなのでございますが、お気に召さないのでしたら改めましょう。では、勝(かつ)様――」

「勝様」

勝安芳(やすよし)枢密顧問官――元幕臣の勝海舟(かいしゅう)様でしょうか。そうなのでしたら、これは大変な方です。こんな小娘でもお名前を存じ上げている程です。

「おい。お嬢さんが恐がってるじゃねえかよ。俺はまあ勝だが、阿呆の隠居だから恐がるこたあねえよ。位階だの爵位だの、そんななあ褌の柄みてえなもんだ。あってもなくてもいいもんだよ」

妙齢のご婦人の前で褌は如何なものでしょうとご主人は仰いました。

「おっと。まあ、文句があったら伊藤さんに言ってくれ。俺の褌に模様つけたなあの男だ。俺はそんなもん欲しかねえ」

伊藤というのは――。

多分、つい先日、第三次内閣を組閣された、伊藤博文内閣総理大臣のことなのでしょう。もう、言葉がありません。

「無駄話はどうでもいいや。で、どうなんだよその催眠術は」

そうです。

催眠術です。

裡に入るなり、そう聞こえたのです。

趣旨が判り兼ねますのでお答えし難いのでございますよとご主人は仰いました。

「何でだよ。インチキかそうでねえのか答えりゃいいんだよ」

「何故――私に」

「お前さん愚にも付かねえこと何でも知ってやがるじゃねえかよ」

ご主人は困ったように一度こちらを見られました。

見られたところで、こっちが困ってしまいます。

ただ、美音子さんの大演説を聞かされた後でしたので、ご主人の見解には大変興味がありました。

「それこそ、そうしたことでしたら哲學館の井上圓了様にでもお尋き戴いた方が宜しいのではございませんか」

「それがなあ」

勝様は口をへの字に曲げられました。

「二年前に塾で火事があっただろ。丸焼けンなってよ、新しい校舎建てたばかりなんだよ。あそこはな。で、私学卒業生の教員無資格認可の陳情やら何やらで忙しいんだなあれは。その所為かどうか、まともに答えやしねえ。何だ、その、よ」

「妖怪」

「それ。それな、お前さんの入れ知恵も多少あるんだろうが、ありゃ迷信だのまやかしだの因習だの——そういうな駄目だと言う訳だろ、その妖怪研究ってなァ」

そのようですねとご主人はお答えになりました。

「なら丁度好いやい。どうなんだ、催眠術は妖怪かと尋いたらば、そうだと言う。なら迷信だなと念を押すと、今度は違うと言いやがる」

「ははあ」

「ははあじゃねえよ。そんないい加減な返事ァねえだろうよ」

「いい加減ではないのですよ。妖怪にも偽怪、誤怪、仮怪、真怪と種類があるというのが圓了様の持論でございますからね。要するに全部がインチキではないと——」

じゃあホントなのかいと勝様はご主人の言葉を遮られました。

「失礼乍ら、勝様もせっかちでいらっしゃいますねえ」

「莫迦。江戸っ子は気が短えに決まってるじゃねえか。何だってそうサッパリしねえんだよ」

「困ったお方ですねえ。ですから、催眠術の何をお知りになりたいのでございましょうか」

「禁止するかどうかって話だよ」

「禁止——」

声を出してしまいました。

「そうだよお嬢さん。昨今増えてるそうなんだよ、その、心理不可思議の術にて万病を治すてえ輩がな。で、まあ俺なんかは催眠術といやあ、手妻だの、魔法だの——あるだろ、その、何だ、居るだろうが。異人の芸人が」

快楽亭ブラック様でしょうかとご主人は仰いました。不思議なお名前です。

「ありゃ講釈師なのか」

「最初は講釈師でしたが、後に三遊亭の一門に入られたようですね。ならば噺家でしょうか。英国小説の翻訳や、執筆活動もされておられます」

眼の青い狸みてえな野郎だよなあと勝様は仰いました。

「あれがやるだろ。催眠術」

「はい」

「そうなのですか」

また、割り込んでしまいました。

美音子さんもそんなことを仰っていました。ただ、彼女はそうした芸と催眠術は違うと力説されていたのですけれど。

「ありゃ、昔で謂うところの幻術じゃねえのか。乞胸なんかがやる」

「扠どうでしょう。少し違うと思いますけれども」

「見世物だろ」

「そうです」

「それと、その万病を治すてえ催眠術とは別物か」

同じですとご主人は答えられました。

「ならインチキだろ」

「そうとは言い切れませんでしょうね」

これだ、と勝様はこちらをお向きになり、両手を半端に上げて呆(あき)れたような仕種(しぐさ)をなさいました。

「まるで要領を得ねえ。どう思うね、お嬢さん」

「その、理があるのだとか――学問の裏付けがあるとか、ないとか」

美音子さんの受け売りにさえなっていません。

まるで身を入れて聞いていなかったのです。

そして、答えてから、直答(じきとう)して良いようなお相手ではないと思い至りました。頬(ほお)が火(ほ)照(て)ります。顔が赤くなっているのでしょう。

「そうよなあ」

しかし、勝様はその拙(つたな)い発言を、まともにお受けになられました。

「何だ、学者に聞いてもそんなことを言うのよ。それにな、榎本(えのもと)なんかも催眠術はナントカいう独逸(ドイツ)の医者の、ナントカいう理屈に則(のっと)ってるとか言いやがる」

「榎本武揚(たけあき)様でございますか」

「おう。ありゃ、足尾(あしお)の鉱毒騒ぎにかこつけて、大臣辞めやがったからな。今は暇なんだよ」

引責辞任ではございませんかとご主人は仰いました。

先の農商務大臣榎本様のことでしょう。

「あれも俺と同じで幕臣の江戸っ子だからな。その辺はどうだか判りゃしねえさ。阿呆の一種にゃ違ェねえからな。面倒臭ェと思ったのかもしれねえや。大体あれが辞めたってまだ掘ってるんだぞ」

「宜しくありませんな」

「宜しかねえさ。慥かに銅は旧幕時代から掘ってるさ。でも掘り方がまるきり違うじゃねえかよ。文明だ、合理だって、まあ解るこたあ解るが、掘り過ぎだよ。だから毒が出るのさ。餓鬼が池に尿垂れたって鮒は死なねえが、みんなで肥たご放り込みゃ泥鰌も鮒もくたばるぜ」

　これまた尾籠な喩えだったなあと勝様はお笑いになりました。

「辞めたりしねえで何とかしろよって話だよなァ。まあその榎本が言うんだよ。あれはナントカいったなあ。め」

「メスメリズムではございませんか」

　それそれと勝様は膝を打たれます。

「そのめすナントカよ」

「動物磁気のことでございましょうか。そうですねえ。そうなりますと、また」

「話が違うかい」

「いいえ。違わないのですが。動物磁気理論は、独逸のメスメルという医者が発見したとされる原理です。いや、発見だの原理だのと言ってしまうと、恰も真実のように受け取られてしまいますが、まだ証明された訳ではないので」

「証明されてねえか」

研究中としか申し上げられませんねとご主人はお答えになりました。

「榎本は舎密に長けてると自負してやがるからなあ。通なんだよ」

「化学とは余り関係がありませんね」

「何でえ、関係ねえのかい」

榎本の野郎も適当だぜと勝様は仰いました。

「メスメルは、寧ろ圓了様のお考えに近いのではないでしょうか。簡単に申し上げますならば、例えば悪魔払い――西洋の憑き物落としのようなものですが、これを迷信として切り捨てるのではなく、また信仰心の所為と片付けるのでもなく、純粋自然科学的に理解しようとし、結果、磁気を導き出したのです」

「憑き物かい」

「ええ。人も含めて、動物は磁気を持っていると、メスメルは考える。それを操作することで疾病や障碍を治すことができると――」

待て待てと勝様はお止めになります。

「まあ、その理屈の真偽はどうでもいいやい。でもなあ、おい。お前さん、幕臣はみんな瓦斯燈（ガスとう）見て魔法だと騒ぐ時代遅れだと思っちゃねえか。俺だって磁石ぐれえは知ってるぜ。山育ちの幼童（ガキ）だって磁石ぐれえは知ってんだろうよ。でもな、それと催眠術は関係ねえように思うがな。ありゃ眠らせるんだろ」

眠らせませんとご主人は即座にお答えになりました。

「睡眠ではなく、催眠です。これは訳語が少少拙（まず）いのですね。被験者は眠ったように見えますが、寝ている訳ではないのでございます。普段、表に出ている心の部分を休止させるのでしょう。それで心のより深いところに語り掛ける。そういう状態に人を導く技が、催眠術ということになります」

「心の、なあ」

勝様は納得されていないご様子です。

「メスメルの弟子のピュイゼギュールという人が、動物磁気の実験中に被験者が催眠状態になることを発見したのですね。それでまあ、治療の効果もあったと」

「何の治療だい」

万病、とご主人が仰ったので、勝様は眼を剝（む）かれました。

「本当か」

「存じません」

「知らねえのかよ」

「まあ、心の奥深きところが剝き出しになるのですから、そこと対話することで普段は意識しないことも判るかもしれませんし、変えることもできるのかもしれません。しかし、磁気かどうかは別として、そういう何か特別なものを想定しない限り、それ以上のことは望めないと――私などは思いまするが、まあ門外漢でございますからね」

「お前さんはどの門にだって入ってるじゃねえかよ」

「何処の門にも入っておりません。ただ磁気云々は措いておくとして、それで精神の変調などを治癒する効果があるのだとしたなら、まあ例えば霊狂いや狐憑きのようなものを緩和、治癒することもできないではない――のかもしれません」

「脳病だの神経病だの精神病だのということかい。それなら、そのめすナントカで治るのか」

　それは皆違うものでございますよとご主人は仰いました。

「学でいうなら、寧ろ――心理学でございましょうか。今は哲学の分野と諒解されておりましょうが、医学と関わりがない訳でもございません」

「心の問題かい」

「心の――理でございますね」

　受け売りですが、今度は多少解ったうえの発言でした。

「塔子様の仰せの通りでございましょう。東京帝國大學の元良先生などがご専門でございます」

美音子さんが言っていた方です。

お話の中に知った名が出て来るとほっと致します。

と、申しましても、ついさっき知ったばかりのお名前なのでございますけれど、それでも何故かお話に付いて行けているような気になるのです。

錯覚なのかもしれませんけれど。

「ですから、まあ、心理学の分野とするならば何某かの成果もあるのでございましょうが――メスメリズムとした場合、どうもその磁気というのが曲者になるのでございますね。これだと万病に効くような具合になってしまうのでございます。また、他人の考えが読めてしまったり、他人に心が伝わってしまったり、見えないものまで見えてしまったり――これはもう、仙術、霊術でございます。更にはスピリチュアリズムと交わってしまったりも致しますので」

「そりゃ何だ」

「精霊学と申しましょうか、神霊――これは違いましょうね。まあ、交霊術、そうでございますなあ。こっくりさんのようなものとでも申しましょうか」

「なら嘘だな」

嘘ですとご主人は仰いました。嘘なのでしょうか。

「そこまで行きますと、占いや宗教とも関わってしまいましょうし」

そこよ、と勝様は仰います。

「そことは」

「最近、その手の流行神があんだろ。そういう連中もだな、催眠術を看板に掲げていやがったりするンだよ。それから、医者もだ。まあ万病が治るてェならな、そりゃ医者の領分だからなあ。ご祈禱も医術もおんなじってな、こら戴けねえや。でな、これが矢鱈と高価えのよ。それでも治りゃいいけどよ、そうじゃねえのなら、徒に公序良俗を乱す詐欺行為、淫祠邪教の類ってことになんだろ」

「それで禁止でございますか」

「そうよ。でも、判らねえのだ。何が何だかな。ただ、今話ィ聞いて少し判った。全部禁止にすンなあ、こりゃあ味噌糞ってことなんだな。見世物なんかは、まあほっておけばいい。その、心理学だか精神病だか、そっちの分野だと、もしかしたら有効なものなのかもしれねえ、研究する価値もあるってことだな」

「はい」

「でも、そうじゃねえものは、こりゃ詐欺だと」

「一介の本屋に断言はし兼ねることでございますけれども」

「何が一介だ。そうか、圓了の奴もそれを言ってたのかい。催眠術と一口に言っても迷信もありゃ詐欺もある、医術に使える部分もあると、そういうことだな」

「それは正しいご理解かと」

じゃあ禁止は当分ねえなと勝様は仰いました。

「そんなややこしいこと、理解する役人はいねえよ。内閣だって皆莫迦だ。下はもっと融通が利かねえ。少しでも利があるなら暫くは静観するしかねえだろうな」

能く解ったときっぱり言われて、勝様は立ち上がられました。

「ほら見ろ。来た甲斐があったじゃねえか弔堂」

「お帰りですか」

「帰るよ。そっちのお嬢さんが待ち草臥れてるじゃねえか」

「催眠術の本もございますが」

「本なんざ買うか」

そう豪快に言われて、勝様はすたすたと戸口に向かわれました。

通り過ぎる際に勝様は、

「お嬢さんは薩摩武士の孫かな」

と仰せになりました。

吃驚してお返事ができませんでした。

ご主人としほるさんが並んでお辞儀をされていたので、慌てて立ち上がって礼を致しました。

戸が閉まる音がするまで頭を下げていました。

顔を上げ、ご主人に向き直って、凄いお客様がいらっしゃるのですねと申し上げました。

凄いですねえとご主人は笑い乍ら仰いました。

「ただ、御前とは長くお付き合いをさせて戴いておりますが、今に至るまで一冊もお買い戴いたことがないのです」

「まあ」

「この書舗を開きます前からのご縁でございますからね、あんなにお偉い御仁でなければ、まあ友達というところなのですけれども——あの方を友達というのは、流石に烏滸がましゅう存じます。ですから、客は客なのですが、店のお客ではなく、私の客なのでございますよ。それなのに店のお客様である塔子様をお待たせしてしまい、実に申し訳ございませんでした」

「いいのです。偶然お友達に催眠術やら心理学のお話を伺ったばかりでしたので、興味深くお聞きしました」

「お友達と申しますと、塔子様と同年代の方でしょうか」

「ええ」

そのお友達の方が凄いお人かと存じますと、ご主人は仰せになりました。

それは、少しだけそう思います。でも勝海舟より凄い人とは思えません。

「その方、女医を目指していらっしゃるのです。でも、婦人科はお嫌なんだとか」

でも。

思い起こすに、最初にお話を伺った時点で美音子さんはそんなことを一言も仰っていなかった筈です。心理学のしの字もなかったことだけは間違いありません。

「医師を目指されていて、尚且つ心理学にご興味があるというのは珍しいかと」

「心理学には最近——変な言い方なのですが、気触れると申しましょうか、お気に入りになったと申しましょうか」

ご主人はお笑いになりました。

「現在、心理学は医学と見做されておりませんからね。先見の明がおありになると感心した次第です。例えば、精神神経科の医師を目指されているのだとしたら、それは大変なご婦人かと拝察したのですが」

「目指してはおられるのです。でも」

美音子さんは才媛ですし、馬力もあるのですけれど、少しばかり——。

女医になられることはないように思いますと、少少辛辣なことを申し上げました。

「移り気でいらっしゃるの」

きっと美音子さんの中で、今は心理学が流行しているというだけなのです。

ご主人は何度か頷かれ、笑われました。

「それで、塔子様、本日はどのような」

「ええ。その、昨年お売り戴いた『小公子』を読み終わったものですから」

「そうですか」

ご主人は珍しく――これは思い込みでしかないのですけれど――珍しく嬉しそうなお顔をなさいました。

「初めての小説、ということになりましょうか」

「そうですわね」

如何でございましたかと、ご主人は微笑んだままで尋ねられました。

興味津津というお顔に見えました。本当のところどのようなお気持ちで尋ねられたのか、それは判らないのですが、そう見えたのです。

尋かれた以上は答えなくてはなりますまい。

ここぞとばかりに、本来美音子さんに開陳しようと思っていた、あれやこれやを申し上げました。堰を切ったような話し振りだったと思います。こんな饒舌な自分もいるのかと自分で呆れる程でした。

ご主人は幾度も頷かれ、時に相槌を打って聞いてくださいました。

そして、粗方話し終えたところで、

「それは良い読書をなさいましたね」

と、仰いました。

「そうでしょうか」

「ええ。この上なく良き読書かと」

「しかし、わたくし、英国や米国のことなんか何も存じませんの。ですから、もしかしたら色色間違って理解していたのかもしれませんの。識らないところは、勝手に想像で補っていたんだと、そこに気づいてしまって」

小説に誤読はございませんとご主人は断言されました。

「面白く読むのが何より正しい読み方でございましょう」

「そうなのでしょうか。でも――わたくしの読み取ったセドリックは、きっと、日本人なのですわ」

日本人ですよとご主人は仰います。

「それは違いますでしょう」

「違いません。米国人は父母をおとッさんおッかさんなどと呼びません」

「それは訳してあるのでは」

「勿論訳しているのです。しかし、もし父上、母上と書いてあったなら、塔子様はどう思われましたでしょう」

「それは——」

武家の子と思ったでしょうか。

米国に武家はいないのでしょうけれど。

「翻訳された段階で、それはもう、原書にあるCedricではなく若松賤子様のセドリックなのでございますよ。また原書で読まれたところで、そこのところは同じことでございましょう。作者であるFrances Eliza Hodgson Burnettが思い描くCedricを忠実に思い描けた読者など、ただの一人もおりますまい。読まれた数だけセドリックはいるのです。要は、それが読んだ人の中で」

生きていたかどうかですと、ご主人は仰いました。

「お読みになっていらっしゃる間、塔子様はセドリックに成り代わっていらしたのではございませんかな」

「正にそうです」

それなら、とご主人はまた笑みを作られました。

「生きていたのでございます。塔子様は生きていらっしゃいますから」

「そう——ですわね」

「するとと、読書をすることによって塔子様だけの別世界が立ち顕れた、ということになりましょうかな。それこそが、本を読む醍醐味なのでございますよ。現実にはないけれど、ちゃんとある――在るのと変わらない」

幽霊をご覧になりましたね、とご主人は怖いことを仰いました。

「そんな、怖いです」

「幽霊は怖い物ではございません。怖がるのは、怖がりたい方だけでございます。何しろ、そんなものはないのですから」

「ない――」

「ええ。ないけれど、ある。これは豊かさの証拠。その豊かさを何に使うのかは、その人次第なのでございますよ。恭しさ、懐かしさ、嬉しさ、優しさ、楽しさ、時に哀しさ――一番芸のない使い道が、怖さでございましょうかねえ」

宜しいですか塔子様、とご主人は噛んで含めるように仰いました。

「作者のBurnett夫人と塔子様には接点がない。時代も、国も離れています。文化も違う。でも、同じ物語を共有されております。この世にいないセドリックも」

「幽霊ですか」

「ええ。幽霊として顕現したのでございます。これは降霊術であり精神感応ではございませぬかな」

「それは、霊術のような」

「そうです。そうしたものを、迷信妄信と排除するのは簡単ですが、自然科学で律しようとすると、それこそ先程の動物磁気のような奇妙な理屈を想定しなければ立ち行かなくなるのでございます」

「奇妙なのですか」

それは奇妙ですとご主人は仰いました。

「まだ研究途中だと」

「途中と言わざるを得ますまい。磁力だの電気だの、それはまだまだ人には判らない領域。人体や精神の仕組みも、まるで判らないことだらけでございましょう。判らぬからこそ探求するのでございましょうし、是非とも究めて戴きたいとは思います。必ず役に立つことでございましょうから。ただ、一知半解のまま無理に判ったつもりになるならば、必ずや無理が出ましょう。無理を承知で押し通すなら、矢張り奇妙な理屈を拵えるよりなくなるのです。それは」

戴けませぬなあとご主人は仰いました。

「この世の仕組みは奇妙な理屈など持ち出さずとも、綺麗にでき上がっておりましょうよ。ですから仕組みが判らぬうちは、判らぬとするが宜しいかと存じます。でも」

「でも」

「仕組みが判らずとも使えぬものではございません。言葉は呪。文章は呪文。凡百書物は呪符でございます。催眠術など用いずとも、書物は読むだけで人の心の奥に届きましょう」

「心の奥ですか」

「勿論、きちんと読めば、というお話でございますけれども。そうしてみると、塔子様は大変に良い読書をなされたようにお見受け致します。書物を弔うを業とする者にとって、これ程喜ばしいことはございません」

もっと小説が読みたいですと申し上げました。

隠れて読むのは難儀ですけれど、それでも読みたくなりました。

「承りました。扨――何をお読み戴くのが宜しいでしょうかなあ」

ご主人は暫くお考えになり、それから書架の一つに目を遣られて、売れてしまったなあと続けられました。

「扨、塔子様により良い読書をして戴くためにと思ったのでございますが、何しろ第一冊目にして言文一致の翻訳小説をお読みになっているのですから、中中難しゅうございますな。お勧めすると申しましても、押し付けがましい行いは避けるべきでございますし、矢張り何冊か取り揃えてお選び戴くが得策と存じます。二冊目で見限られてしまったのでは」

書物に申し訳が立ちませぬ——。

そうご主人は仰いました。

人ではなく、本に申し訳が立たないというのですから、変わった方だと謂われても仕方がないでしょう。

「そうですね、二日お待ちくださいませんか、塔子様」

「二日ですか」

「二日のうちに取り寄せておきましょう」

「こんなにご本が在るのに」

この楼にある書物は一生掛かったって読み切れぬ量です。それなのに——。

「数は関係ありません。本は一冊一冊違いますから、代わりはございません」

どれだけあっても足りないものは足りないのですよとご主人は仰いました。

「明日は仕入れに参ります。序(つい)でと言っては何ですが、そこで足りぬ分を調達して参りましょう。いや、丁度松岡様に頼まれているのでございます」

「まあ」

松岡國男さんは新体詩人にして東京帝國大學法科に通われる秀才です。

「松岡様も明後日の午後にお出(い)でになる予定なのでございますよ。如何(いかが)でしょう、ご一緒に」

「一緒ですの」

松岡さんのことです。きっと難しいご本を注文されたのに違いありません。

二度ばかりお会いしましたが、いつもいつもお話は難しく、半分も理解できないのです。その松岡さんがご注文されたというのですから、さぞかし難解なご本だろうことは想像に難くありません。しかも入手し難いものなのでしょう。子供向けの小説で一喜一憂している自分に読ませる本などとは、雲泥の差ではありませんか。

そう申し上げますと、ご主人は、

「書物に一切の貴賤はございませんよ」

と、仰せになったのです。

そういうものでしょうか。

帰り道は小雪がちらついており、大層冷え込んでおりました。

夕方と呼ぶには早い時刻でしたが、体はすっかり凍てついてしまいました。

ですから、翌日は風邪気味と偽り、ずっと部屋に隠っておりました。前日体験したあれこれのお蔭で興奮気味だった所為もあって、多少微熱っぽかったことは事実なのですが、気分が悪いことなどはありませんでした。

寧ろ、高揚したその感じがより風邪っぽく見えたのかもしれません。

仮病を疑われることは一切ありませんでした。

その日は、美音子さんと待ち合わせた日よりも更に早く目が覚めました。

いったいどんなご本が用意されているのでしょう。勿論、考えたって判る訳もないことなのですけれど、それでもあれこれ想像してしまいます。

慥(たし)かに、字が書かれているだけの紙の束だというのに、こんなに胸躍る気分にさせるのですから、書物というのはある意味で魔法のようなものなのかもしれません。

幸いにも早朝から快晴でした。

朝食までの時間が長かったことといったらありませんでした。それから午前中を無為に過ごすことになりました。軽い昼食を戴いた後、気分も良くなってきたので散歩をして来ると偽って家を出ました。

ここのところ嘘ばかり吐(つ)いているように思いますが、それも仕方がありません。飾紐(リボン)が上手に結べませんでしたが、結び直しもせず、足早に門を抜けて、弔堂へと向かったのでした。

弔と一文字記された簾を潜(くぐ)り、戸を開けます。

踏み込んで戸を閉ざせば、明るく温かい陽光は遮られます。

和蠟燭(わろうそく)が照らす薄闇が店の隅隅まで行き渡っています。

天窓から差し込む光が一昨日よりもやや強いようで、床の一部が朦朧(ぼんやり)と丸く照らされておりました。

そこに、他よりもやや高い台が置かれており、ご本が並べられておりました。

洋書と和書のようでした。

ご主人は十冊ばかり選ってくださっていたようでした。

その十冊をゆっくり吟味して、時にあれこれとお尋きし、それでも選び切れず二冊を買い求めました。

愉しみです。胸が躍ります。

今すぐにでも読み始めたいくらいだったのですけれど、ちょっとだけ堪えて、松岡さんを待つことに致しました。

小説を読む喜びを得られたのは、この弔堂のお蔭ですし、弔堂に導いてくださったのは松岡さんなのです。謂わば恩人なのです。ご挨拶くらいはした方が良いように思ったのでした。

しほるさんと軽口を叩いたりしているうち、大して待つこともなく、戸は開かれました。

微暗い書架の壁に四角い光の窓が開きます。

逆光になった人影は、二つでした。

最初はお友達の田山様かと思いましたがどうも違うようでした。

松岡さんは眼を細められてから、これは塔子さんと仰いました。

しほるさんはぴょんと立ち上がり、それから奥に走って行きました。多分、来客の数が多いことに気づいて、椅子を取りに行かれたのです。

「ご主人、その」

「塔子様ご注文の品が丁度同じ日に仕入れられたので、折角ですから刻限も併せて戴いた次第です」

「そうでしたか。それでは——塔子さんは隠密で小説を読まれることに成功された、ということですね」

　松岡さんはほんの少しだけ笑って、そう仰いました。

　考えてみれば妙な言われ方でもありましたので、ええとだけお答えしました。

「ええと、ご主人。今日は連れがおりましてね。申し訳ないのだが、人伝てに噂が」

　何を申し訳ないことがございましょうとご主人は慇懃に仰せになりました。

「私どもも、一応商売をしております。新しいお客様をお連れ戴くことは、私どもには喜ばしいこと。気にされることではないかと存じますが」

「いやいや、一見お断りという佇まいだからついそう思ってしまうのです。と、いうよりも、この店のことは余り——そう、余人に知られたくないと、この私自身が思っている節がある」

　松岡さんの気持ちは少しだけ解る気がしました。

「こちらは、東京帝國大學の先輩に当たる方で、ええと」

「福來です。哲学科の、福來友吉といいます」

　お連れの方は頭を下げられました。

　きちんとした身態の、実直そうな方でした。

　円い眼鏡の奥にちょっと悩ましげな眼が覗いています。

　松岡さんの方は顔も仕種も尖った印象ですが、福來さんの方は声も顔も丸みがあって優しそうな感じを受けます。いえ、決して松岡さんが優しく見えないという訳ではないのですけれど。

「あらまあ」

「哲学科でいらっしゃいますか」

「はい。あの、元良先生の下で心理学を学んでおります」

　また声を上げてしまいました。

　松岡さんが怪訝な顔をされ、どうなさいましたとお尋ねになりました。

「あ、あの、明治女學校に通っていたお友達――友人が、ついこの間」

　女医を志しているというご友人ですねとご主人が助け船を出してくださいました。

「ええ。その方が元良先生を尊敬しているのだと」

　そうですかと福來さんは何度か頷かれました。

「これまでの日本には知識としての心理学しかなかったのですが、元良先生は最新の知見を学ばれ、実験と観察という、真の意味での心理学を実践されている、本邦初の心理学者といって良い方です。日日大変勉強になります」

「松岡様とは」

私とは全く接点がありませんと松岡さんはにべもなく仰いました。

「心理学にも、哲学にも縁がないものですから。福來さんとは二三日前共通の知人に紹介されたというだけの間柄です」

僕も政治には興味がありませんからと福來さんも仰いました。

「松岡君は法科大學政治学科の秀才ですからね。それに、僕には詩の才能もありませんし」

詩は止(よ)したのですと松岡さんは仰いました。

「後世にまで誤解され続けるかと思うと遣り切れません。叶うなら全部消してしまいたいくらいです」

松岡さんは以前から新体詩を止(や)めると仰せでしたが、その想いはもう確固たるものとなってしまわれたようです。

そうですか残念ですねと福來さんは仰いました。

「詩というのは、あれは美学でしょう」

「表現でしょう」

「いや、そうなのですが、僕は自分では書かないが、興味はあるのですよ」

「いやいや——私の書いた詩から私の内的葛藤を読み取るようなことだけはご遠慮くださいよ、福來さん」

　福來さんは笑われましたが、松岡さんは本気のようでした。

　しほるさんが椅子を運んで来たので、まず松岡さんが座り、続いて福來さんも座られました。

　ご主人は改めて、弔堂の主でございますと言って、深深と頭を下げられました。

「それでご主人」

　松岡さんはどうにも待ち切れぬご様子です。本が見たくて仕様がないのでしょう。

　その気持ちは能く解ります。

　ご主人は苦笑されました。

「はい。全て揃っておりますので、ご心配されませんようお願い致します」

　ご主人は先程の台の前にお進みになって、一冊のご本を示されました。

「こちらが、ご所望されていたハインリッヒ・ハイネの『Götter im Exil』です。英語訳ではなく、原書でございますが、宜しかったですか」

「結構です」

松岡さんは掛けたばかりだというのに立ち上がり、本を手に取られます。

福來さんがその様子を見て、

「ハイネ。ハイネといえば、独逸（ドイツ）の詩人ではないですか」

と仰いました。

その名は慥（たし）かに聞き覚えがあります。

不明瞭ですが、記憶が正しければ浪漫（ロマン）派の詩人だった筈です。

先だって松岡さんは、自作の詩が浪漫派と呼ばれることに対して、強い嫌悪感を示されていらっしゃいました。

いったいどうしたことでしょう。

浪漫派と呼ばれるのを嫌い、詩を書くのをお止めになった方が、浪漫派の詩をお読みになるのでしょうか。

「ハイネは」

松岡さんは福來さんに向き直ります。

「独逸から仏蘭西（フランス）に移住した猶太（ユダヤ）人ですよ福來さん。詩人でもありますが、彼は操觚者（そうこしゃ）でもある」

「操觚者といえば、報道記事を書くような人のことではないですか。それは知りませんでしたなあ。翻訳された詩集を見たことがあるものですから」

詩集ばかり訳されますと松岡さんは太い眉を顰められました。

「しかも、社会風刺の詩や時事詩もあるというのに、浪漫浪漫とそればかりです」

きつい言い方です。

矢張り浪漫派からは距離を置こうとされているのでしょうか。

これは不勉強でしたなあと福來さんは仰いました。

「すると、それは詩集ではないのですね」

違いましょうなとご主人が答えられました。

「この『Götter im Exil』は、何と申しましょうか、論文でもなく、随筆と呼ぶべきでしょうか」

強いて言うなら単なる記述でしょうかと松岡さんは仰いました。

「聞き集めた口碑を自らの考えに則って書き改めたもの、でしょう。聞いた通りに書いている訳ではない。記述者の考えは示されているようです。ただ論を立てている訳ではないのでしょうし、ただ想いを書き連ねた身辺雑記でもないでしょうから、まあ記述というよりない」

「ええと、Götter は神ですね。Exil は」

亡命ですと松岡さんが言います。

「亡命している神、ですか。これはまた奇態な題ですね」

「亡命というより、零落（れいらく）なり流竄（りゅうざん）とした方が良いかもしれません。私が知人から聞いた通りの内容ならば『諸神の流竄』でしょうか」

「神が流刑（るけい）に遭うのですかな」

「そういう内容だと聞きました。基督（キリスト）教の浸透に依（よ）って、それまで崇（あが）められていた土着の神神が貶（おとし）められ、信仰の在り方や神の性質までが変質して行く——そういう内容なのだと聞いています。大変興味が涌（わ）きました」

　そこをお聞かせくださいませとご主人が仰いました。

「何故、松岡様がそこに」

「常日頃考えていたことに近いのです。私は基督教信者（クリスチャン）ではありませんし、かといって仏教徒（ブッディスト）でもない。しかし信仰心がない訳でもないのですよ。この日本には多くの神がいますが、それが一体どのように受容されて来たのか、どう変質したのか、そこには大変に興味がある。基督教では、神は真理なのでしょう。真理は普遍であるべきです。しかしこの国の神は、どうやら普遍ではないと気づきました」

「なる程」

　松岡君、と福來さんが呼び掛けます。

「少少伺いたいのですが、今の話は僕も興味深く聞いたが、それは君のしている学問に関係のあることなのですかな」

松岡さんは神経質そうに、切れ長の眼で福來さんに一瞥をくれました。

「何故、そんなことをお尋きになるのですか」

福來さんは頰を緩ませます。

「いや、君は慥か法科だったと思いましてね。政治学科でしょう」

「私の専門は農政学です。今は松崎蔵之助先生に学んでいます。主に救荒の施設を研究しています」

おやまあそうですか、と福來さんは驚かれました。どこか人を惹き付ける、そんな顔付きです。

「飢饉対策ですか。それは立派な学問だと思います」

福來さんはやや表情を硬くされました。

松岡さんは逆に、沈んだような眼になられました。

「飢えは人から色色なものを奪います。飢饉は抗い難い天災でしょうが、飢餓は防ぐことができるのです。老いや病や死と違い、貧困は社会が齎す不幸ですよ。まあ私の家は貧しかったですからね。驚く程小さな家に棲んでいましたし。代代世渡りが下手な家系らしく、貧乏だった」

「そうですか」

僕も学費では苦労しましたと福來さんは何かを懐かしがるように言います。

「家が事業に失敗しましてね。僕は勉学がしたくて奉公先から遁走してしまうような人間ですから、商才もない。援助者がいなければ進学はできませんでした。まあそれでも飢え死にした訳ではないですから、飢餓の苦しみには程遠いですが」

「似たようなものですね」

松岡さんの表情が少しだけ和らいだように感じました。

「私の家は医者でしたが、昔は今のように公許ではありませんからね、腕が悪かったのかどうか、迚も喰えたものじゃなかった。兄弟が多かったので、竈を分けた兄の家に厄介になったりして、あちこち転転としましたよ。それで、茨城で暮らしている時に絵馬を見た」

「絵馬というと、あの神社に奉納しているような、絵馬ですか」

「そうです。子返し絵馬という絵馬でしてね。産んだばかりの赤子を殺している絵が描かれていた」

「殺してって——赤ちゃんをですか」

思わず尋いてしまいました。

「嬰児をですよ」

「そんな残酷な」

考えただけで胸が痛みます。

「残酷なんですよ、貧困というものは」

松岡さんはこちらに顔を向けます。

「ご免なさい。わたくし、その」

「お謝りになることはないです。そんな辛い現実は、見なくて済むなら見ない方がいいですから。ただ」

想像してみてくださいと松岡さんは仰いました。

「想像ですか」

「想像でいいのです。私達は、実際に体験せずとも想像することができる。そしてそれが悲惨なら、凄惨なら、避けようとするでしょう。避けようとするなら、避けることはできるのですよ。その絵は、飢饉で愈々食べるものがなくなってしまい、産んだ母が生まれたばかりの子を殺す――間引きをしているところの絵なのです。人のすることではないけれど、生きるためにはせざるを得ない。その所業を悔いたものなのか、供養のためか、こんなことをしたくないから飢饉をなくしてくれという願懸けか――

なくすべきなのです貧困はと松岡さんは仰いました。

「ご立派な方ですなあ。松岡君は」

福來さんはお世辞ではなく、本当に感心されたようでした。

「いやあ、その志は貫いて欲しいです。すると、官吏になられるおつもりか」

「はい。まだ先のことですが、できれば農商務省に入省し、この国の農政に携わりたいと考えています」

どうやら詩作の道は完全に閉ざしてしまわれたようでした。

「しかし松岡君。その志と、神の流竄とは結び付かないように思いますが、僕の浅慮なのでしょうかなあ」

「結び付かないでしょうね」

松岡さんは眉を吊り上げます。

心理学者なら当てて見ろ、とでもいった風です。

ご本人にその気はないのでしょうが、こうした素振りはちょっと意地悪な感じに見えます。

もしかしたら松岡さんは心理学があまりお好みではないのかもしれません。勿論、松岡さんのことですから、そうだとしても美音子さんのお父様なんかとは、また違った理由がおありなのでしょうけれど。

「で、ご主人――」

「はい」

ご主人は台の上を示されます。

「こちらが松岡様ご所望の『The Golden Bough』です。二冊組みです」

「有り難うございます。これが読みたかったのですよ」

松岡さんの顔が明るくなります。

「Golden Bough というと、金の枝ということになるが、これもまた奇妙な題の本ですな。それに如何にも大部の本だが、これは小説ですかな。松岡君」

「小説ではありませんよ福來さん。英国の学者ゼームズ・フレイザーが著した、謂わば研究資料のようなものです」

「資料というと、いったい何の」

ご主人は、資料と片付けられるものでもございますまい松岡様、と仰いました。

「この本は、古今東西、欧羅巴だけでなく亜細亜や阿弗利加などに古くから伝わる昔話や神話、迷信や習俗、禁忌や呪術などを膨大な文献資料から拾って整理分類したものなのでございます。フレイザーはこれを著すのに数十年もの歳月を費やし、聞けばまだ作業を続けられている。いずれ増補版も出るような話も聞きます」

「ほう」

福來さんも立ち上がり、拝見、と言って台に近付かれました。

「恐れ入った執念です。その方は、何の学者なのですかな」

「神話学でしょうか松岡様」

「神話だけではないでしょう」

「すると、社会学(ソシオロジー)でしょうか」

「民族学(エスノロジー)か、人類学(アンスロポロジー)か、比較文化学というか、本邦にはまだ該当する学問はないかもしれませんね」

「ははあ」

　福來さんは感心されているようです。

「これは全くの素人考えですが、文献から過去を知るのなら、歴史学とも関わるのではないですかな」

「そうですね。しかし歴史は歴史でも、為政者が記す歴史ではないですね。もっと原始的というか原初的というか、近代的な国家や政治とは結び付かない、そうした――時間の積み重ねですよ」

　訳書もないので困っていましたと松岡さんは仰いました。

　喜んでおられるようでした。

「しかし、これを訳すのは大変でしょう」

「訳したところで出版してくれる版元はないかもしれません」

「そうですか。だが、この松岡君がこんなに欲しているのです。労作にして名著ではないのですかな」

　売れないからですかと松岡さんは言いました。

そのようですとご主人はお答えになりました。

「売れないとは」

「売れないのです。書物の在り方も変わったのでございますよ、福來様。印刷の仕方が進歩しましたから、昔と違い大量に刷れる。そのお蔭で、全国各地で、しかも一斉に売ることができるようになりました。これは素晴しいことでございましょう。取次専門の会社などもできましたし、鉄道も通った。新聞に倣って、諸国でほぼ同時に、同じ本や雑誌が買えるようになりつつもありましょう」

「良いことではないですか」

「それ自体は勿論良いことなのでございますが、それに見合った本作りがされなければならなくなったのです。その昔は、貸本屋が巡回しておりましたから、少ない部数でも多くの人が読めました。地方に回るまでには時間もかかりましたが、それでも読むことはできた。大勢が読むようなものでない場合も、問題はございませんでした。そうした書物は然るべき場所にあればいいのですから、困ることはない。刷らずとも写本でも良かったのです」

「まあ、そうでしょう」

「今は、違います。本は買うものになったのです」

「ここでも売っておられる」

「そうです。しかし新刊本の場合、まあ売れる数だけ刷る。これは道理です。つまり売れなければ沢山刷れないのです。刷れなければ全国には行き渡りません。仕組みが整っていても、本が少なければ行き届かないのです。行き届かなければ売れない。余計に刷れない。悩ましいところでございましょう」

「そうなりますか」

福來さんは、残念そうな顔をなさいました。

「良書は出版して貰いたいものですが」

「そう巧くは行きませんよ福來さん。しかし、だからこそ、この店なんかが重宝されるのですよ。そうでしょうご主人」

重宝されているという自覚はございませんとご主人は仰いました。

「この『金の枝』が僅か半月で揃うのですから重宝なのですよ、ご主人。例えば、私がこの本に認められた事例をこの本を使わずに集めようと思うなら、フレイザーがした以上に時間がかかることになる。何十年もかかっては、生きているかどうかも怪しい」

金に換えられるものではないですと松岡さんは仰いました。

福來さんは、そのどこか取り澄ました松岡さんの顔を眺めています。

「松岡君。これも、君の専門の農政とは無関係に思えますよ。神話は兎も角、迷信や因習、呪術となると、寧ろ僕の――心理学の分野じゃないのだろうか」

心理学がそんなものを扱いますかと松岡さんは訝(いぶか)しそうに仰いました。

「扱いますよ。狐憑きも神懸かりも、心の疾(やまい)や精神の乱れです。疾なら治せるし乱れは鎮(しず)めることができるでしょう。動物磁気説に関しては、今の僕では確たることは何も言えませんけれども、天眼通も他心通(たしんつう)も、これは心の動き、観念の運動に他なりませんからね」

松岡さんは、何故か厳しい顔付きになられました。

「信仰や習慣、習俗という側面はどうなります」

「習俗も観念の聯合(れんごう)に他なりませんよ、松岡君。井上哲次郎(いのうえてつじろう)先生は、心理学はあらゆる精神科学の基礎となると仰っている。僕も全く同意見です。倫理学、教育学、美学、そうしたものは心理学の上に理解されるべきだし、心理学は哲学を建設する唯一の学科とも仰っている」

だからこそ心理学は哲学科に分類されるのですと福來さんは仰いました。

「ならば、それを学ぶ者としては、神怪不思議に挑む姿勢こそが正しかろうと僕は思うんですよ。学者はそれらを遠ざける癖(へき)があるが、それは怠慢ではないですか。扱い難(にく)いからといって退けてしまうのでは進歩はないですよ。この本に書かれているような、その各国の事例ですか、そうしたものにこそ、心理学の光を当てるべきだと、まあ僕は考えます」

　ほう、と松岡さんは神妙な顔になられました。

「私は心理学に就いては門外漢ですから何か言える立場にはないが、それは何に、どんな光を当てるのですか、福來さん」

「呪術だとか、魔法だとか、因習や、儀礼なども、何故そんなものがそんな形であるのか、そこは解き明かせるだろうし、解き明かすべきではないですかな。最近の例を挙げるなら、催眠術です」

　そう、催眠術です。

　一昨日、ご主人の説明を拝聴したのですけれど、最初に勝様が仰っていたように今一つすっきりしてはいなかったのです。インチキとそうでないものがあって、その弁別は し難いと、そのくらいの半端な理解しかしていないのでした。

　尤も勝様は主旨を呑み込まれたようなのですが――。

　これでは、肯定するにしても否定するにしても、美音子さんのように自信を持って語ることなどできはしません。語る機会もないとは思いますけれど。

　福來さんは、口調こそ柔らかいものでしたが、何処か熱を感じさせる話し方で、語られました。

「学者の多くは催眠術を邪法だ見世物だと退け、歯牙にもかけないのですよ。でも、あれは理論的、自然科学的に解明できる現象なのですよ」

「例えば暗示であるとか、そういうことになりますか」

「いいえ、暗示の作用というだけでは説明不足です。観念を操作し無意識の運動を起こさせるのですな。僕はこの先、そうした神怪不思議を生む心の有り様、謂わば変態心理学を究めたいと考えているのです」

「そうですか」

松岡さんは暫(しば)し考え込まれました。

「私は」

この国の文化の形が知りたいのですよと松岡さんは仰いました。

「文化の形、ですか」

「心理学は、人の心の理を解き明かす学問なのでしょう。私も興味がない訳ではなかったので心理学の本を多少は読みましたが、心を物理的に、或(ある)いは生物的に解き明かすということに関しては、如何(いかが)なものかという感想を持った」

決して心理学を貶(おとし)めるつもりはありませんが——と、松岡さんは念を押されるように言われました。

それは承知しておりますよと、福來さんは答えられました。

「誹謗(ひぼう)と批判の区別くらいはつきますよ。批判なら甘んじて受けるべきでしょうし」

批判するつもりもありませんと松岡さんは仰います。

「批判できる程に詳しくないのですからね。ですから、これは私の感想であり、精通しておらぬが故の疑問です」

「諒解しました。そうすると、門外漢たる松岡君は、心を物理で解き明かすことはできまいという感想を持たれたと、こういうことですか」

「できないとは思いません。否、できるのでしょう」

「それでは、それをすること自体がいけないというお考えでしょうか。倫理的な問題ですかな」

　そうではありませんと松岡さんは仰いました。

「ただ、現段階でそれが自然科学たり得るかと問われれば、首を傾げざるを得ないというだけです。心というのは、まあ人に依って千差万別でしょう。私と福來さん、ご主人と塔子さん、それぞれ皆違う。心理学は、その多くの、そして多様な心から普遍の理を見付け出し、治療なりに応用しようとされているのでしょう。違いますか」

「生理学者であるヴェーバーの発見した、触覚と一般感覚の法則などは、弟子のフェヒナーによって法則化され、精神物理学という学問を生みました。それなどは、慥かにそうした観点から心を解き明かそうとしているかもしれませんな。外界の刺激と内面の反応をそれぞれ数値化して計る。この考えは元良先生の実験心理学にも影響を与えております」

「なる程。繰り返しますが、私は、そうしたあなた方の研究を無意味と言っている訳ではないし、無論誹謗したりする気もないので、そこのところは誤解のないようにお願いしたい。寧ろ、そこから汲めるものはあるのだろうとも思っています。それが福來さんの言うように自然科学たり得るのであれば、それは有効なのでしょう」

そう信じていますと福來さんは仰いました。

松岡さんは続けられます。

「一方で、この世の中というのは、そうした多くの心が、数え切れない多くの心が長い歳月をかけて生み出したものなのですよ。その、多数の心が紡ぎ出した、世の中の在り方、在り方というか文化こそが、また心を変えて行く訳でしょう。そうした、民衆史のようなものを理解しないと、見えて来ないものもあるのではないかと、最近ではそう思うのですよ」

「民衆史ですか」

「ええ。私はつまらない詩を書いて世の中のことを解ったような――そんな幼稚な想いに駆られていました。数日前、紅葉会という、松浦辰男門下の歌人の集まりがあったのですが、どうも最近、少しばかり違和感を覚えているのです。田山なんかも紅葉会には顔を出しますが、あれなんかは自然主義を標榜しようとしている。それはそれで良いのだけれど、どうにも私は納得できない」

「田山というのは噂に聞く田山録彌さんのことかな」

「そうです。彼はゾラやモパサンに影響を受け、本邦での自然主義文学の確立を目指しているのです。それは構わないし、好ましいことではあるのですが、どうも彼の見据える自然主義は本来のそれとは違うと思えてならない」

「違う——とは」

「自然をありのまま記すのに、わたくしは邪魔になるのではないかと——私はそう思い始めています。私の詩がつまらないのは、わたくしの詩に過ぎないからなんですよ。そんな私にとって心理学は、わたくしを知るための学問としか思えない」

「それはそうですな。つまらないかどうかは別にして、心理学とは多分、そうしたものです」

「そうですか」

　松岡さんは更に考え込まれました。

「例えば、狐憑きが疾病だとして、それならそれは構わないのです。治せるのなら治しても戴きたい。ただ、それが何故狐憑きと呼ばれたのか、どうしてそれは狐なのか、憑くとはどういうことか——憑き物落としとはどういう仕組みのものなのか。そして同じ症状であるにも拘らず、何故土地が違えば呼び方が変わってしまうのか。蛇憑きになったり、犬神憑きになったりするのか。私はそちらの方が知りたい」

「それを知ることで——何を」

「それを知れば、その土地の成り立ちが解る。そこで暮らして来た人人の精神史が知れる。気候や地勢を知るだけでは、多分足りぬのです。そこには人が棲んでいる。棲み続けているのですよ。郷土には暮らしがあり、それは連綿と続いていて、今もそこにあるのです。何故今が斯様な形であるのかを理解するためには、昔を知らねばならぬでしょう。ならば、文化の成り立ちとその仕組みを知ることは不可欠である気がする。それを知らなければ、土地の、郷土の今は変えられない——そんな気がするのですよ」

「ほう」

福來さんは怒るでもなく反論するのでもなく、感心されました。

「矢張り松岡君は優秀ですな。それは謂わば、土地の心理学、いやこの日本という国の心理学というべきものでしょうか」

国家という括りは今の私の性には合いませんと松岡さんは言われました。

「国家もまた、わたくしの延長に思えるのですよ」

「なる程、それで文化ですか。ならば文化学、いや風土学でしょうかな。郷土文化学と呼ぶべきですかなあ。まあ、呼び方なんぞはどうでも良いが」

「そうですね。個人ではなく民衆、時代で区切るのではなく土地で分ける、そうした方向に可能性を感じています。ですからそのための、フレイザーです」

松岡さんは本を掲げました。

「僕とは進む道が違いますな」

　福來さんはそう仰った後、何度も頷かれました。

「見ている相が違うのかもしれない。松岡君にはこの社会の、そして文化の理が見えているのでしょうな。僕には、人の、世界の理しか見えていない。僕はね、矢張り絶対の真理を解き明かしたいのですよ。人の、そしてこの世界の。そう。今、この国でも催眠術はそこそこ流行しておりますけれどもね、欧米ではもっと流行しています。松岡君なんかは、きっとそこからお国柄の違いを見出すのでしょうな。同じ事柄がどう受容されたか、その差異から文化を汲むことでしょう。僕は、そこがまるで逆なんですよ」

「逆というと」

「同じだと見る」

「同じとは」

「全く文化も習俗も異なった土地で、同じものが流行しているのですよ。しかも、それはいずれの国に於ても不思議、玄妙の術として受け取られてはいるのですな。勿論、学者であれ民衆であれ、国が違えば受け取り方も違います。しかしそれは同じものが違って受け取られているというだけのことですよ」

「差異に注目するのではなく、敢えて同じと取る、ということですか」

「左様ですな。例えば遠くのものや壁の向こうが見える天眼通は、日本では仙術、神通力のようなものとして受け取られることでしょう。しかし欧米では透視という、一種の特殊な能力と考えるのですな。でも、それは同じものです。松岡君は、なぜ違って受け取られてしまうのかというところに注目するのでしょうが、僕は逆です。同じものであるならば、それは普遍のもの、普遍の現象でしょう。普遍の現象であるならば、それは自然科学で取り扱うことができるもの、ということになるのではないですか」

そうかもしれませんと松岡さんは言われました。

「自然科学で取り扱えるものであるならば、それが嘘か、真実（まこと）か、見極めることもできる筈ではないですか」

僕は見極めたい――と、福來さんはそう仰いました。

夢を見ているような、そんなお顔でした。

「嘘か真実か知りたい。そのためには仕組みを知らねばならない。仕組みが知れれば操作することができますよ。松岡君が文化の成り立ちを知ることで郷土を良くしようと思うのと同じです。僕は人や物理の仕組みを知ることで心を癒そうと思うのです。それができれば、不思議が不思議でなくなるでしょう」

「慥（たし）かに、見ている方角が正反対、裏表ですね」

松岡さんはそう言われました。

「はい。僕は僕なりに究めるつもりです」

「で、福來様は――」


どのようなご本をご所望ですか――と弔堂のご主人はお尋ねになりました。


「はい。フランツ・アントン・メスメルの著作を。できれば後期のものを」

「動物磁気に就いて書かれたものと考えて宜しいでしょうか」

「はい。僕は取り敢えず催眠術を解き明かしたいのです。そうなると、矢張りメスメルを読み解いておかなければいかんと思いまして。何しろ、メスメルなくして催眠術はない。動物磁気の真贋とて、まともに取り合った本邦の学者は少ないですから」

「そうですか」


ご主人は、一瞬不安そうな顔をされました。

それから帳場の方に向かわれ、奥の棚から一冊の洋書を抜かれ、こちらに戻っていらっしゃいました。


「少し長い題の本なのですが、『Mesmerismus oder System der Wechsel-beziehungen. Theorie und Andwendungen des tierischen Magnetismus』といいます」

「驚いた。在庫があるのですか」

　ご主人は本を福來様に手渡されました。

「これは凄い。是非ともお売りください」

「勿論お売り致します。ただ、一つ注意がございます。メスメルは、特定の単語を象形文字に置き換えて記しているのでございます。その記号の解読書がないと、これは多分お読み戴けないかと――」

「その解読書は」

　それはございませんとご主人は言われました。

　福來さんは僅かばかり考えを巡らせて、それでも結構ですと仰いました。

「宜しいのでしょうか。お読みになるのは無理かと存じますが」

「いいのです。本自体を持っていれば、解読書はいずれ手に入るでしょうし、そうすれば読めます。持っていなければ永遠に読めないでしょうしな。そうだ、宜しければお探し戴けませんか、ご主人」

　畏(かしこ)まりましたとご主人は言い、しほるさんに本を包むよう言い付けられました。

　何度もお礼を仰って、福來さんは本を受け取られました。

　そして戸口の処で立ち止まり、

「松岡君、君は一家を成す人物だ。僕も負けはしないよ」

と、仰いました。

松岡さんは何故か煮え切らないような顔で、会釈したただけでした。

福來さんはそうして一人、帰って行かれました。

再び書物で囲われた微暗い空間は四角く切り取られ、その白く光った窓に人影が呑まれ、やがてそれ自体が消えました。

戸が閉められたのです。

松岡さんは暫くその閉まった扉を眺めていらっしゃいましたが、やがて、

「ご主人も人が悪いです」

と、仰いました。

ご主人は後ろを向かれたまま、

「何がでございましょう」

とお尋ねになりました。

「何が解読書はございません、ですか。当然あるでしょう」

「え」

そんな意地の悪いことを弔堂のご主人がなさるとは思えませんでした。

ところがご主人は表情一つ変えずに、

「勿論ございます」

と、お答えになりました。

「何故、そんなことを」

「塔子さん。このご主人はね、あの福來という人が気に入ったのでしょう」

「そんなのは変ですわ。それなら余計に、何故そんな酷いことをするのですか。だって持ち帰られてもお読みにはなれないのでしょう。それはあんまりですわ。まるで、詐欺です」

いやいや、と松岡さんは右手を額に当てられました。

「読んで欲しくなかった——のじゃないですか、ご主人」

「そんなこと、あるんですか」

「流石は松岡様。お察しの通りです」

「でも、それでは」

「あの本はあの方の一冊ではないと、そう勝手に思ってしまったのでございますよ塔子様。何ともお恥ずかしい。書肆にあるまじき振る舞いでしたでしょうか」

あの人は生真面目そうだし、しかも優秀なようですからねと松岡さんは仰いました。

益々意味が解りません。

「催眠術は兎も角、そこから先には行くなと——ご主人は、あの人にそう言いたかったのではないですか」

見透かされておりますなあとご主人は坊主頭をお掻きになります。

「松岡様もそうお思いでしたか」

「あの人の言うことは尤もです。私と逆を向いていたとしても、考え方が間違っていることはないでしょう。私は相対としてものごとを捉える癖（へき）があるようだが、あの人は絶対を幻視している。しかし、そちらの方向には大きな陥し穽（おとしあな）がある——私にはそう思えてならない。自然主義小説が、突き詰めるうちにわたくしの小説に掏（す）り替わってしまうように、自然科学が何か別のものに変質してしまうことはあるまいか——自然を超して、しまうことはないか。私には、どうも危うく見えるのです」

「真理は、実は目の前にございます」

　ご主人は唐突にそう仰いました。

「しかし多くの人はそれに気づきません。気づかないからこそ、それは隠されていると考えるのです。隠されているなら暴こうとする。しかし隠されている真理など、実はないのでございます。隠すのは、何もないからでございますよ。ならば暴いても詮方なきこと」

「何もないですか」

「隠秘（オカルト）は、隠されていなければいけないものでございます。それを操るためには、そこには何も在らずと知ることが必要。何かあると思えば、逆に操られましょう」

「暴こうとする者は寧ろ取り込まれるということですか、ご主人」

笑われました。

「秘すれば花、敬して遠ざく、先人は常に洒落(しゃれ)たことを謂うものでございます」

世阿弥(ぜあみ)と孔子(こうし)を同等に扱う人などおりませんよご主人——と仰って、松岡さんは少し

「これは、塔子様には先だって申し上げたことなのでございますが——世の中には仕組みが判らずとも使えるものもまた多くございましょう。ないけれど、あると心得れば豊かにもなりましょう」

「それは、読書のお話ではございませんでしたの」

「同じことでございましょう。扨(さて)、あのお方は学問研鑽(けんさん)のその先に」

真理を見られるか、隠秘を見られるかとご主人は心配そうに戸口を眺められたのでございます。

福來友吉様は、その翌年、明治三十二年に帝國大學を卒業され、そのまま大学院へと進まれて、催眠術を中心とした変態心理学の研究に従事されました。

明治三十九年には『催眠ノ心理學的研究』で文学博士号を取得され、その二年後には帝國大學哲学科助教授に就任されたのです。

そして明治四十三年、福來博士は千里眼と念写という神怪不思議の研究に着手されることになります。

博士は複数の能力者を被験者に実験を繰り返され、その力の存在を証明しようと努力なさいましたが、芳しい成果は得られず、その顛末は逐一煽情的に報道され、自殺者まで出すことになってしまわれました。その結果、福來博士は学界から白眼視されることとなり、大正二年、『透視と念寫』の出版を契機にして、大学から休職処分を言い渡され、残念なことに事実上学界を追放されてしまわれたのでございます。

千里眼や念写という事象が、真実あるものなのかどうか、それは判りません。

ただ福來博士がその手でそれを実証することが叶わなかったということだけは、事実のようでございます。

福來博士が果たしてそこに何を見出されたのかは、知る由もありません。

そして、『金の枝』——後の世に『金枝篇』として知られることになる大部の書物を読み進められることで、松岡國男様が果たしてどんな想いを抱かれたのかは——。

いいえ、それはまた、別の話なのでございます。

書楼弔堂
炎昼

探書拾 変節

気味の悪い花が咲いていました。

下女のおきねさんが、お寺の隣の建物の垣根に珍しくて綺麗な花が咲いていると言っていたのでわざわざ見に来たのでしたが、どう見ても好きにはなれません。

見慣れないからでしょうか。

慥かに、汚い綺麗でいうならば、間違いなく綺麗です。

でも、それは花の綺麗さとは違う気がしました。

何処か作り物めいているのです。白い花弁が十枚――もしかしたら萼なのかもしれないのですが――放射状に開いています。その上に、白と青の髯のような細いものが、やはり放射状に広がっています。内側は濃い紫で、中程は純白で、先の方は紺碧です。その色合いの違いが実にくっきりとしていて、やけに鮮烈なのです。

その真ん中に、雄蘂か雌蘂か、萌葱色の奇妙な形の角が五本と、葡萄茶色の棒のようなものが三本、にょきにょきと生えているのでした。

毒毒しいという程の配色ではありません。色合いは充分に美しいと感じられる範疇でしょう。形も整っていて、そういう意味では綺麗なのです。

でも。

何故なのでしょう、その出来過ぎの、わざとらしさがいけないのでしょうか。

人が作ったものならば、多分素直に綺麗だと思えるのでしょう。でも、花は勝手に咲くものです。この意匠は天然が生み出したものなのです。どこか幾何学的な形も、鮮やかな配色も、天然の為せる業なのです。つまり、どう見ても意図的な感じの佇まいだというのに、そこには誰の意志も宿ってはいないということでしょう。宿っているとするならば、それはこの花の、種としての意志ということになります。

そこが怖いのだと思います。

だからこそ、気味悪く感じてしまうのではないでしょうか。

そんなことを思い乍ら、暫く眺めていました。

葉も、青青とした肉厚で、矢張り作り物めいて見えます。そう思い込んでしまうと何もかもが気味が悪く感じられてしまうようです。

花には何の罪もないというのに、少し理不尽だなと思います。理不尽なのは誰あらん観ている方だというのに。

可笑しくなって、勝手に微笑んでしまいました。

「時計草がお好きなのですか」

突然か細い声がしたので、きゃ、と声を上げてしまいました。

顔を向けると、可愛らしい女の子が見上げています。まだ十二三でしょうか。きちんとした身形の娘さんで、直観的に女学生だなと思いました。

「とけいそう――」

「この花の名前です。ご存じありませんでしたか」

「とけいというのは、あの時計ですの」

「あの時計です」

慥かに、正面から見れば時計に見えないこともありません。

「あなたは好きなの」

何故か、そう尋いてしまいました。

少女は首を振りました。そして、私は嫌いと言いました。

「何だか、この国の景色には似合わない気がしますわ」

「異国の花なのかしら」

「南の国の花だと聞きました。こんな処に咲いているのは珍しいのです」

「まあ」

暫く花を眺めてから、自分が少女の問いに答えていないことに気づきました。こちらの問いにはすぐに応えてくれているというのに、まったく鈍いといったらありません。

気味が悪いと思っていたのよと言いました。

「好きとか、嫌いとか、それは判らないけれど」

「あら。気味が悪いのならお嫌いなのではないのですか」

「そうよねえ。でも」

気味が悪いと嫌いは少し違うように思いました。

「気味が悪いとは思うのだけれど、それはわたくしの問題だし、それは、この花の所為じゃないから、嫌うのは気の毒かしら」

「まあ」

少女は眼を見開きました。

表情は邪気ないのだけれど、迚も聡明そうに見えるのです。瞳に深い知性が宿っているように思えました。

「そんな考え方もあるのですね。好き嫌いというのは、仰る通り一方的な想いですものね。良い、悪いとは違っていますものね。でも——私、悪いものは嫌いです」

「まあ、わたくしも大抵はそうだけれど」

「というか、悪いものが嫌い」

「この花は悪くないでしょ」

「でもこれ蔓がありますもの。蔓は良くないわ」

能く解らないわと言いました。

「蔓は巻き付くもの。巻き付いたものから自由を奪うでしょ。それだけならまだしも自分自身にも巻き付くのですわ。こんがらがって、解けなくなって、自分の自由も自分で奪ってしまいますわ。だから良くないと思うの。私は蔓のあるものは大抵嫌いです。何かに纏わり付かれるのは厭。嫌いじゃないのは朝顔くらい」

「朝顔は良くって」

上に展びるからと少女は言いました。

理屈っぽいのかと思えば可愛らしいことを言います。不思議な女の子です。

「ところで」

あなたは誰、と尋きました。

「あ、わたくしは」

塔子――とだけ名乗りました。

名を尋く前に名乗るのが礼儀だと思ったのです。

「ハルです」

少女はそう言いました。

「こんなことお尋ねしていいかどうか解りませんが、塔子様は何をしていらっしゃるのですか。お墓参りとも思えませんけれど」

「お墓――」

そういえば、此処はお寺の脇、墓所の隣なのでした。

「そうねえ。逃げて来たのかしら」

「まあ」

「あなたに言っても仕様がないのですけれど、煩いの」

「誰がです」

「みんなよ。その」

実は、お見合いの話なのです。

他のことは兎も角、この話になると家中が一致団結するので、本当に閉口してしまいます。普段はまるで話が合わないお祖父様とお父様も縁談の話になると共闘します。そんなに口煩くないお母様も、誰も彼も、一族郎党打ち揃って執拗に勧めるのです。加えて、爺ややおきねさんまでもが同じようなことを言います。

おきねさんなどは、まるで自分がお嫁に行くかのような調子で、うっとりした顔になるものですから、もう返す言葉がないのです。

慥かに婚礼はお禱いことなのでしょうけれど——。

そんなこと、見ず知らずの娘さんに話すことではありませんし、また話しても詮ないことです。ですから、困って口籠ってしまいました。

「私も逃げて来たんです」

　ハルさんは悪戯(いたずら)をした子のような笑顔になって言いました。

「あら、あなたも。あなたは何から」

「授業から」

「まあ。じゃあ、学校を抜け出して来ているのね。怠けているの。呵(しか)られてしまうのじゃなくて」

「怠けるのとは違います」

　舶来の言葉で申せばサボタージュですとハルさんは言いました。

「そんな言葉は知らないわ」

「妨害というか、抵抗というか、そういう感じです。やってられませんの」

「まあ。勉学がお嫌い」

　大好きですすとハルさんは笑います。

「勉強は凄(すご)く好き」

「まあ。それは良いことね。わたくしも、学ぶのは好きなのですけれど、結局色色追い付かなくって、辟易(へきえき)して、何だか途中で放り出してしまったのです」

「お辞めになったのですか」

「一応最後までいましたけれど、何だか有耶無耶(うやむや)な感じですの。身になっていないのですわ」

どちらの学校ですのとハルさんは尋きました。

「まあ。その——」

「私は女子高等師範學校附属高等女學校です」

ハルさんは、矢張りか細い声で棒読みのようにそう言いました。

その上の方の学校よと申しました。

ハルさんはやっぱりと言いました。

「やっぱりって、そう見えるのかしら」

そんな立派なものじゃないという謙遜の気持ちと、そんな風に見られたくないという不逞(ふてい)な気持ちが、共に同じくらい涌(わ)きました。

「山勘(やまかん)です」

ハルさんはそう言いました。

「私と同じような匂いがしたんです。ご免なさい」

「謝ることはないけれど——でも、能(よ)く抜け出せたものねえ」

授業を抜け出すなど、在学中には考えてみたこともありませんでしたし、考えたところでできはしなかったでしょう。

「抜け出すのは簡単ですわ。お転婆(てんば)にやればいいんですもの。師範の方方(かたがた)は、校内にそんな生徒は一人としていないと思っていますから」

「でもお勉強が好きなのに何故そんなことをするのかしら」

「学ぶことは大好きです。でも、押し付けられるのは嫌い」

「押し付けるって、学校というのはそういう処なのじゃなくって」

　違いますよとハルさんは言った。

「知識を蓄え、考える力をつけ、人として成長し、社会に役立てるために自発的にするのが、お勉強だと思います」

「それはそうだと思うけど」

　お父様には知識は必要なものだけあれば良いと言われ、お祖父様には余計なことを考えるなと言われたのです。

　家中から社会に出る必要などないと、そう言われ続けているのです。

　ならば、何のための勉学だったのでしょう。学校で過ごした時間の何もかもが無駄になっているのかと思うと、豪く悲しくなります。

　もごもごと不明瞭にそんなことを言いました。

　ハルさんは眉間に皺を寄せました。

　そして、

「正にそうです」

　と言いました。

「あそこ、結局そういう学校ですわ」

「え――」

学校が、というのはどういうことでしょう。

「学校が、なの」

「そういう押し付けがましいことを言われませんでしたの。塔子様」

「そうねえ」

あまり自覚がありません。

家の者の言い分があんまりなので、学校そのものに対しては、あまり不満を持っていなかったように思います。

ただ退屈で、窮屈で、難しくて――それでも家にいるよりはずっと好いと、そう思っていただけなのでした。

「学問を教えて戴くのは素晴しいことなのですけれど、でも、生き方を規定されるのは厭なんです。蔓が絡まるみたい。どうして同じ考え方をしなくてはいけませんの。お国のため、殿方に傅いて只管助け、貞淑な妻となることだけが、私達女の唯一の道だと言われても、納得なんかできませんわ」

「それよ」

つい――はしたない声を上げてしまいました。

「それなの」

　ハルさんは、ぽかんとした顔になりました。

「わたくしの言いたかったことはそれ。お祖父様にもお父様にも、そのまま申し上げたいくらいです。でも、学校も——かしら」

　学校が、ですとハルさんは言いました。

　寧ろ学校の方がいけないとでもいうような口振りです。

「そうかしら。慥かに、先生の中にはそういうお考えの方もいらしたけど」

　みんなですわとハルさんは言います。

「それで逃げ出したの。逃げ出す程に厭でも辞めさせては貰えないの」

「厭じゃないんです。授業は、教えて戴く中味こそが大事なのですから、どんな先生でも、どんな教え方でも、それは我慢もできますけれども——修身学だけは我慢できませんの。だって結局、ダメとベキしかないんですもの」

　それは何と尋きました。

「あれはダメ、これはダメ、それもダメと謂いますでしょう。そして、こうするベキああするベキと謂うの」

「まあ——そうね」

　禁止が多いことは間違いありません。

「お年寄りを敬いましょうとか、父母を大切に致しましょうとか、小さい人達を育みましょうとか、そういうことって、改めて教わらなくたって解っている、当たり前のことです。それよりも何よりも、女だからといって最初っから一段低く見ているような、そういうところが鼻につくんです」

「そうよねえ」

「殿方だから偉いなんてことはなくってよ塔子様。男だろうが女だろうが偉い人は偉いけれど、偉くない人は偉くないんですもの。殿方にだって偉くない人は沢山います。偉くない人は尊敬できませんわよ。違いまして」

「違わないわ」

「だから修身の授業は受けないことにしたんです」

「だからって、抜け出したりしてはいけないのじゃない。耳を閉ざして聞かぬ振りでもしていれば済むことじゃなくって」

　耳が汚れますとハルさんは言いました。

「聞かずにいても聞こえてしまいます。聞けば考えてしまうし、考えれば言い返したくなります。言い返せば、もう大変なことになりますもの。でも、黙ってはいられないんです、私」

　だから脱獄するんですとハルさんは笑いました。

「脱獄なの」

「ええ。牢屋のようなものです。でも寸暇抜けるだけですもの。ちゃんと牢屋に戻るんですから、立派な囚人です。自分ではそう思います」

「困った人ね」

「でも。この娘のように言えたなら、こんな風に振る舞えたなら、どんなに良いことでしょう。

そんな風に思います。

そう思うのですが。

「少しだけでも抜け出したりしたら怒られるのじゃなくって」

「怒られます」

「大丈夫なの」

「大丈夫じゃないですけど、そこは我慢します。いずれ、仲間を増やすつもり」

「まあ、抜け出す仲間」

「そうです。厭だと思ってる人は多いんですもの。厭だと思うのなら意思表示をすべきではありませんか。それに、一人だけだとただの道化者ですけど、級友全部が抜け出せば、抗議行動になりましてよ。自由民権です」

「あらあら」

少し違うのじゃなくってと言うと、ハルさんは言葉の意味は大体合ってるからいいんですと言いました。

「自由の海に漕ぎ出すの」

「その時は船に乗せてくださいな」

「ええ。でも、それはお上に忤う海賊の船ですけど」

珍しく楽しい気分になりました。

「でも、ハルさん」

ハルさんはまた時計草を見ています。

「あなたの海賊船、今日は随分と遠くまで来てしまったようですけれども、大丈夫ですの。ここは学校からはかなり離れていますわ。しかも、難破していませんか」

してますとハルさんは答えました。

「昨日、少しばかり良いことがあったので調子に乗ってしまったんです」

「良いことがあったのですか」

「だから余計に修身が厭になって、どんどん遠出をしてしまって、そのうち気分が良くなって、気がついたらこんな処に」

「こんな処って——」

普通、来る処ではありません。

此処に通じる道は細い一本道で、しかも行き止まりにあるのはお寺です。用がなければ入るような道ではありません。

そう申しますと、ハルさんはその理由はこれですと、時計草の絡まる垣に立て掛けてあったらしい、見慣れない形のものを手に取って翳されました。

把手の先が円く、輪になっていて、網が張ってあります。

それは何と尋ねました。

「打球網」

「え」

「ラケットです。庭球の」

「庭球って——ああ、それって慥か、ロンテニスでしたっけ。あれですの」

見たことがあります。

鞠を網で羽子板のように打ち合う西洋の遊びです。そういえば、学校でやっていました。近頃はロンテニスを庭球、ベエスボールを野球と謂うようになったのです。

「凄いわ」

「別に凄くはないですけど、でも、これは凄いことです。だってこれ、私のものなんです。買って貰ったの」

それが良いことだったようです。

「だって、もう学校に行かなくても練習ができるんですわ。そう思ったら、これを振りたくて振りたくて堪らなくなってしまって、でも道端で振ったりしたら流石に可笑しいですもの」

それはそうねと言いました。巡査を喚ばれてしまうかもしれません。

「そこで、何処か人目につかない処で思いきり振ろうと思って、横道に入ったり脇に逸れたりしているうちに、此処に辿り着いてしまったんです。そうしたら塔子様が時計草を見ていて」

「あら。じゃあお邪魔だったのね」

「全然。そんなじゃないです」

お話ができて良かったですとハルさんは人懐こい顔で会釈をしました。

「じゃあ、ハルさんはここで練習をなさるの。わたくしは——この、時計草を見に来ただけなの。迚も無為な時間なんです。あなたと違って、わたくしは利発でも聡明でもなくって、そういう、趣味というのかしら、そういうものも全然なくって、そんなつまらない女なの」

逃げて来たって帰るだけですと申しました。でも。

実は、多少の腹積もりはあったのです。

帰り道にはあの、弔堂があります。

来る時は敢えて見ないようにして来たのですけれど、復路でも無視できるとは思えません。

決して最初からそうするつもりがあった訳ではないのですけれど、立ち寄ってしまう気もしていて、立ち寄ったなら何かご本を買ってしまうことになるのではないかと、そういう予感は持っていました。

私だって帰るだけですとハルさんは言いました。

「度胸があるようなことを言いましたけど、そうでもないです」

「でも野望があるじゃない」

人を巻き込んで抗議行動にまで広げようというのですから、正に野望です。

「野望はあるけれど、怒られるのはやっぱり厭ですし、厭だなと思うと、余計に戻り難くなって――いつもは学校の近くにいてすぐ戻るんですけど、此処まで来たら今日はもう戻れないと思うんです。でも家に報せが行ったら父に呵られると思いますし」

でも帰らない訳にも行きませんとハルさんは残念そうに言いました。

「このまま帰らずに家出したって、解決する問題じゃないですから、やっぱり、もう戻ります」

「そう」

「呵られたら言い返します」

立派ねえと言いました。

本心です。

祖父や父に言い返すことなどできはしません。更に言うなら、ハルさんくらいの齢頃だった過去の自分を顧みるに、世の中に疑問など持ってはいなかったように思うのです。不平不満がなかったかといえば、そんなこともなかったのでしょうが、ただ諾諾と世の在り方を受け入れていただけだと思います。

それは今でも変わらないのかもしれません。

結局、諾諾と受け入れています。抵抗するといっても、精精禁止されている小説を読む程度のことで、それで一矢報いたような気になっているだけなのですから、お笑い種です。

要は自己満足です。

世の中の理不尽さを知り、自らの希求するものを朦朧とでも覚っていて猶、何も変わらないでいるのですから、寧ろ悪くなっているようにも思えます。

不甲斐ないということです。

帰りましょうとハルさんが言いました。

帰るしかないのです。家に。

並んで歩きました。

お墓を越し、お寺の門を過ぎ、花屋さんを通り越して、径を進みます。道は細く、夏の樹が生い茂って屋根のようになっているので、強い陽射しが遮られて思ったより暑くないのでした。時偶揺れた葉の間から木漏れ日が落ちてきて、見上げると眩しかったりもするのですが、うんざりするようなものではなくて寧ろ清清しい感じさえしました。

「塔子様」

ハルさんが前を向いたまま呼びました。

「塔子様は、お父様がお嫌い」

すぐには答えられませんでした。

私は嫌いとハルさんは続けます。

「わたくしは――そう、お父様もお祖父様も、仰ることに納得できないところが多いというだけで、嫌いでもないけれど」

時計草と一緒なのねとハルさんは言いました。

「塔子様は思慮深いのですわ。私は厭なものは嫌い。蔦みたいに絡み付く。私を雁字搦めにしてるの。父は」

「そんなに厳しい方ですの。わたくしの祖父は元薩摩藩の武士で、それはもう――旧弊というのかしら。今風ではない、男尊女卑の頑固者ですわ。父は――能く解りません。ただ、今の世で上手に生きることだけを考えているような、そんな人なの」

「ずっと」

「ずっとって――ずっとよ」

それならそういう方なのですねとハルさんは言いました。

少しばかり通じ難い言い方でした。

「そういう人なんだけど」

「それなら」

そういう信念がおありなんでしょうとハルさんは言いました。

「信念――というか、うん。そういう人なのよ。お祖父様は女に勉学は一切必要ないと仰るのだけれど、お父様は違っていて、でも、学校に入れたのも、花嫁修業の一環なの。高等師範學校を出たらすぐ嫁に行って、主人を支え家を守れって。それがお国のためになるんだって」

全く同じことを言われましたわとハルさんは言いました。

「あの学校は、そういう処ですもの。そういう国策に則った学校だわ」

そんな風に考えたことはありませんでしたが、そうなのかもしれません。

「それなら、うちと同じじゃない」

「違います」

軽い足取りで、ハルさんは少し先に進みます。

「塔子様のお父様は、元元そういうお考えなのでしょう。なら、お話し合いをなさればいいと思います」

ハルさんの声は本当に細くて高いので、先を歩かれていると聞こえなくなってしまいます。歩を速めて横に出ます。

「話して通じるものかしら」

少し小首を傾げてから、簡単には通じないと思います、とハルさんは言いました。

それ以前に話し合いなどできる訳もないのですけれど。

「でも、信念がおありなのなら、喧嘩のし甲斐もあります」

「喧嘩――なのかしら」

随分齢下なのに、考えてみればませた物言いをする娘さんです。顔付きや声は、本当に幼い感じなのですけれど。

言い負かして差し上げれば宜しくってよとハルさんは言って、それから少し悔しそうに、勝ち負けじゃないですねと呟きました。本当に小さな声だったので、聞き違いかもしれないのですが。

「ハルさんはどうなの。ハルさんなら言い負かせそうに思うけど」

「無駄です」

「何故」

「うちは――違うんです」

「どう違うのかしら」

「違うんです。私の父は信念がないの。そこが嫌い」

「信念がないって、どういうことなのかしら」

「だって父は――というか我が家は、ずっと洋風の暮らしをしていたのですもの。父は会計検査院の官吏で、欧米に視察に行ったりもしていたもので、どちらかというと欧米風の、自由な家風でしたわ。姉達も自由に育ったんです。でも、私が尋常高等小学校に上がった頃、突然に変節してしまいましたの」

「変節って」

「ですから、塔子様のお父様と全く同じ意見になってしまったのです。西欧化には反対で、この国の伝統を守って、この国独自の考え方で国を栄えさせるべきだって」

「それ――伝統なのかしら」

知りませんわとハルさんは言って、不自由な伝統なんか要りませんとまた足を速めました。

そこで。

「待ってハルさん」

そう、そこは弔堂の前でした。

それは大きな建物なのに何故か見逃してしまう、そんな不思議な書舗なのです。

「わたくし、此処に寄るの」

「まあ」

ハルさんは少し戻って建物を見上げ、予想通りに吃驚（びっくり）したようです。仕種も表情も子供っぽくて少しだけほっとしました。

「これは何ですの。燈台（とうだい）かしら」

「本屋さんよ」

覗（のぞ）いてみますとお尋きすると、ハルさんはまた少し小首を傾げて、ハイと小声で答えられました。

「お時間はいいの」

「どうせ呵られますから」

「じゃあ行きましょう」

弔と一文字書かれた紙が貼ってある簾（すだれ）を潜（くぐ）り、重い扉を開けると、白い背中が見えました。

しほるさんが入り口に背を向けて立っていたのです。

「おや、これは失礼致しました。入店のお邪魔をして――おや、何だ、塔子さんじゃありませんか」

「あら失礼ですわ。何だというのはどういう意味なのでしょう」

「どうもこうも、深い意味などはないのです。いらっしゃいませ塔子様。いつもご贔屓戴きまして有り難うございます」

しほるさんは、実にわざとらしく頭を下げました。

どうしてこうも口が達者なのでしょう。しほるさんは多分、ハルさんと同じくらいの齢だと思うのですが——残念乍らどちらにも負けています。

顔を上げたしほるさんは、ハルさんに気づいてはっとしたようでした。

「これは、塔子様はお客様をお連れ下さったのでしたか。それは返す返すも失礼をば致しました。只今、少少取り込んでおりますが、宜しければ裡へどうぞ」

宜しいのでしょうかとハルさんが小声で言いました。

「私、お客ではなくて、しかもこんな」

「多分、平気です。このお店は、齢も、身分も、男も女も関係ない、迚も珍しい処なのですもの」

しほるさんが除けたのでハルさんを促し店内に入って、扉を閉めました。どういう仕組みになっているのか判りませんが、裡は迚も涼しい気がしました。

まだ目が慣れません。

徐徐に内部が見えて来始めて、ハルさんはその景観に息を呑んだようでした。

初めて訪れた時のことを思い出しました。

同じように息を呑んだのでしたでしょうか。

それとも声を上げてしまったのでしたでしょうか。

天を見上げて、左右に首を振る。この動作は多分一緒です。

でも。

ハルさんから目を離して正面を見て、そして――ハルさんと同じくらい驚いてしまいました。

お店の真ん中に大きな台が設えられていて、その上には紙の束が堆く積まれていいます。どうも、ご本ではないようでした。

もう幾度も訪れていますが、こんな場面に出会したのは初めてです。

「おや、塔子さん。久し振りですね」

そう言ったのはご主人ではなく、帝大生の松岡國男さんでした。

「あ、あら、まあ松岡さん」

松岡さんとお会いするのは、思うに半年振りくらいです。松岡さんは例に拠って少しばかり冷たい感じのする切れ長の眼を細めると、

「おやおや、随分とお若いお客様をお連れですね」

と仰いました。

松岡さんらしい言い方です。

可愛らしいとか、子供だとか、そういう風には言わない方なのです。

そこで下を向いて紙を捲(めく)っていらしたご主人が顔をお上げになり、

「これはこれは、ようこそいらっしゃいました」

と仰いました。

ハルさんは益々物怖(ものお)じして、肩を窄(すぼ)めています。

「こちらは高等女學校に通っていらっしゃるハルさんです」

平塚明(ひらつかはる)ですと、ハルさんは名乗られました。緊張しているようです。

「あちらが帝大法科の松岡様、そして奥にいらっしゃるのがこの弔堂のご主人でいらっしゃいますわ」

いまだにお名前の方は存じ上げないのでした。

「あの、わ、私、お客ではなくて、そこでこちらの」

「宜しいのです。仮令(たとい)お買い上げ戴かなくとも、おいで戴いた方は皆様お客様でございますから。それに、お若い方にご来店戴くのは実(まこと)に嬉(うれ)しいことでございます」

ご主人は、いつもの調子でそう仰いました。

「そ、それは有り難うございます。私、突然来てしまって、てっきり婦童(おんなこども)は帰れと言われるかと」

ほうらご主人、そもそも此処は店構えが良くないのですよと松岡さんは軽口を叩かれました。

「客商売だという自覚がない」

「そうは仰いますが松岡様。これこのように奇態なご注文をされるお客様が殊の外多いものですから、一般のお客様への対応が疎かになるのでございますよ」

ご主人は台の上の紙束を示されました。

「それは一体何なのでしょう」

新聞ですと松岡さんは答えました。

「新聞——も、お売りになりますの」

「ここのご主人は、紙に字さえ書いてあれば三河屋の大福帳だって有り難がって読むような人ですよ。頼めば大福帳も仕入れて、売ってくれますよ」

「まあ」

ハルさんを見ると、流石にぽかんとしています。

「でも、こんなに沢山ありますわ」

「沢山あるのですよ。何しろ半年分、できれば一年分、いや叶うならそれ以上ありったけというご注文、しかも全国津津浦浦のものを取り揃えてというご依頼ですから」

「全国——ですの」

近付いて見てみれば、慥かに、河北新報だの東北日報だのという紙名が書いてありました。

「日本中の」

「ええ。地方新聞です。全部は集められませんでしたが、八割は」

呆れた話です。

「でも、新聞というのは、新しく聞くと書くくらいですから、新しくなければ無意味なのじゃないのですか」

そんなことはありません、と松岡さんは仰いました。

「これは、記録ですよ塔子さん。事件の記録であり土地の記録です。旧幕時代はこんなものはなかったのです。瓦版は、江戸や大坂でしか刷られていませんでしたし、地方のことは皆伝聞で、余程珍奇なことしか中央には流れて来ない。地方の記録は、その土地に記録してくれる物好きな人がいなければ一切残らなかったのですよ」

それはそうかもしれません。

「天候ひとつ判りはしなかったんですよ。旅行者が書き留めたものやら、役所が記したものやら、個人の日記やら、そうした断片から拾うしかなかったのです。しかし、公的記録に何もかもが書かれている訳ではないですし、旅行記の類はどれも恣意的なものです。地誌や風土記、名所図会の類も、省かれている事柄の方が多いのですよ」

何が省かれているのでしょうとお尋きしました。

「そうですね。先ず、当たり前のことは書かれていません。書くまでもないことだからですね」

「それは――必要な記録なのですか」

当たり前であるなら、慥かに書き記す意味はないように思います。

「その土地で当たり前でも、別の土地では当たり前ではないかもしれない。全然違っているかもしれないし、多少似ているのかもしれない。でも書いてはいませんよ。朝起きて、何と挨拶をするのか、そんなことを書き記した地誌はない」

「お早うございますと言わない土地もあるのでしょうか」

あるかもしれませんねと松岡さんは仰いました。

「お盆の行事だって、正月の飾りだって皆違うのです。そうして目に見えるものはまだいいけれど、何かあった時にはこうするとか、これはしてはいけないのだとか、そういう習慣や仕種だってある筈ですよ。土地というよりも村村で違うかもしれないし、家毎に違っているかもしれない」

それはそうです。

お祖父様のご指示で、吾が家は何ごとにつけ薩摩風なのですけれど、他家とは違っていることも多いのでした。

「何もなければ書かないようなことであっても、何かに関われば記すでしょう。ですから、こうした地方の新聞は、土地柄や民衆史を知る良い資料になると——と、考えたのですが」

そうでもないですかとご主人は仰いました。

「いや、勿論、資料としては重宝なものだと思いますが、何か肝心なところが抜けているようにも思いますね」

松岡さんは太い眉を顰めて難しい顔をされています。

しほるさんが椅子を出してくれたのですが、腰は下ろしませんでした。松岡さんもご主人も立たれているので、何だか座り難かったのです。

「そうですねえ。同じ記事でもかなり書き方が違うし、載っている日にちも違っています。事件がどう伝播して行ったのか、どう変質して伝わったのか、そうしたことは比較することで判りますが——ただ、これは土地の問題というよりも記事を書いている人間の差——なのかもしれないですねえ」

そちらの方が大きいかと存じますするとご主人は仰いました。

そうですね、全く以て邪魔ですよと松岡さんは答えました。

「邪魔と仰せになるのは、その、書き手のことでございましょうか」

「書き手です」

それはどうでしょう。松岡さんはそう仰いますが、書き手がいなければ書かれることもないように思います。邪魔だといっても、なくしてしまうことはできないように思われます。

そう申し上げました。

「それは言うまでもなくそうなのですが、事件は、書き手を通した物語に――多分変質していますよ。新聞の記事は短いですし、小説ではないので、幾分マシですが」

「つまり、わたしというものが間に入っているということでございましょうか」

ご主人がそう問うと、松岡さんはその通りですと幾度も首肯かれました。

「どれもこれも、誰かの目を通した記事なのですし、塔子さんの言う通り、書き手なくして記事はできないのですから、これは仕方がないことではあるのですが、どうでしょうねえ。そういう意味では考えものです」

「まあいずれも読み売りですからね。読ませることが前提となりましょう。事実だけを列記したのでは、売れないのでございましょうな」

「それはそうでしょうが。ほら、例えばこの『紀伊毎日新聞』です。四月二十八日付けに怪獣という記事がありますね。これは武州神奈川に、顔が狸で胴は貂、足は猫の三尺八寸の怪獣が出たという記事です」

松岡さんはご主人に示されます。

「でも、肝心の神奈川あたりの新聞にそんな記事はない。この『紀伊毎日新聞』は、他にも福岡で何某が狐に化かされたとか、宇都宮で何某が大百足に噛まれたとか、そんな記事ばかりを載せています。これは間違いなく、書き手の嗜好で選っていますよ。しかも、どれもこれも地元の事件ではないのです。これはもう、遠方の珍奇な出来ごとを聞き齧って面白可笑しく書いているとしか思えない。これでは瓦解前の江戸の瓦版と変わりがないですよ」

絵がないだけですと松岡さんは言います。

「そもそも嘘か本当か、読む人には確かめようがないのですからね。こうやって読み比べることなど、普通はできはしないのです。そもそも事件が起きた筈の地元では報道されていないのですから、真偽の程が疑われる」

新聞に書いてあることが嘘だったりするのですかと、ハルさんが尋きました。

松岡さんは一瞬、虚を突かれたような顔をされて、

「それは、まあ、勿論そうです」

とお答えになりました。

「何もかも鵜呑みにはできません」

「ご本に書かれていることは、皆真実だと教わりました」

「それは大きな誤りですよ、平塚さん」

松岡さんはきっぱりとそう仰いました。

「そうですよね」

「そうです。教科書に書かれているからといって正しいとは限りませんよ。勿論、限りなく正しいことを書こう、役に立つことを記そうと、学者も官吏も日夜努力をしているのですから、全部が全部役に立たないだとか、間違っているだとか、そう考えたりしてはいけません。それはいけない。ただ、それでも間違いはありますし、読み解き方が違っていることもある。加えて、時に正しいことというのは、時代と共に移り変わってしまうものですからね」

「正しいことが変わるのですか」

「変わります」

普遍の真実というのはありますよと松岡さんは仰いました。それは前にもお聞きしたことです。

「お天道様が昇るのはいつだって東からですね。これは、百年前でも千年前でも変わりません。でも例えば、今の政府は、平塚さんが生まれる、精精二十年ばかり前にできたものですよ。それまでは、徳川幕府というものがあったのですね。その幕府が倒れる前に、徳川を朝敵だの薩長を官軍だのと言ったりしたら、首を刎ねられてしまっていたでしょう」

　松岡さんは少しだけ笑いました。

「正しいことと大勢が言っても、正しくないことだってある。変わってしまうこともあるのです」

「それは」

　ハルさんは、やはりか細い声で言いました。

「それは——どうやって見極めるのでしょう」

「考えるんです」

　松岡さんは即答されました。

「自分自身できちんと考える以外にありません。他人の意見を聞くことは迚(とて)も大事なことですが、聞くだけではいけないのです。誰の言葉であっても、信用する前に考え、判断しなくてはいけないでしょう。言いなりはいけません」

「はい」

「何もかもただ疑えという訳ではありません。鵜呑(うの)みにすることだけはいけないと、私は考えます。そして、その上で大切なのは、他人を疑う以上に、自分を疑うということです。思い込みはその大小に拘(かかわ)らず必ず真実を知る障害となります」

　近頃松岡様は仰ることが禅坊主のようになって参りましたなあ、とご主人は仰いました。

「そんなことはないですよ。私は——貴方と違って出家したことなどないし、法話の一つも聞いたことがない。禅の何たるか悟りの何たるかなど知りはしないし、今のところ興味もありません。ただ、目が曇ると何も見えないし、目を曇らせるのは大体においてわたしという思い込みだということを、身に染みて感じているというだけですよ、ご主人。それにしても」

　松岡さんは腕を組まれました。

　ハルさんは、畏まっています。

「これは、貴重な資料となるものだとは思うのですが」

「何かが欠けている——と」

「ええ。そうは思いませんかご主人」

「松岡様がどのような構想をお持ちになっていらっしゃるのか、私にはまだ摑めておりませぬ故、何ともお答えし難うございます。慥か以前、地方の民衆史——と、仰せでしたか」

「人の暮らしの積み重ねです。そこで何が起きているのか、そこにどんな暮らしが築かれているのか、それを知らなければ、郷土を良くして行くことはできません。ひとつの地域だけではない、この国全部のことを知らなければ、中央の官吏など務まりはしないと思うのですよ」

「何とも壮大なお話でございましょう」

「いいや、別段壮大ではないでしょう。それができずにいて、どうして官僚だ大臣だと威張っていられますか。藩閥などは以ての外です。藩などもうないのですからね。それは、わたしの延長でしょう」

「慥かに、藩だ国だというと目が曇るようでございますが、扠、松岡様はこの先に何をお求めなのか」

そうか生きていないのか。

松岡さんはそう呟かれました。

「どうも、何処か作り物めいて見えるのですよ。この新聞は」

「なる程。誰かの意志が介在しているように思われる、ということでしょうか」

「それはそうなのですが」

言葉じゃありませんかと、突然ハルさんが言いました。

「言葉――ですか」

「すいませんすいません。こんな、学問も何もない小娘が生意気なことを申し上げました。ご免なさい」

横に並んで新聞を見下ろしていたハルさんは、ぴょんと後ろに飛び退いて、ぺこりと頭を下げました。

「おやおや、何故に謝るのです。何が生意気なものですか。平塚さん、是非お考えをお聞かせ下さい。正しい意見は誰が思いついても、誰が言っても正しいのです。偉い人が言ったから正しいとか賢い人が言ったから正しいとか、そんなことは決してないんですから」

ハルさんは下を向きました。

松岡さんの口調は、時に詰問調になるのですけれど、決して責めている訳ではないのです。

「ハルさん」

声を掛けてもハルさんは頭を上げません。

「こんな、子供の意見ですから」

「子供も大人も関係ないですよ」

「でも、女がそんな」

「何を言うのです。性別など余計に関係ありませんよ。女性を軽んじる風潮など、何をかいわんやです」

ハルさんは幼さの残る眉根を寄せて、どこか痛そうな表情を作りました。

「嘘」

「嘘なものですか」

「本当に――そうですか」

「当然です」

松岡さんは実に怖い顔をなさいました。

たった十二三の少女に見せる顔ではありません。どうやら松岡さんは、相手によって態度を変えたりしないお方のようなのです。良く言えば裏表がないということになるのでしょうが、上からは反抗的な態度に見えるかもしれませんし、下の者には高圧的に思えるかもしれません。心に疚しいところがある人には、とても疎ましく思えるかもしれません。でも、それが良かったようでした。

「本当に思い付きなのですが」

ハルさんは恐る恐るという感じで、消え入るような小声で言いました。

「私の級友に、地方出身の人が幾人かおります。入学した時は、その、それぞれの地方の言葉を話していらっしゃいました。すぐに矯正されて、今はもう違うのですけれども」

「なる程」

「先生がいない処などでは、お国の言葉が出てしまうこともあるんです。私は東京の生まれなので、本当は地方の言葉の方が耳慣れない筈なのですが、どうも、そういう時のお友達の言葉の方が、生き生きしているというか、ちゃんと通じるというか」

松岡さんは腕を組まれました。

渋い顔をされています。

「あんまり関係ないですね」

ハルさんは、斜め下を向いてしまいました。しかし松岡さんはいやそんなことはありませんと、大きな声で仰いました。

「え」

「関係ないどころか大いに核心を突いている。それは大事なことです。そう、そうですよ。言葉です言葉」

松岡さんはそう言うと、置かれている新聞を次次に手に取って恐ろしい速さで黙読されました。

「これも――これもこれも、どれも皆、同じ言葉で綴（つづ）られている。文語でも口語でもない、妙に均（なら）された、所謂（いわゆる）、普通文です」

「そう教えますからね」

ご主人はそう仰いました。

「教科書も、文語体の一部に慣用を認めておりましょう。ここ数年の言文一致運動とも呼応して、書かれる文も変わっておりますから」

「そうか」

　松岡さんは一層厳しい顔付きになられました。

「これは――どうしたものでしょうか」

「どうしたと言いますと」

「弊害と取るべきでしょうか」

「害がございましょうか」

「文化が均一になると、言語もまた均一になるものですかご主人。この邦（くに）は決して広くはないが、それでも文化習俗は千変万化、土地土地で大きく異なっている。情報（いんふぉるめーしょん）や物資が、全国に時間差なく届くことは結構なことですが、それに因（よ）って失われるものもあるのだとは、考えもしなかった」

　ご主人はすう、と前に出られました。

「松岡様。世は移り変わるもの。諸行は無常にございまする。良い悪いは別として文化習俗などは変わって当然、失われて当然のものではございませぬか」

　いやいやそれは違うと松岡さんは首を振られました。

「勿論、諸行無常の理（ことわり）くらいは心得ていますが、昔がすっかり失われてしまっては今が判らなくなってしまう。いや、そうではないですね。今が失われてしまっては先の予測が立てられません。現在というものが、恐ろしい勢いで過去になってしまうのだということを、私はすっかり失念していた」

言葉は違っているべきですよと松岡さんは強い口調で仰いました。

「勿論、それがこの先同じになって行くというのであれば、それもまた仕方がないことでしょう。でも、現在はまだ違っているのですからね。違っているものをわざわざ同じように変えて記すことはないでしょう。私は若くして流転し、土地土地の言葉の差異に大いに困惑した。困惑したけれど、その土地ではそう呼ぶ方が相応しいし、通じるのだということも学びました。通じるのですよ。平塚さんが仰った通り、生きた言葉の方がずっと通じ易い」

松岡さんは新聞を一部、手に取られました。

「例えば、この新聞にも――ほら、幽霊が出たなどという記事が出ています。しかし当事者は果たしてそれを幽霊だと言ったのでしょうか。それに出会った人は、それを何と表現したのか。お化けだと言ったのかもしれないし、まったく別な呼び方をしたのかもしれない。この書き方は余りにも無神経です。低俗と謂われる黄表紙だって、会話文は当時の話し言葉で書いたりしているのに、ですよ」

「既に判り難くなっております」

「通じない訳ではない」

「すると松岡様は、土地土地で異なった言葉を残すべきとお考えなのでございましょうか。標準となる言語を策定する必要はないと」

「それはまた別の問題ですよご主人。中央にあって行政を司るような者は、国民凡てにきちんと通じる言葉を持たなければならぬでしょう。通じさせることが国政を担う者の責務ですからね。そういう意味で、国の言葉、国語は作られなくてはならないし、教育されなくてはいけない。しかし一方で、郷土の問題というのは別にありますよ。言葉は文化そのものですから。なくしてしまうということは、文化そのものを消してしまうということではないですか」

　そう思いますとご主人は仰いました。

「雪の降らぬ異国には雪という言葉はございませんからね」

「雪という言葉をなくしても雪は降りますが、普遍ならざるものは別です。道具や習俗は本当に消滅してしまう。なくなってしまうのも仕方がないとして、せめてなくなる前に記録しておく必要はある。そうしなければ」

　郷土を理解することができないと松岡さんは深刻に仰いました。

「近代国家として標準語を確立することは必要なのでしょうし、それを浸透させることも大事なことでしょう。しかし、今ある言葉を強制的に変えてしまうような施策は取るべきではない。そうしたものは自然に変わって行くものですよ。矯正などしてはいかんのです。そして、変わることを前提にして記録し、残さねばなりません」

「またまた壮大なお話になったように存じまするが」

ご主人がそう言うと、

松岡さんは今度は素直に、そうかもしれませんねと仰いました。

「それはゼームズ・フレイザーに勝るとも劣らぬ難行となるかと存じます。慥かに本邦の国土は広くはございませんが、文化は深く多様かと。細かな差異を知るためには諸国を隈なくお巡りになる他ないと存じまするが」

「視察する、ということですか」

「井上圓了様などは、精力的に全国を行脚され、各地で多くの不思議迷信を集められているようですが――」

松岡さんは更に厳しげな顔をなさいました。

「残念乍ら圓了博士は、郷土という概念をお持ちにならない。近代と過去、真理と迷妄の分別がおありになるだけです。それはそれで結構なことかもしれませんが、私が考えていることとは違う」

「しかし、それでもお国言葉はそこに行かねば聞けませぬぞ」

「ええ。しかし、私が官吏になれたとしても、そんな時間は取れないでしょうね。詳しく知るためには時が要る。一箇所に留まれる時間も限られるでしょうし、行く場所はそれこそ膨大にある。慥かに難しい」

「あの」

視察に行かれても駄目なのではないですかとハルさんが言いました。

「駄目とは」

「帝都から偉いお役人や学者さんがやって来たとして、田舎の人達は普段の姿を見せないのではないですか。見栄を張ったり隠したりするのじゃないかと——そう思ったものですから」

それはそうですねと呟き、松岡さんは天井を見上げました。

「平塚さんの言う通りかもしれない。視察ではいけないのでしょう。そこでの暮らしを知るためには、上から見下ろすような在り方で接しては駄目なのです。平塚さんが仰るように、女学生も先生の前では東京弁を話すのですよ。そうですよ。役人面した他所者(よそもの)に、土地のことなんかを教えは——しないでしょうね」

「別に松岡さんが行かなくても良いのではないですか」

そう言いました。

松岡さんはこちらに視軸を向けられました。驚いたような顔をしています。珍しいなと思いました。

「行かずに——どうします」

「その土地の人に調べて戴けば良いのではないですか。浅慮ですけど」

「そう——ですね。しかし」

「お仲間を増やせば宜しいのじゃないかと、ふと思ったんです。松岡さんの志がどういうものなのか、わたくしなどには到底判りませんけれど、それが高く正しいものなら必ず賛同する人が出て来ると思います」

「いや、それは」

それは名案でございますねとご主人が仰いました。

「先程、松岡様は流通や通信の発達の弊害をご指摘されましたが、その仕組みを逆手に取るということもできるのではございませんかな。全国各地に同人がおるならば、同時に作業もできましょうし、されば一度に済みましょう。逐次報告をして貰えるならば蓄積にもなりましょう。事物を情報として収集し、一括して管理することができたなら、研究も理解も進むのではございませぬか」

松岡さんは顎に手を当てて少し考え、慥かに妙案ですなと仰いました。

「広く民間に協力者を募るというのは、発想としてありませんでした。私がぼんやりと構想している郷土の学問に、そうした視座は必要不可欠なのかもしれない。同時に国語の在り方を捉え直す必要性もあるのでしょうね。大槻文彦先生は『言海』を編む際に文法整備の必要性に至られ、結果的に本邦の文法学も輪郭を顕にすることとなったのですが――」

語法指南でございますねとご主人は仰いました。

「ええ。しかしそれとて英語との擦り寄せによる副産物という感は否(いな)めない」

「ええ。氷川(ひかわ)の御前(ごぜん)も、何やら仰せでございました。あれは大したものだがどうにも堅苦しくていけない、言い間違いもできやしねえ、とか」

　氷川の御前とは、勝海舟様のことだと思います。

「ええ。何しろ大槻先生は教育勅語(きょういくちょくご)の間違いを指摘された方ですからね」

　間違いがあったのですかとハルさんが声を上げました。

「教育勅語に、ですか」

　ハルさんの嫌いな、修身の基本です。

「申し上げたでしょう。何にでも間違いはあるのですよ。まあ、大槻先生は内容ではなく文法上の誤りを指摘されたのですけれどもね」

　松岡さんはそう仰いましたが、ハルさんが動揺するのも無理はないのです。

　習う方は、頭から疑うことなど赦(ゆる)されてはいないのですから。

「どんなものでも誰かが書いたもの作ったものですし、人は間違うものです。間違いと知れたら正せばいいだけです。間違うことは恥でも何でもないのですよ。しかし間違いと知って直さないのなら、それは愚者の証(あか)しとなります」

　松岡さんはそう言ってから居住まいを正されました。そしてお二人とも、有り難うございましたと頭を下げられました。

ハルさんはまた眼を円(まる)くされました。

「そ、そんな」

「いや、大層な知見を戴いた。お礼を言います」

「お、お止(よ)しください」

「何故です」

顔を上げた松岡さんは、またあのちょっとだけ意地悪そうな、怜悧(れいり)な顔付きになられていました。

「わ、私のような」

「先に申し上げた通り、性別や年齢は関係ありませんよ平塚さん」

「そうなのですが、齢上の殿方に頭を下げられるなんて、その、考えたこともなかったものですから」

仕方がありませんわ松岡さん、と申し上げました。

「そう教え込まれるのですもの。そうしないと呵られるのですから。ハルさんは、それでもそうした風潮に抵抗をされているのですわ。唯唯諾諾(いいだくだく)と従っているわたくしなどより、ずっと立派です」

「抵抗しているのですか」

ハルさんは下を向きました。

「そんなことはないと思うわ。わたくしは修身の授業を拒否して学校を抜け出すなんてことはできませんもの。逃げ出したのではなくて、一人だけの抗議行動ですわ」

「そうですか」

松岡さんは呆れたような、感心したような、奇妙な顔をされました。

「まあ、学校を抜け出すという行為そのものは感心しませんが、抗議すること自体は悪いことではないでしょう。何であれ、あなたがそれを間違いだと考えるのなら、指摘は大いにすべきことでしょうね」

「指摘になるのでしょうか」

「なりませんか」

「呵られてお終いです」

「女だから――ですか」

「ええ。それ以前に、生徒が先生に意見するなど、言語道断と言われます。目下が目上に何か言うなど、あってはならないことですもの」

そうですかねえと松岡さんは太い眉を吊り上げられました。

「この国は、昔からずっとそうなのではないのですか」

「そんなことは――ないと思いますよ。そう習われたのですか」


「逃げているだけです」

ハルさんに代わって、そう習いますわと答えました。

「学校は兎も角、お家庭でもそう教えられますもの」

「そう、というのは」

「婦児は黙っていろ」

ハルさんは上目遣いでこちらを見て、小さく首肯きました。同じなのでしょう。

「おやおや。塔子さんのお祖父様は薩摩武士らしいですから、男尊女卑の気風があるのもまだ判りますが――平塚さんの家もそうなのですか」

松岡さんの問いに、ハルさんは酷く悲しそうな目をしました。

「父の出自は尋ねたことがありません。父は会計検査院の官吏で、迚も賢い人だとは思います」

「会計検査院ですか。それは、優秀な方でいらっしゃるのでしょうね」

「そうだと思います。度度渡欧もしていますし、翻訳のお仕事なども」

「ほう。外国語に堪能でいらっしゃるのですね」

「独逸語の文法書なども著していますから、そうなのだと思います」

「それは――こう言っては失礼ですが塔子さんのお祖父様とはかなり違うように思いますが」

全然違います。祖父はまだ攘夷を口にするような人です。

「塔子様のご家庭のご事情は存じ上げないのですが——ええ、慥かに違いますわ。いいえ、違っていました。前は」

「前は、というと、今はそうではないと」

「はい。幼い頃は何ごとも洋風でした。何というのでしょう、その、西洋風の在り方を奨める」

「欧化政策でしょうか」

「そう謂うのでしょうか。そうした家風なのだと父も申しておりましたし、そうなんだと思ってもおりました」

「羨ましいです」

そう言いました。

「わたくしのうちなどは、西洋風どころか御一新前なのですもの。しかも凡てが薩摩風です。薩摩が悪いとは申しませんけども」

「でも」

今は違いますとハルさんは小さな声で言いました。

そういえば、ハルさんのお父様は変節されたのだとか言っていたのでした。

「能く判らないのですけれど、或る日突然洋風は駄目だと言い始めて。何もかも日本風でなくてはいけないと、今はそう言います」

日本風というのが私には能く解りませんねと松岡さんは仰いました。

「それは」

ハルさんは言い淀みます。

「ですから、家長には逆らわず、殿方には傅き、夫のため、家のため、国のために尽くすのが婦だという、古くからの伝統に則した、外国の真似ではない暮らし振り、それこそが正しいのだということです」

「それがこの国の古くからの伝統ですか」

「違いますか」

「男尊女卑が伝統だというのですか」

「違うのですか」

「扠――」

松岡さんは再び腕を組み、首を傾げました。

考えを巡らせていらっしゃるのでしょう。

「慥かに、目上を敬うことは良いことだと思います。ただ、目上だから間違っていても指摘してはいけないなどということはないし、男を女の上に置くというのも日本風なんかじゃない。それは間違っている」

決然としています。

でも、世の中は松岡さんのような方ばかりではないでしょう。ハルさんもそう思われたようでした。

「松岡様がそういうお考えの方だということは解りました。でも」

「いや、そこは諒解していますす。現在そうした風潮が蔓延しているということも承知していますよ。お二人とも、ややお考え違いをしているのではないでしょうか。とはいえ、それは今様の風潮なのであって、この国にそんな伝統はないですよ。慥かに旧幕時代にはそうした考えの方も多くいたでしょうが、それは武家の考え方です。そもそも根底にあるのは儒学ではないですか。ならばこの国のものですらないですよ」

そうでしょうご主人、と松岡さんは仰いました。

ご主人は珍しく困ったような顔をされて、

「古来仏家と儒家は相容れぬものと相場が決まっておりますからなあ」

と、お応えになりました。

「松岡様の仰せの通り、朱子学にしろ何にしろ儒教的な考えに基づくものではございましょうけれども、私見では矢張り、この国に根付いた思想はこの国流に変節した思想であると考えまするが。それも、武家の作法に都合の良い解釈であるように思います。そういう意味では、まあ本邦のものではあるのでございましょうが、ただ」

この国は武士だけが住むものではございませんとご主人は仰いました。

「武士でなければ――違ったのですか」

ハルさんがそうお尋ねになると、その武士でさえ色色なのですよと松岡さんは仰いました。

「町人は、そういう考え方をしなかったのでしょうか」

「そうとも言い切れません。百姓と商人ではまた違う。山と里でも違う。村と町でも違うと思います。時代に依（よ）っても変わっているでしょうね。それこそが」

私の知りたいことなのですよと松岡さんは仰いました。

嗚呼（ああ）、なる程と思いました。

「民草（たみくさ）の歴史、郷士の歴史です」

「しかし松岡様、どれだけ場所や時代が変わろうと、身分が違おうと、男が女より偉いというところだけは同じなのではないのですか。良妻賢母こそ婦人の鑑（かがみ）、それのみが唯一の女の道であると――」

「いや」

そんなことはないですよ平塚さん、と松岡さんは言いました。

ハルさんは、そうでしょうかと、あからさまに疑義を呈されました。

「良妻賢母になんて、なりたくないです」

おやおやとご主人が割って出ました。

「平塚様、良妻賢母自体は悪い意味の言葉ではなかろうと存じます。ただ、それは規範としてあるものではなく、評価としてあるものでございましょう。世には、様様な良き妻、賢き母がある。要は何をして良妻とし、何をして賢母とするかということでございましょうよ。それは画一的なものではありますまい」

「違います。全ては、殿方が基準にあるのです。夫にとって都合の良い妻、家にとって役に立つ妻、それをして良妻賢母と呼ぶのではありませんか。そういう鋳型に嵌めるために学校はあるのです」

ハルさんは絞り出すような細い声で、きちんと反論されました。

凄い——と思いました。

「だから私、修身が嫌いなのです」

「そうですか」

松岡さんはハルさんの真摯な顔を見て悩ましげに顎を擦り、そうでしょうねえと仰いました。

「だがそれは、本来的ではないですね。伝統的ともいえない。ご主人が仰るように、それは評価であって、規範ではない。評価というのは後からなされるものです。先んじてあるものではない。また評価されるような姿勢、在り方というのは、その土地その時代で大きく違っているものですし、違って然り——否、違っているべきものでしょう」

「良妻賢母も色色ある、ということですか」

「それは当然だと思いますが。時代は移ろう。土地土地で暮らしも違う。身分や仕事も家族構成も違う。それ以前に、人は皆違う。鋳型に嵌めるような押し付けをしたところで誰もがそういう評価を得られるとは、到底思えませんね」

　古くからそう決まっている訳ではないのですかとお尋きしました。

「例えば、そうではない時代や、そうではない文化があったのですか」

「そうですね、それも矢張り武家の考え方なのですよ。例えば女に家を護（まも）れというのは男が兵隊だからですよ。男は外で闘って、死ぬ。だから家にいて、跡継ぎを育てる。そうしないと家が滅んでしまうのです。婚礼だって謂わば人質の交換です。家同士が親戚になれば敵味方になり難（にく）い。嫡男（ちゃくなん）が家を嗣（つ）ぐというのも、そうしなければ血統が途絶えてしまうからですよ。今の民法は、士族の作法を採り入れたものなのでしょう」

　四民平等になったので、みな武士の習俗を押し付けられてしまった、ということなのでしょうか。

「一方農家では、ご婦人も重要な労働力なのです。みんな同じように働いている。土地に依って違いますが、長女が家督を継ぐという地域もある筈です。そうした土地柄の人人は、法律ができたので困惑していると聞きました」

「ご婦人が戸主（こしゅ）なのですか」

「正確には戸主だった、でしょうね。法律が施行されてしまいましたから。しかし、今も家で一番年長のご婦人を刀自と謂いますでしょう。これは元は戸主という意味です」

「女が——戸主ですか」

「そういう時代もあったということですよ。どうであれ、性別で主従関係が決まることなどないでしょう。商家では女主人もいます。古代には女帝もいらした」

ハルさんは複雑な表情の顔をこちらに向けました。

「何だか信じられません。そんな、婦人の扱いが殿方より上だった時代があったなんてこと、考えられません」

上ということはありませんと、松岡さんは仰いました。

「どちらが上ということはない。役割は違うでしょうが、恒常的に主従上下の関係にある訳ではないと考えるべきでしょう。男だから偉いなどという決まりごとはないし、逆もまた然りですよ。役割に違いがあるだけです。偉いかどうかは人に依る」

「それは、大昔のこと——ですよね」

「いいえ、それは必ずしも大昔のことではないと思いますよ。きちんと調べてみなければ判りませんが、法律は発布されても習俗はすぐに変わるものではないですから、今も文化や気風としては残っていると思います」

ハルさんは何故か、泣きそうな顔になっていました。

　どうしましたと松岡さんが問います。

「私は――騙されていたのでしょうか」

「騙されてはいないでしょう。ただ、多くの人が勘違いをしているのだ――とは思いますけれどもね」

「勘違いですか」

「そうです。どうも、目が曇っている」

　わたしという膜がありましょうかとご主人は仰いました。

「そうですね。わたしというよりももっと大きな、そう、国家という膜が張っているのかもしれません。だからありのままが見えない。本当の人の暮らしが、郷土の姿が見えない」

　歪んでいますよと、松岡さんは言いました。

「この国は、そんな国じゃあない。もっとずっと多様だった筈です。そんな画一的な歪んだ過去は、まやかしですよ」

「それでは父は」

　父は間違っていますねとハルさんは言います。

「父の言う日本風とは、その歪んだまやかしのことなのです。それこそが日本風だと父は言います」

「そんな西洋風の進んだ考えをお持ちだった方が、何かおありになったのかしら」

そう言うと、何もないですわとハルさんは言いました。

「父には信念や、思想がないのです。そうでなくては、あんなにすっかり変わることなどないと思います。気紛れです」

困ったものですねえと松岡さんはご主人に向けて仰いました。

「これはどう捉えれば良いのでしょうね、ご主人。旧弊の揺り戻しのようなものと考えれば良いのでしょうか」

「揺り戻しではあるのでしょうが、戻る場所が違いましょう」

ご主人はそう言ってから帳場の方へ進まれ、また新聞のようなものの束を手にして戻られました。

「この度、各地の大新聞小新聞を集めたものですから、このようなものも一緒に揃えてしまいました。松岡様のご趣旨からすると、所謂政論主体の大新聞は要らぬかと思うたのでございますが、最近では大新聞も小新聞同様の記事を載せることが多いものですから――」

ご主人は松岡様にその束を手渡されました。

「この新聞は『日本』という紙名ですか」

「あの、すいません」

大新聞と小新聞の差が判りませんでしたので、お尋ねしました。

「大新聞とは、大きいのですよ」

ご主人は新聞を広げられました。

「小新聞の大きさはこの半分でございます。大新聞は基本的に政治や経済、世界の情勢などの記事が文語体で綴られております。小新聞は絵入りで、巷（ちまた）の出来ごとや読み物などが載っております。こちらは、口語混じりの普通文で書かれておりましょう。やや砕（くだ）けた感じとでも申しましょうか」

松岡さんは暫く新聞を読まれていましたが、やがて手を下ろし、大きな溜（た）め息（いき）を吐（つ）かれました。

「思い出しました。これは慥（たし）か『ほとゝきす』を作った俳人の正岡子規（まさおかしき）が勤めていた会社の新聞ですね」

「はい。主筆の陸羯南（くがかつなん）は、正岡様の支援者でもあられましょう。正岡様は病魔に追われて操觚者（そうこしゃ）こそお辞めになったようですが、その後も『歌よみに與（あた）ふる書』などをこの新聞に連載されておられました。現在、正岡様は病床に臥（ふ）せっておられるご様子。かなり容体がお悪いようですが」

そうですかと言って松岡さんはもう一度紙面に目を落とされ、そして、大いに渋い顔をされました。

「創刊の辞などを読む限り、これは要するに急激な欧化政策に対する反動、本邦の欧化に対する警鐘と読めますが、そういう理解で宜しいのでしょうね」

「宜しいかと存じます。これも創刊の辞にあります通り、それは政党新聞でも営利新聞でもない独立新聞、つまり、あくまで中立の立場からの欧化批判——ということなのでございましょうね」

「つまり自由党系の『自由新聞』、民権派の『朝野新聞』などとは一線を画すものということでしょうか。慥かに、西洋文化も良きところは採り入れ、国策のため利用するのは良い、とも書かれていますね」

「はい。ただ、植民地のような在り方はいかんとも書かれております」

「気持ちは解らないでもないです。猿真似のようなみっともないことは、好ましくありませんからね。だが、私の記憶が慥かなら、この陸という人は、かなりの反薩摩ではなかったですか」

私怨もあったようでございますとご主人は仰いました。

「この雑誌はご存じですか」

ご主人は次に雑誌の束をお出しになりました。

表紙の文字は『日本人』と読めます。

それは知っていますと松岡さんは答えられました。

「それは井上博士も同人に加わっている雑誌でしょう。それも同じような趣旨だと記憶していますが」

「はい」

ご主人は台の上にそれを置かれました。

「他の同人の方は兎も角、圓了様のお考えは明快でございます。異国の文化を取り入れるにしても、ただ真似るのではなく、良き処のみを摂取し、咀嚼し消化して応用するべし、ということでございましょうな。宗教、徳教、美術、政治、生産、いずれも和魂洋才を忘れるべからずということでございましょう。主筆の志賀重昂様は、これを国粋の保存とし、国粋保存主義を称えられております」

「国粋というのは、どうも言葉が悪いと思いますがね。要は nationalism のことでしょう」

「左様かと」

「nationalism というのは、その国固有の文化や伝統を重用し、それを以て国威を発揚するという意味の言葉でしょう。しかし人は、差異と優劣を簡単に履き違えてしまうものです。わたしという膜、国家という膜を通すと、単なる違いが優劣の差に見えてしまうものなのですよ。そうなれば、これは時に過激な他者への排斥運動にも繋がり兼ねない。日本は良くて他は全部いかんなどという驕った考えにもなり兼ねません」

「それも左様に思いまする」

「国粋というなら、その粋のところに何を置くのかという問題もある。この国固有の文化や伝統などというものが果たしてあるのか、あるのならそれはどんな形をしているのか。そうしたことがきちんと捉えられているのか。私にはそれができているとはまるで思えません。この国の核を成す文化は、思想は、どんな形をしているのか、そこは誰も検証していないし、現状では検証のしようがないではないですか。欧化主義に対する国粋主義というのであれば、そこは慎重に吟味せねばなりますまい。そもそも新政府は欧化を積極的に推進しているのですから、反欧化というのは反政府、反体制ということになる」

「なりましょう」

「しかし、こちらのお二人のお話を伺う限りはそうとは思えません。失礼な物言いになりますが、会計検査院の官吏や、政府の要人を多く輩出している薩摩藩の元藩士が、そんな、男尊女卑の、武家のなり損ないのような旧弊を伝統と称しているのですよ。そんなものは伝統ではなくただの流行です。そのように偏向し歪曲した流行を伝統として教えているというのであれば、それは何も考えていないに等しいですよ。文明開化はどこへ行ったのですか。この国は近代国家になるのではなかったのか」

松岡さんは太い眉を顰めて、怒ったようにそう仰いました。

「師範學校からしてその為体というなら、矢張り私達は見るべきものを見ていない」

「そうでございましょうな」

「私はね、ご主人。そんな国で育っていないですよ。女性を見下げ、男はただ勇ましく戦って死ねばいいというような、そんな殺伐とした環境で暮らして来た覚えは、ないです」

松岡さんはやや声を荒らげていらっしゃいます。

「いや、だからといってこの国が良い国だとも思わないですよ。貧しさ故に産んだ子を殺さなければならないような、そんな国などはろくなものではありません」

松岡さんは以前、間引きという習俗を知って強い衝撃を受けられたのだと仰っていました。聞くだに恐ろしいお話ですが、それが現実でもあるのでしょう。

「酷い習俗だと思います。でも、この国の民はそうせざるを得ない生活を送っていたんです。それが本邦の現実なんですよ。しかし、だからといって私は、全てが駄目だとも思わない。この国には美しいところもあるし、優れたところも良いところも沢山あるのです。良きところは残し、悪しきところは変える、それが、国を良くする唯一の方法でしょう。でも何が良くて何が悪いのか、それを見極めぬ限りは変えることも正すこともできないのですよ。少なくともそんなでき損ないの武家の作法のようなものがこの国の美点だと、私は思いませんね。そこは寧ろ変えるべき点なのではないのですか」

「国策上、そうもいかぬ——ということでしょうか」

「富国強兵、ということですか」

「列強と並び立つことが一義ではあったのでございましょう。戦に勝ったからこそ植民地にならずに済んだ。国威も発揚したのでございます。そうしてみると、この国は強くなるために欧化し、強くなったから国粋を打ち出した、そう思えなくもない」

そんなものは幻想ですよと松岡さんは仰いました。

「個人主義や自由主義は民権で、平民主義や国粋主義は国権だと世人は謂います。それはそうなのでしょうし、また相反するものでもあるのでしょう。しかし、私個人の考えではそれは同じ方を向いている。結局区別がつかないですよ」

松岡さんは台を叩かれました。

「このお嬢さん達は、国の一部ではありませんよ。この人達一人一人が国を作っているのです。先ず(ま)国ありきではないでしょう。自由だ民権だというけれど、民(たみ)には自由も権利もないではないですか。国粋というよりも、日本というわたしだけを立てる、日本主義です」

「そうですねえ」

ご主人は再度帳場に戻り、また別の雑誌を持ってこられました。

「この雑誌は『日本主義(にほんしゅぎ)』という誌名でございます」

「それは」

うちにもございますとハルさんが声を上げました。本当に細い声です。

「そうですか。もしやそうではないかと思いました。松岡様は、博文館(はくぶんかん)で『太陽(たいよう)』の編集主幹をしておられる高山樗牛(たかやまちょぎゅう)様をご存じでございましょうか」

「高山――というと、慥(たし)か、森鷗外(もりおうがい)先生と美学に関する論争をした、美学研究者ではなかったですか」

「そうです」

「文芸評論などもなさる方でしょう」

そのようでございますと言って、ご主人は雑誌を掲げられました。

「この『日本主義』という雑誌も、高山様が作られたものでございます」

「ほう」

松岡さんはご存じなかったようです。

「誌名の通り、日本主義を主張する雑誌でございましょう。発刊には井上哲次郎様も関わっていらっしゃいます」

「井上先生ですか」

松岡さんは頰(ほお)に手を当てられます。井上哲次郎先生に就いては以前、この場所で福來さんも言及されていたように思います。

「まあ井上先生は、元は独逸観念論をやられておられたのだと記憶していますが、教育勅語の研究をされたり、それこそ国民道徳を提唱されたり、基督教の排斥を称えられたりと、国家主義的なお考えをお持ちのようですからね」

口調から推し量るに、松岡さんはその方があまりお好きではないのではないでしょうか。そんな風に感じられます。

でも、松岡さんの反応はどうにも読み切れないところがありますから、もしかしたらそうではないのかもしれません。多分かなり仲の良いご友人の田山さんに対しても、松岡さんはかなり厳しい口調で接していらっしゃったのですし。

そういう人でしょう、と松岡さんは続けられました。

矢張り言葉に刺がある――ように感じます。

はい、そうでございましょうとご主人は仰いました。

「平塚様のお嫌いな修身は、例えば井上圓了様の『日本倫理學案』等も影響を与えてはおりましょうけれど、矢張り礎となるのは教育勅語でございましょうな。そして何と言っても教育勅語を国民的教育の基礎として位置づけられたのは、同じ井上でも哲次郎様の方でございましょうし」

國君ノ臣民ニ於ケル、猶ホ父母ノ子孫ニ於ケルガ如シ――ですかと松岡様は何かを暗誦されました。

「はい。『勅語衍義』でございますね。その件などは正に、松岡様の仰せになるわたしの延長としての国家——ということになりましょうかな。君主と臣民を父子関係に擬えているのでございますし、これは家父長制倫理に基づく——基づくと申しますより家父長制の拡大解釈に他なりますまい。井上哲次郎様は、これを不変の理として位置づけられておられます」

「目が曇られていらっしゃるのですか」

ハルさんはそう尋ねられました。

詳しいことは存じませんが、井上哲次郎先生といえば、慥か、正七位を授けられていらっしゃる、かなり偉い学者の方だった筈です。普通なら畏れ多くてそのようなことは迚も尋けないだろうと思うのですが——松岡さんが間違いには目上も目下もないと仰せになったので、ハルさんは少し強気になられているのかもしれません。

ご主人は苦笑され、扨どうでしょうかとお答えになりました。

「一概にそうとは申し上げられないと存じまするが」

私は余り感心しませんよと、松岡さんは言います。

「それが不変と私は思わない。家父長制を日本全土の、しかも古来の伝統と位置づけることも不正確な認識です。観念論がご専門だけに、極めて観念的だ。科学的実証的ではない」

「しかし松岡様」

ご主人はそこで、横の書架をご覧になりました。

「それよりも何よりも、井上哲次郎様と言えば先ずは『新体詩抄』なのではございませぬかな」

「それは——ご主人」

松岡さんはいっそうに渋い顔をなさいました。

そう、松岡さんは新体詩人でもあられるのです。いいえ、故あって詩作からは離れられているようなので、あられた、とすべきでしょうか。

それは新体詩のご本なのですかと、お尋ねしました。

「ええ。題名通りの内容でございます。そもそも新体詩というものを本邦に紹介されたのも、新体詩運動を興されて世に広く知らしめられたのもまた——井上哲次郎様なのでございますよ、塔子様」

「そう——なのですか」

「ええ。一方の高山樗牛様は——まあ日本主義という言葉自体、この高山様が広めたようなところがございましょうな。博文館の『太陽』は総合雑誌ですが、日清戦争が発刊の動機ですから、国威発揚が根底にある。編集主幹である高山様も日本主義を鼓舞する記事や評論を沢山書かれておられました」

それは知りませんでしたよと松岡さんは不機嫌そうに仰いました。

「高山樗牛というのは、そんな人なのですか」

そのようですとご主人は静かに仰いました。

「確証はございませんが、平塚様のお父様がお考えを改められたのも、高山樗牛様が日本主義を広め始めた時期なのではないかと推察いたします。もしかしたら、多少の影響はあったのかもしれません。いや、昨今はそういう論調が持て囃（はや）されているので、どちらが先なのかは判じられないのですが――」

「まあ、一種の流行ではあるのかもしれない。慥（たし）か『太陽』の方は世界の大国に恥じぬ総合雑誌、という触れ込みでしたか。しかし、この国の何処が大国ですか」

松岡さんが悪態を吐（つ）くように仰ったのでご主人はまた苦笑されました。

「高山さんという人は優秀明晰な方だと伺っていますが、どちらかといえば個人主義を説いている方ではなかったですか。私の勘違いですか。そうでないなら、それが日本主義の提唱者でもあるというのは如何（いかが）なものでしょうかね」

「しかし松岡様。この高山様が、匿名で小説を書かれていることはご存じでしたか」

「小説――ですか」

ええ、と言った後、ご主人は笑われました。

そして先程持って来られた大判小判の新聞の束を選（よ）り分けられました。

「懸賞小説で入選し、『讀賣新聞』に連載された、『瀧口入道』でございます。ご存じありませんでしょうか」

「それは、『平家物語』に材を取った小説だったと思いますが——あれが高山樗牛の作なのですか」

「ええ。表向きは匿名でございますが、高山様のお作かと。今でこそ美学研究や評論活動が目立っておられますが、高山様は古典に精通し美文を物する著述家でもいらっしゃるのです。樗牛という筆名はそもそも『荘子』に由来するものとお聞きしますし、日本主義を広められた後は、浪漫主義を主張されております」

「はあ——」

松岡さんは、実に厭そうな顔をされました。

「浪漫主義というのは、古典主義の対概念ですよ。個人主義に国家主義、古典主義から浪漫主義では、もう支離滅裂ではありませんか。そんな人だったのですか」

そうした方なのでございますとご主人は仰いました。

「どう思われますか」

「一貫性がなさ過ぎますよ」

「いけませんでしょうか」

「いけないというか」

松岡さんは考え込んでしまわれました。

「高山様の称えられた日本主義は、その後多くの賛同者や継承者によって補強され改定され、今でも大きな影響力を持っておりましょう。しかし、高山様ご本人のご興味は現在、ニーチェに移られているご様子」

「哲学者のニーチェですか」

「ええ。ニーチェもまた、古典文献学者でもありましょうし、何か感じ取られるところがおありだったのでしょうか。ただ残念乍ら高山様はご体調があまり宜しくないと聞き及んでおりまするが――」

「いや、ですから、一貫性がないと申し上げているのです。ニーチェというのは、あれは現実的存在主義でしたか。哲学はそれこそ門外漢ですから断言することなどできないが、私には関連性が見え難い。美学研究者だとばかり思っていた所為もありますが、余りにも節操がないですよ。東洋哲学でも西洋哲学でも、学ぶのは良いことなのでしょうが、主義主張を」

「変節させるのはいけませせぬかな」

「いや――」

いけません、と細い声を張り上げて言ったのは、ハルさんでした。

「いけないです。信念がないです」

「そうですか。私はそうとは思いませぬが」

「どうしてですか。父と同じです」

「信念があるからこそ変節するということもございましょう」

「そんなの――」

「松岡様。松岡様は、この国の民の暮らしを知りたいと仰せです。わたしという膜を通さずにそれを知りたいと、そう繰り返し仰せだ。しかし松岡様とて」

「嗚呼、そうです。私も、ついこの間まではくだらぬ言葉遊びに現を抜かす、新体詩人でしたよ。しかしですね」

「ええ。信念を持って詩作を捨てられたのでございましょう」

松岡さんはお返事をなさいませんでした。

「そうなのです。宜しいですか、浪漫派と称された新体詩人の松岡様と、帝國大學で農政学を学ばれている松岡様は、別人ではない。必ず通底するものがあるのです。それを体現することができないからこそ、進む道を変えられたのでございましょう。松岡様の望まれるものが、もし、新体詩を作ることで達せられるものであったのなら、松岡様も詩作をお止めになることはなかったのではありませぬかな」

「高山樗牛もそうだと」

そう思いまするとご主人は仰いました。

「松岡様ご自身も幾度も仰せになっているではありませぬか。己を疑え、間違いに気づいたなら正せば良いと。高山様も、そうなのだろうと私は考えまするが」

「変わらぬ何かがある、と言うのですかご主人」

「あると思います。これも、多分松岡様はご存じないのではございませぬか」

　ご主人は台の上の新聞を見渡し、積んであった一山を手に取られました。

「これは『山形日報』です。集め易かったので十年以上前のものから揃えてしまいました。この新聞に明治二十四年七月より、『准亭郎の悲哀』という翻訳小説が連載されております。元はゲエテの『Die Leiden des jungen Werthers』という書簡体の小説なのですが」

「それが」

「翻訳者は高山樗牛様です」

「ほう」

　松岡さんは新聞を手に取られて読み始めました。

「慥かに、人の主義主張には変遷がございます。それでも、貫くものはある。一部分だけ切り出して決め付けてしまうのは、松岡様の好むところではございますまい。古層を掘り下げ本質を見極めることこそ松岡様の選ばれた道ではございませぬか」

　松岡さんは顔を上げられました。

「だからこそ郷土の今を、昔を、知ろうとされているのではございませぬか」

「そうです。それが先へ繋ぐ道だと」

「同じことでございますよ。ならば、変節を恥じたり蔑んだりはできぬ筈ではございませぬかな。変節自体は問題にすべきではなく、寧ろ何故変節したのか、そして変節しても変わらぬものは何なのかこそを考えるべきではございませぬでしょうか」

「変節した理由と、変節しても変わらぬもの——ですか」

「高山樗牛様が個人主義から国家主義、古典から浪漫派へと変遷された意味をお考え下さい。あの、井上哲次郎様でさえ、国家道徳と世界道徳の平仄を合わせられぬことに気づかれ、苦吟されているとお聞きします」

「そうなのですか」

松岡さんは、何故か憑き物が落ちたかのような、すっとした顔に戻られました。

「扨」

ご主人はハルさんに向き直りました。

「平塚様。お父様が変節なさったことは承知致しました。しかし、信念がないという解釈はどうなのでございましょう。それは真に、信念なき変節なのでございましょうか」

「そう——思いますけれど」

「今申しました通り、変節自体は恥ではございませぬ。必ず理由がございます」

「まるで、がらっと変わってしまってもですか。掌（てのひら）を返したように、白が黒に突然変わってもでしょうか」

「そうです」

ご主人は台の後ろに立て掛けてあった扁額（へんがく）のようなものを手に取られ、前に掲げられました。

「これは、偶偶（たまたま）お預かりしている南画（なんが）なのですが、二幅（にふく）で一対（いっつい）になっております。描いたのは信州（しんしゅう）に住む知人なのですが」

真っ白い鳥が描かれておりました。

鳩（はと）でも雉（きじ）でもありません。

「もう一幅はこちらです」

描かれていたのは真っ黒な——いえ、茶褐色なのでしょうか——鳥でした。形は似ていましたが、矢張り見慣れた鳥ではありませんでした。

「これは、実は同じ鳥です」

「色が違いますが」

「ええ」

「色色な色の種類があるのですか」

「違います。同じ鳥です。これは一羽の鳥を描いたものなのです」

「それは、もしかしたら禅問答のようなお話ですか」

ご主人はその昔、禅僧だったとお聞きました。

しかし、いいえ違いましょうとご主人は首を振られました。

「正真正銘、同じ鳥なのでございます。この鳥は、夏は黒く冬は白く、羽根の色が変わるのでございます。そうした種なのでございますよ」

「羽根が——生え替わるのですか」

それにしてもまったく違っています。絵ですから、多少の誇張はあるとしても、ここまで変わるものでしょうか。

高い山に棲む雷鳥（らいちょう）という鳥ですとご主人は仰いました。

「雪が降れば白くなり、雪が解ければ褐色となるのです。天敵から身を守るため、目立たなくする意味があるのでしょう。どう思われますか」

「どうって」

「雪に白鷺（しらさぎ）、闇夜に鴉（からす）——ということでございましょうが、平塚様はこれを臆病だ卑（ひ）怯（きょう）だと思われましょうか」

「そうは」

思いませんとハルさんは言いました。

「弱い者が身を守るための智慧（ちえ）——ではないのでしょうか」

「そうです。これは智慧です。付け加えるなら、雷鳥は臆病な鳥ではなく、雷が鳴り渡るような悪天でも勇猛に飛び回る故その名がある、強い鳥と聞き及びます。つまり、身を守るというよりも、無駄に争わぬための智慧なのでございましょう。そして、白かろうが黒かろうが雷鳥は雷鳥。何の変わりもございませぬ」

変わらぬ部分こそが本質とご主人は仰いました。

「平塚様。変節そのものに目を奪われていては見誤りましょう。それでは家父長制的倫理観のみを日本の伝統と見誤る人人と変わらないことになる。そこをして好きだ嫌いだと言ってみても、的外れになりはしませぬかな」

ハルさんは顔を上に向け、そして眼を見開かれました。きっと、その時初めて遥か上方に四角く切られている天窓に気づかれたのだと思います。

「そう、変節前と変節後、お父上に変わらぬところはございませぬか」

ご主人はゆっくりとそう言いました。

ハルさんは天窓を見上げたまま、暫く考えを巡らせておられましたが、やがてその小作りな顔をご主人に向けられました。

「そう――ですわ」

「何か思われましたか」

「そうです。そう、父は、何も変わっておりませんわ。ずっと、同じです」

「同じと仰いますと」

「西洋式で自由な家風も、あれは父が押し付けたものだったのです。母や姉達が望んだものではありません。そして、日本主義ですか、その考え方もまた、父が押し付けただけ。そうなんです。もし私の家の家風が、家族みんなで作り上げたものであったのならば、父一人が変節したとしても簡単に変わる筈もありませんもの。父の気分次第で凡てが変わってしまうということは、何もかも父が決めている、ということなのですわ。そして母も、姉達も、それにただ従っているだけということです。そこが――」

そこが厭だったんです私、とハルさんは言いました。

細い喉から、本当に絞り出すような声でした。

「変節そのものは関係ないんですね。我が家に自由なんか、最初からなかったんですわ。そうなの」

ハルさんは二粒涙を零しました。

「母が、母が可哀想です。母はきっと西洋風を望んでいた訳ではないんです。ただ従いただ振り回されていただけ。私の家族の暮らしに、母の意志は何ひとつ反映されていない――それが、夫婦というものなのですか。今気づきました。私は父が嫌いなのではなく、そんな関係こそが耐えられなかったのです」

ご主人は黙しています。

「松岡さん」

ハルさんに呼ばれ、じっと聞いていた松岡さんは居住まいを正されました。

「松岡さんは、そういう——家父長制の倫理でしたか、難しい言葉は解りませんけれども、そうでない文化や伝統がこの国にもあると、そう仰いましたよね」

「言いました」

「本当なのですか」

「本当ですよ。例えば、そうですね、夫婦という言葉は夫が先に来ますが、めおとと謂うなら女、男と、女が先です。妹背という場合も、女性が先です。この国の古い言葉は女性が先に付くことが多いようです。これは優劣ではないし、貴賤でもない。謂わば尊敬でしょう。女性性に神性を見出し尊ぶ文化は、この国に限らず、古今東西に沢山あるのです。女性は決して卑しいものではありませんよ。妹の力というのはあるのです」

卑下することは一つもないと松岡さんは仰いました。

「良いですか、平塚さん。仮令世の中全部が違う方向を見ていたとしても、自分の向いている方が正しいと思えるだけの理が立つならば、下を向くことはない。前を向いていればいいのです。私もそうする。偉くたって間違う。大勢が間違っていることだってある。ただ、ご主人も仰っていましたが、自分が間違っていると気づいたならば、その時はすぐに正す。そうした姿勢は大事かもしれないですが」

ハルさんは、はいと返事をされました。

ご主人は少し笑って、こう続けられました。

「平塚様。能(よ)くお考え下さい。家父長制の憑拠(ひょうきょ)となる儒教に於(お)いて、一番敬われるべきは家長である父でございます。しかしその家長もまた、その父には従わねばならないのでございます。儒教が祖先を崇拝するのはそれ故(ゆえ)。この仕組みを、国というわたくしに敷衍(ふえん)し当(あ)て嵌(は)めてみると、どうなるでしょう」

「どうなるとは」

「この国の家長——この国に於(おい)て一番天辺(てっぺん)に御座(おわ)すお方(かた)、君主は、誰でもない、帝(みかど)でございましょうな。だからこそ帝を崇め奉ろうという気運も生まれるのでございましょうが、しかしその帝も、祖先、祖(そ)たる神には従わねばならないということになるのでございます。天皇(すめらみこと)の祖神(そしん)は、言うまでもなく天照大神(あまてらすおおみかみ)。この神様は」

女神でございますよ、とご主人は仰いました。

「ご存じでございましょう。もしこの女神が岩屋に身を隠してしまったならば、地上は闇に包まれてしまいましょう」

「そうですね」

女はお日様なのですねと、ハルさんは言いました。

何という名言でしょう。

「で、平塚様」

何かご所望のご本はございますでしょうか——とご主人は仰いました。

ハルさんは困ったように眉尻を下げました。

「私、お金を持っていません。でも、もし後払いで宜しいのでしたら、その高山樗牛先生の訳された、ええと」

「『滝口入道』でございますか」

「はい。それが読みたいです。高山先生の称えられた日本主義が父の変節に関わりあるものなら、父を理解するためにも、また論破するためにも、是非読んでみたいです」

差し上げましょうと松岡さんが仰いました。

「私が買ったものですからね」

「宜しいのですか」

勿論ですと松岡さんは仰いました。

「ただ、これは残念乍ら『Die Leiden des jungen Werthers』の全てを訳したものではございません。もし機会がありましたら原著をお読み下さいませ」

ご主人はそう結ばれました。

ハルさんとはその後数回、手紙の遣り取りを致しました。

ハルさんは、高等女學校を卒業された後、女子高等師範學校へは進まず、お父様の猛反対を押し切って日本女子大學校家政科に入学されたのだそうです。校長である成瀬仁蔵様の、女子を人として、婦人として、国民として教育するという女子教育の理念に共感してのことだという話でした。

ただ、日露戦争が始まると、この理念も変質し、人としてという部分よりも国民としてという部分に比重が移ったため、ハルさんは大いに失望したのだそうです。

ハルさんは大學校卒業後も、禅の修行をされたり、複数の学校で漢文や英語を学ばれたりしたようです。

そして明治四十年に成美女子英語學校に入学されました。

そこで、教材とされたのが――かの『Die Leiden des jungen Werthers』、後に『若きウエルテルの悩み』と訳されるゲエテの小説だったのだそうです。漸く全部が読めますという、お手紙を戴きました。

それが、最後のお手紙でした。

その後、ハルさんは――。

女性の地位向上運動家である、平塚らいてうになられたのでした。

らいてうは女性に依る女性のための文芸雑誌『青鞜（せいとう）』を立ち上げ、実生活においても家族制度や婚姻制度に徹底的に抵抗する人生を送られました。そして、婦人参政権や母性保護など、女性の社会的地位向上のために、生涯活動されたのです。

らいてうという筆名や、後に多くの女性達の心の拠り処（よりどころ）となった、元始、女性は実に太陽であった——という『青鞜』発刊時に寄せた一文が、あの日の出来ごとに由来するものなのかどうかは、存じません。

そして、本格的に郷土学という耳慣れぬ分野の学問に踏み出された松岡様が次にどんなご本を注文されたのかは——。

いいえ、それはまた、別の話なのでございます。

書楼弔堂
炎昼

探書拾壱　無常

お祖父様が、ご病気です。

夏まではお元気で、諸肌を脱いで素振りなどされていたというのに、虫の声が聞こえ始める前くらいから体調を崩されて、葉の色が変わった頃には床に臥されてしまったのでした。

お祖父様の怒鳴り声が響いて来ると、仮令己が叱られたのでなくっても、身が縮む思いがしたものなのですが、聞こえないとなると少し淋しく、また心配な気持ちにもなりました。

おかしなものです。

お身体を案ずる気持ちとは、少し別な気持ちなのです。

どうした心持ちなのでしょう。

もし、お祖父様がお元気でも、あのお声が聞こえないならこういう気持ちになるものなのでしょうか。逆に、床に臥されていらしても、いつものように怒鳴られたなら、少しは安心できるのでしょうか。

本当におかしなものです。

薩摩武士のお祖父様が仰ることはいちいち仰仰しくて古めかしくて、特に男尊女卑に根差したお叱言に就いては、ひとつも納得できないのです。

でも拝聴するよりありません。

激昂なさったお祖父様は、それは恐ろしく、身が竦んでしまうのでした。

それは凄い剣幕で仰るので、勿論言い返す事などできはしません。

口答えなど以ての外です。ですから余計に辛くなります。

情けなくもなります。悔しくもなるのです。

肚も立ちますし、悲しくもなります。

そんなに厭だといいますのに。

何が淋しいというのでしょう。

お祖父様には早く元気になって欲しいと思います。そう思うのは家族として、身内として当然のことでしょう。ですから本気でご快癒を願っているのです。

でも、また以前のように呵られたいと思っている訳ではない筈です。

なのに、あの雷のような声が懐かしく思えるのはとても不思議なのでした。

三月ばかり、ずっと看病をしています。

看病といっても、お食事を運んだり、お薬を服むお手伝いをしたり、その程度のことしかできないのですけれど。何かせずにはいられないのでした。

今朝のことです。

お薬とお白湯（さゆ）をお持ちしたところ、半身を起こされたお祖父様は雪見障子から覗（のぞ）く外の景色を眺めつつ、
塔子よ――。

と、お呼びになりました。

そして静かな声で、
いつもすまん――と仰いました。

途端に、何故（なぜ）だか眼が潤んで胸が詰まってしまいました。

お祖父様はそれ以上は何も仰らず、ただお薬を服まれ、そのまま横になられました。

何もお返事をせず、というよりもできなくなって、暫（しばら）くはそのまま座っていたのですけれども、お祖父様が背を向けられたので、そのまま部屋を出てしまいました。

挨拶もせずに、です。

普段でしたら茶托（ちゃたく）の一つも飛んで来るところなのですが、何も言われませんでした。

廊下に出て、ふと庭を見ますと。

ずっと咲いていた百日草（ひゃくにちそう）の花が、半分以上は散っていたのでした。毎日幾度も見ている筈なのに、まるで気付いていなかったのです。

はっとして、泣いてしまいました。

何が悲しいのか解らなかったのですけれど。

いいえ、悲しいということはなかったのです。

お祖父様の容体が悪くなったというようなことはなかったのですから。

でも、庭の端半分ほどを白と紫で彩っていた花が、いつの間にか散っていたというのは——何と言えば良いのでしょう、恰好をつけるなら、物の哀れとでも言えば良いのでしょうか、そんな気分になったのだと思います。

恥ずかしいので部屋に籠って、暫く独りでおりました。

問題は、その後でした。

このまま小説でも読み耽って、現実を忘れてしまおうかなどと思い、文机の下に隠した読みさしの本に手を伸ばそうとしたところ——。

障子に人影が差しました。

慌てて本から手を放しました。

振り向き様に障子が開いて、思わずきゃと声を上げてしまいました。

「あれ」

下女のおきねさんでした。

「お嬢様、驚かせてしまったかいな」

どうもすいませんでしたなあとおきねさんは言いました。

それから人の顔を覗き込むようにして繁繁と眺め、おやまあ泣いていらっしゃるかねと続けました。どうも心配している口振りではありません。

「泣いてなんかないわ」

「そうですかね。眼が赤いですが、眼病なんかだと困りますなあ」

もしかしたら揶われているのでしょうか。

「それより何ですの」

「奥様がお呼びでございますよ」

「お母様が――何かしら」

サテねえと、おきねさんは含みのある言い方をしました。

「何なの。お冠なのかしら」

何かしたでしょうか。

おきねさんは、妾ゃ存じませんけどねえと、意地悪そうに言いました。

「良くってよ。行きますわ。何処にいらっしゃるの」

仏間でお待ちですと言った後、ちゃんとお伝えしましたからねと念を押して、おきねさんは立ち上がり、

「行ってくださいましよ。お嬢様がお逃げになると私が怒られるんですよ」

と言いました。

憎らしい口調です。半巾で眼を拭い、それから一度手鏡を見て、整えるという程のこともなく身嗜みを整えて、それから仏間に向かいました。

お母様はいつものように背筋を伸ばして座っておられました。

「塔子さん」

「何かご用ですの」

そこへ座れというので座りました。どうも叩られるようです。彼此と理由を考えてみましたが、心当たりはありませんでした。

「お祖父様は」

もう長くはありませんとお母様は唐突に仰いました。

「何ですって」

「貴女もそう思うでしょう」

「思うって、思いませんわ。良くなられると思うからこそ、ご看病も致しますのよ」

「毎日看病していて、貴女は何もお気付きにならぬのですか」

「気付くも何も、お祖父様は何かいけないご病気なのですか」

「そうではありません。お医者様のお話では、夏風邪が長引いていると」

お風邪なら治りますと申し上げますと、風邪が三月も長引くものですかと、お母様は仰いました。

「そんな言い方はなくってよ」

「貴女には判りませんよ」

「何がですの」

いや、判らないこともないのですけれど、それでもそんな風に言うことはないと、そう思ったのです。

「私はこの家に嫁して二十五年です。それがどういうことなのか、塔子さん、貴女にお判りですか。それはつまり、お父様に、いいえ、お祖父様にお仕えして二十五年ということです。貴女もご存じのように、私は江戸者。この家の家風に合う訳がない。どれだけの苦労があったか、貴女には判りますまい」

「それは——判ります」

いいえ判りませんと、お母様は大きな声で仰いました。

「あの、お祖父様ですよ」

「ええ、ですから」

「判るものですか」

お母様は顔を横に向け、仏壇に視軸を移されました。

「貴女は孫です。血が繋がっています。私は赤の他人です。その上、跡取りの男子を産むことができなかった嫁ですよ」

「だからって」

「だから何です」

「お母様はお祖父様が憎いのですか」

「憎い――」

憎んでいたらこの家にはいませんよとお母様は仰いました。

「貴女はお祖父様のお真意（こころ）が判っておりません。昨今は何につけ洋風で、それはそれで構わないとも思いますけれども、家裡（いえうち）には家裡の理（ことわり）があるのですよ。お祖父様と、お父様と、私と貴女。たった四人の世間の理が解らぬような者が、果たして天下国家を論ずることができましょうや」

「わたくしは――別に」

言い訳をしてはなりませんとお母様は厳しい声で仰いました。

「女が男に傅（かしず）くのは、男の方（かた）が偉いからではないのですよ。自由だか民権だか知りませんけれど、そういう外の理屈を家裡に持ち込んで、別の差し金で測るから、おかしなことに思えるのです。親子夫婦に偉い偉くないの差などないのですよ。それぞれがそういう役目だというだけのことです。私は、それはもう大変な扱いを受けて来ましたけれども、お祖父様もまた同じお気持ちでいらしたのです。どこの世に、好きこのんで人を怒鳴りつける人がありましょう」

それは、そうかもしれません。

「偏にこの家の秩序を守るために、お祖父様はお祖父様の役割を懸命に果たしていらっしゃったのです。ですから、私も嫁の役目を果たそうと、粉骨砕身今日まで務めて来たのです。その私がお祖父様を憎んだりする訳がないではありませぬか」

「でも」

「でも、ではありません。良いですか塔子。私は、家にとって一番大事な、嫡子を産むというお役目が果たせなかった嫁なのです。しかしお祖父様はそれを責めるようなことは、この二十五年間、ただの一度も仰いませんでしたよ。貴女の言うように、その、何ですか、旧弊ですか。婦人蔑視ですか。お祖父様が本当にそういう心根のお人であったなら、私など疾うに家を出されていたところです」

「ええ」

「世の人は、言葉にせねば伝わらぬ、文書を認めねば信用ならぬと謂いますが、それは外での話。証文というのは、相手が信用ならぬから書くものではありませぬか。言葉にせずとも伝わるものを信じるのが家族というものなのだと私は思いますよ。それが何です。貴女は」

　解っていますわと言いました。

「ならお母様は何故、そのお祖父様が――」

死んでしまう、とは迚(とて)も言えませんでした。

「——長くないなどと仰るのです。余りにもお可哀想(かわいそう)ですわ」

お母様は一度こちらを見据え、それから目を逸(そ)らされました。

「判るからです」

「何がですの」

「お声が違います」

いつもすまん——。

先程のお声が甦(よみがえ)りました。

「もう、家長のお役目を果たすことがお辛(つら)くなられているのです。二十五年暮らしているのですから、私には判ります。外に行かれるお父様よりも長い刻(とき)を共に過ごしているのですよ」

お祖父様はもう長くはありませんとお母様は繰り返されました。

「勿論、今日の明日のというお話ではないのです。それでも、覚悟だけはしておいた方が良いでしょう。塔子さんもそのおつもりでいらっしゃい」

お返事はできませんでした。

「そこで、これからが本題です」

お母様は居住まいを正されてこちらを向かれました。

「貴女も、孫としてのお役目をお果たしなさい。お祖父様がお元気なうちに」

意味が解りませんでした。

「もっとご看病をしろということですの」

「看病してご快癒されるような病ではないと申し上げているでしょう。粥を運んだり薬を服ませたり、そんなことはきねにだってできることです。貴女は、貴女にしかできぬことをなさいと言っています」

「それは何です」

鈍い子ですねえとお母様は仰いました。

「近頃、女学生のことを世間様では葡萄茶式部とか呼び習わすのでしょう。何やら声高に叫んで、人前で恥知らずな行いをするというじゃありませんか」

「わたくしは女学生ではありませんわ」

「束髪で、しかもそんな袴を穿いて闊歩していれば見た目に変わりはありません。そういう出で立ちをお止め」

「それは」

別に構わないのですけれど。

「そして」

――婿を娶りなさい。

お母様はそう言われました。

「貴女にしかできないことでしょう。それが貴女にできる、一番のお祖父様孝行ではありませんか」

「そんな、お母様」

それは、牽強付会というものではないでしょうか。

「そんなことでお祖父様はお喜びに」

なるに決まっているでしょうとお母様は更にきつい口調で仰いました。

「お家存続こそが、今のお祖父様のたったひとつの願いなのです。もしこのままお隠れになるようなことになられたら、どれだけお心残りか知れませんのよ。それが貴女には解らないのですか」

「お家大事ですの」

当たり前ですと、お母様は自らの膝を叩かれました。

「貴女にはどうでも良いことかもしれませぬ。また、貴女はそういうご時世だと言うのかもしれませぬ。しかし、それはそれです。家族であるお祖父様がそう願っているのですよ。そのお気持ちを汲むことができませぬか。肉親の強い願いを踏み躙るのが当世風ですか」

「そんなことはありませんけれども」

「西洋人は家族を蔑ろにしますか」

「いいえ。多分」

そんなことはありません。

「文明開化は年長者を蔑みますか」

家族を想うのは古臭いことですかとお母様は言われました。

「いいですか。貴女は、二言目には自由だとか自立だとかと、耳障りなお題目を口にしますけれども、私に言わせれば贅沢な戯言に過ぎませぬ。余所の家では、縁談など親が勝手に決めてしまうものなのですよ。いいえ、生まれ乍らに許嫁と定められていることだとてあるのです」

「それは、士族の家ではの」

「うちだって士族です。それなのに、この家ではそんなことはしていませんよ。決め付けも押し付けもしていないじゃありませんか。それもこれも、貴女の気持ちを尊重しているからですよ。それが何ですか。どんな良縁を持って来ても、あれは厭だこれは厭だ、果ては縁談自体が厭だと、駄駄を捏ねるばかり」

駄駄なんか捏ねてはいません。

逃げ出すことは多いのですが。

同じことでしょうか。

「生意気に婦人の地位向上などを叫ぶなら先ず大人になって頂戴。大人なら大人の態度をお取りなさいな。子供なら、偉そうなことは言わないで親の言に従いなさい」

「お見合いをしろと仰るのですか」

「婿を娶れと言っているのです」

「その、婿という方は何方です」

「それはこれからです。先ず、貴女の」

「順序が逆です」

「いい加減になさい」

「厭よ」

そう言って立ち上がり、障子を開けて仏間を出ました。閉めずに行きます。

また——。

逃げるのです。

塔子さん、塔子というお母様の呼び声が聞こえました。

お母様は走ったりはしないので、追って来ることはありません。

逃げてばかりです。

何て卑怯なのでしょう。

どれだけ意気地なしなのでしょう。

一瞬、庭に目を遣りました。

百日草は。

散っているのではなく、枯れているのでした。

ずっとあったのに。

何故。

玄関先におきねさんがいました。

あれお嬢様お説教は済んだかいねとおきねさんはのんびりした声を出します。済みませんわとぞんざいに答えて、そのまま家を出てしまいました。

お祖父様のお考えに与することはできません。でも、お祖父様のお気持ちを大事にしろというお母様のお言葉は尤もだと思います。

お祖父様に叱られるのは厭ですが、お祖父様のことは多分、いいえ、きっと、大好きなのです。

お祖父様が亡くなってしまうことなど考えたくもありません。

そんなことを覚悟しろと言われても無理です。そんな風に言うお母様も嫌いです。

でも。

それと、結婚は別の問題ではないかと思います。

でも、同じことなのかもしれません。もう、何も解らないのです。

考えられないのではなく、考えるのが厭なのでしょう。

逃避なのです。

お母様の仰った通りです。

大人のくせに子供染みているのです。

子供のくせに大人の振りをしているのです。

だから、世の中も、自分も、直視できないのです。

怖いのでしょう。

いったい何を怖がっているのか、それは曖昧で能く判りません。しかしそれを瞭然とさせることも怖いのです。何を畏れているのか知ることも怖いのでしょう。

そんな己が熟熟情けないのでした。

何処へ行くでもなく、靄靄した想いだけを胸の中で掻き回し乍ら、街中を歩き回りました。

どうにも気持ちの整理がつきません。

また、こんな時に。

百日草のことを思い出します。

あの庭の隅を覆う百日草は、生まれた時からずっとあったものです。そこにあるのが当たり前だったものです。それがない庭の景色を知りません。

百日草は、その名の通り百日近く咲き続ける花です。

一年の四分の一以上は花が付いているのでした。いつ咲いていつ散るのか、もうずっと見続けているのに、意識にしたことはただの一度もありません。

いつだって咲いている、そういうものでした。それが。

枯れて――いました。

枯れていたのです。

花だって、いつかは枯れるでしょう。

一年で枯れてしまう草もありますし一日で散る花もあります。枯れたらまた植えれば良いことなのでしょうし、普くそういうものなのでしょう。別に、手塩にかけて育てた変わり菊が突然枯れてしまったとか、大切にしていたご神木が倒れてしまったとか、そうした話ではないのです。

庭の百日草は、考えてみればただ生えていただけなのではないでしょうか。

以前誰かが植えたものではあるのでしょうが、毎日お手入れをしていた訳ではありません。水くらいは遣っていたのでしょうけれど、特別なことをしていた訳ではありません。松だの生け垣だのは植木屋さんが手を入れに来ていらっしゃいましたが、あの花には何もしていなかったように思います。

百日草は、ただ生えていただけです。

人の暮らしとは何も関わりのないものなのです。

そんなものが、何故にこうも気になるのでしょうか。

街中は閑散としていました。

残暑もなく、秋というより冬の態(てい)になっています。木木の葉もすっかり落ちています。

丘の方はそれでも紅(あか)く黄色く彩(いろ)付いていて、幾分秋めいているようでした。行く当てなど何もなかったのですが、そちらの方に進みました。

考えが纏(まと)まらないのではなく、考えていないのです。

気持ちの整理ができないのではなく、整理するのが怖いのです。

ふらふらと歩いているうちに、あの、大きな坂道に出てしまいました。

弔堂に行く道順です。

今日は行きたくない気分です。

あの書舗には、憂き世はありません。

あの奇妙な建物の中は、多分現世(うつつ)ではないのです。小説を読むのと一緒で、彼処(あそこ)に逃げ込むことは、それこそ現実から目を逸らすのと一緒なのでした。

もう逃げ出しているのです。それなら同じことなのですが。

潔く逃げ込んでしまった方が、まだマシだという気もするのですが。

もう、充分逃げているというのに、何故かそれを認めるのが厭なのでした。

あの弔の字が書かれた簾を潜ることは、己の卑怯を認めるのに等しい行為なのです。玩具屋の前を通り過ぎました。

弔堂へと至る径を過ぎ、暫く行くと、竹垣があり、庚申塔があって、その先には何故か大きな石があります。元は何かの台座だったのだろうと思うのですが、今は何も載っていません。

その石に、ご老人がぽつんと腰掛けておられました。

背を丸め、肩を落とし、大層疲れているように見えました。

ご老人は、ふう、と大きな溜め息を吐かれました。溜め息の音など聞こえはしませんが、大きく萎んだ背中がその大きさを示しておりました。

何か、放っておけないような気になりました。

多分、お祖父様のお姿と重なったのだろうと思います。

駆け寄って、声をお掛けしました。

「あの、何かご難渋されていらっしゃいますか」

「いや――」

顔を上げたその方は、思ったよりもずっとお若いようでした。お年寄りと見えたのは、その顔半分を覆い尽くした、それは立派な、白髪交じりの鬚の所為でしょう。

ただ若いといっても、お父様よりはずっと齢上のようではありました。

「これはこれは、ご親切なお嬢さんよ」

ご老人——いいえ、その方は大きな目を細め、目尻に皺を作られて、泣き笑いのような顔をされました。

「いや、慣れぬことをするものではないな」

「慣れぬことですか」

「平素、一人で遠出することなどないものだから。まあ、情けない話だ」

道に迷ってしまったと、その人は言いました。

「それは難儀なことですわ」

「まあな。いや、儂は今、道に迷った訳ではないのだ。思えばずっと迷い続けているのだよ」

それは放浪しているという意味ではないのでしょう。

その方の身形は立派なものでした。

お着物も羽織も正絹で、仕立ても良く、足袋も雪駄もかなり高価そうに見えました。

「洋装に慣れてしまうと、こういう恰好で出歩くのも難儀なものでな。もう帰ろうかと思ったのだが、俥を呼ぶことも儘ならず、どちらに向かえば何処に着くのかすら判じ兼ねる。甚だ情けないこと。これではもういかんと我が身を嘆じていたところです」

「それはお困りでしょう」

「いや、困ったというかな。衰えたものだと、そう思うただけなのだ。齢を重ねることを厭と感じたことはないが、手足が思うままにならぬと、思い知らされるものでな。若い人には判らぬだろう」

こんな街中で難渋するとはなあと、その方は大きな溜め息を吐かれました。

今度は聞こえる程でした。

「この為体では、指標も何もない、道さえもない山中を行軍することなど——凡そできはしまいなあ」

そんな処に行かれるのですかと問いますと、行きたくはないのだよとその方は仰いました。

「いやいや」

それからその方——どうしてもご老人のように見えてしまうのですが——は、広い額に皺を寄せ、痛みをこらえるようなお顔をなさいました。

「どこかお悪いのでしょうか」

「いいや、そうではない。ご厚情痛み入るが、痛むのは心で、身体ではない。今発した自分の言葉に愛想が尽きたと、それだけのことなのだよ」

立ち上がろうとしたその方は、一度蹌踉けられました。

見兼ねて手を添えます。

「矢張りお加減が宜しくないようにお見受け致しますけれども」

「そう見えるかね」

どう見てもご病気の様子です。

しかし、立ち上がってしまうと背筋も伸びていて、大層矍鑠とした風に見えるのでした。

決して大柄な方ではないのですが、一回り大きく見えました。

「気が細れば力も出ぬ。心が弱れば五臓六腑の働きも鈍る。迷い、常に五体に響くものなのだ。儂には、こんなことをしておる余裕はない筈なのだが」

何だか、切羽詰まっていらっしゃるようでした。

「駅まで行かれますか。それならばご一緒いたしましょう。それとも、何処かで人力でも——」

弔堂までご案内するのはどうでしょう。

そんな考えが浮かびました。

あそこでお休み戴いて、その間にしほるさんにでも人力を呼んで来て貰うのが良いのではないでしょうか。

いいえ。

そもそも、この方は何処に行かれるつもりだったのでしょう。

「それとも、あの、いえ、このようなことをお尋ねしてはいけないのかもしれませんけれども、何方へ行かれるおつもりだったのでしょう」

「行き先はないのだ、お嬢さん」

「ない――のですか」

「そう。ただ逃げて来たのだ」

逃げたなら。

一緒です。

「大変失礼ですが」

「何から逃げたのかと尋くのだろうね。うん、何から逃げたのでもない、儂は、己の生き様から逃げた。いや、恥ずかしい限りだ。まるで、修養を厭がって家を抜け出す童の如くだ」

扠、とその人は左右を見渡しました。

坂の下は街です。

坂の上は空です。

「儂は腰抜けの臆病者でな。何処に行くつもりもないのだ。行けばいずれは何処かに着くなどと、そんな気になって出て来ただけで、考えるまでもなく、そんな気になっただけでは何処に着く訳でもないのだな」

この道は何処に続きますかと、その人は坂の上の空を見てそう言いました。

雲ひとつない秋晴れと言いたいところですが、空は白く煤けていて、寒寒としておりました。

「丘ひとつ越せば」

同じような街ですとお答えしました。

「そうか。同じか。この国はこんなに狭いのに、少し歩いたくらいでは、何処にも行けぬな」

「そうですね」

その人は初めて頰を緩めました。

「どうかなさいましたか」

「こんな見知らぬ場所で、縁もゆかりもない若い人と話をしている自分が、どうにもこうにも滑稽で、可笑しくなっただけだ」

「袖摺り合うも他生の縁とやら申しますから、これもご縁でございます」

「縁か」

「どう致しましょうか。何処へなりともご案内致します。俥屋さんをお呼びした方が宜しいですか。それなら、少しお待ち戴くことになりますけれども」

「これはご親切なお嬢さんだ。しかし、あんたも用があるだろう」

わたくしも同じですからと申し上げました。

「同じというと」

「逃げて来ました。どうしても見たくないのです、現実(うつつ)の様を。ですから、何も用はございません」

お祖父様のことも。

縁談のことも。

その人は悩ましげな眼差(まなざ)しをこちらに向けられ、そういうことは若い人にもあるものなのかねと仰いました。

「わたくしの場合は、幼くて、世間知らずで、無知だからだと思います」

「幼くて無知かな」

幼くて無知だと逃げようか、とその人は独り言のように仰いました。

「そうであるなら、儂も幼いということになるな」

「ええ。先程、ご自分で童(わらべ)のようだと仰っておられたではありませんか」

正(まさ)にそうだとその人は笑いました。

「いや、あんたのように男相手にそうやって堂堂と口を利く女子(おなご)というのも、気持ちの良いものだなあ」

「失礼なことを申し上げましたでしょうか」

年配の殿方に対して執る態度ではなかったでしょうか。

「何の、失礼なものか」

哀しそうな顔をされる方です。

やはりお年寄りなのかなと、そんな気持ちになりました。

老人という程のご年齢ではないのでしょう。でも、魂が老いているような、そんな感じです。

「身の回りに、あんたのような女子はおらんのだ。それだけだ」

そんな風に見えるのでしょうか。

身の回りには、もっとずっと潑剌としていて利発な女性が沢山います。

お母様の言葉にあった葡萄茶式部と呼ばれる当世風の女学生達などは、自由恋愛とやらを謳歌したり、殿方と議論して互角に渡り合ったりするのです。婦人の地位向上を声高に叫ぶ烈女もいます。真剣に社会と向き合っている才女もいます。

そうした人達と比べた時に、己の不甲斐なさに落ち込み、涙することさえあります。

そんな自分が、厭です。

厭ですが、あんな風になりたいと望んでいる訳でもありません。

何ごとにつけ昔風は良くないと謂う人がいます。理屈を聞けば納得できるので、そうなのだろうと思います。

でも、自分がそうしたいのかどうかは判りません。正しい正しくないを横に退けておくなら、昔風が厭だという訳でもないのでした。

まるで芯のない、正体のない人間なのです。

この新しい時世に、いったい、どう生きれば良いのか判らないのです。

右へ行くのが正しいのか、左へ行くのが正しいのか、どうしても決められません。

何を為すべきなのか、何を為してはならぬのか、見極められないのです。

その結果――いいえ、先ず以て、自分がどうしたいのかが知れません。

ですから正しかろうが間違っていようがしたいことをするという割り切りも叶いませんし、したいことを我慢してでも何かに従うという感情も持てません。

そうしてみると、お母様の言葉に反発して家を飛び出した――という訳でもないのでした。お祖父様が喜ぶから早く婿を娶れという言葉を頭から否定するだけの理屈も意志も、見当たらないのです。

「私も迷っています」

そう言いました。

「そうであるか。儂も、ずっと迷っておるのさ。いい齢をしてなあ。あんたはまだ、十七八くらいかな。もう成人しておるのかな。儂はもう、五十だ」

そうよなあと、その人はまた坂上を見上げました。

「儂も、あんたくらいの頃に親と喧嘩してな、家をおん出た」

「まあ」

「武士が厭で、厭でな。学者になりたかったのだ。家出して、十八里も駆けて」

あの頃は十里ばかり歩いてもまるで平気だったのだなとその人は言って、ご自分の腿の辺りを叩かれました。

「それでどうなさったのです」

「学者にはならなかった」

「そうなのですか」

「我が家は、さる藩の江戸定府詰め藩医であったのだが、儂の父という人は、弓を能くする武人でな。医者は嫌っておったようだ。結局父は馬廻役に取り立てられ、武士になった。だから儂も、なりたいものになろうと思ったのだが、今思えば、どうであったのか」

「違っていらしたのでしょうか」

その人は首を振った。

「判らんなあ。単に、武士が厭だっただけで、学者になりたかったという訳でもないのかもしらん。何処で誤ったか、いいや、誤った訳ではないのだろうが、結局は一番なりたくないものになっていたようだよ」

「なりたくないものですか」

　軍人だとその人は仰いました。

「軍人さん――ですか」

「昔で謂えば武士だろう」

　烏が一羽、何処からともなく飛び立ちました。

　黒い鳥は真っ直ぐに丘の方へと飛び去って、消えました。

　空は益々白く見えたのでした。

　あんた名前はと尋かれ、塔子ですとだけ答えました。失礼かと思いましたが、どうしても苗字は言いたくないのです。

「塔子さんか。儂は――そう、なきとだ」

「なきと、様ですか」

　どのような字を書くのでしょう。

　それより姓なのでしょうか、お名前なのでしょうか。

「泣き虫でなあ」

　泣き人、なのでしょうか。

　不思議なお名前です。

「弱虫だった。今もだよ」

突然、坂の下から通り風が吹き上げて来たので顔を背けると、その人の立派な鬚が風に棚引いておりました。慥かに、軍人さんなのです。

「どうも雲行きが怪しくなって来ましたし、こんな処で立ち話をしているとお体が冷えてしまいます。この近くに、わたくしの行きつけの書舗がございます。そちらでお休み戴いて、その間に俥を喚んで戴く、というのは如何でしょう」

「書舗かね。こんな処に」

「ええ」

もう決めました。

「わたくし、迷った時はそこに行きます」

「迷いがなくなるかな」

「なくなりません」

まだ。

自分の一冊が見付かっていないからかもしれません。

「でも、逃げ込むには良い処です」

「なら、行こうか」

その人はこちらを向き、姿勢を正してから、ご親切に礼を言いますと言って会釈をされました。

途端にとんでもないことをしているような気になってしまいました。こんな立派な軍人さんに頭を下げられたことなどないので、何度もお辞儀を致しました。

少し坂を下り、横道に入ります。

細い道です。一本道ですから迷うことはありません。でも、どれだけ通い慣れていても、弔堂を見過ごしてしまうことはあります。つい行き過ぎてしまうのです。

ゆるゆると進みます。

「あれは農家だね」

樹樹の切れ間から貧弱な畑が覗いています。

「儂も畑仕事が好きだ。若い時分、家出した時になあ、師と仰ぐ人の処に転がり込んだのだが、入門を許して貰えなくてな。師は親が許さんものはいかんと言う。武士が厭なら百姓をやれと言うのだよ。師は、学者でもあり農人でもあった。でも、学問も教えてくれた」

あの時分は良かったとその人は言いました。

「ほんの一時（いっとき）だったが、迷ってはいなかったからなあ」

「でも学者におなりにはならなかったのですね」

「そうなのだよ」

「失礼ですけれど――お考えを変えられたのでしょうか」

「いいや」

　変節も転向もないとその人は即答されました。

「単になあ、志がなかったのだと思うのだ、儂には」

「志ですか」

「志というか、大望（たいもう）というかな。何にせよ一本筋が通ってさえおれば、迷うこともないのだろうし、迷うても、ちゃんと戻って来られるものだ。だがそれがなければ、糸の切れた凧（たこ）のようなもので、何処に行くのか――」

　農作は良いと、その人は言いました。

「良き作物を作る、それで良い。それだけを考え、それに励み、その結果、良き作物が生（な）る。生らねば、また励む。額に汗し、工夫をし、それが、そのまま暮らしとなっておる。実に潔く、高い志ではないか。農家には頭が下がる」

「でも農家の方も迷われることはあるのではないですか」

「それは迷うだろう。大いに迷うのだと思う。だが、それが農作に関する迷いであるのなら、迷う程に良い成果となろう。それは迷うて良いのだ。迷うだけの理由がある。迷うた意味もある。縦（よし）んば農作自体に対する迷いを持ったのだとしても、だ。迷うても戻る処がある。仮令（たとい）何処へ行こうとも、そこから離れるか、戻るかという、大地は指針となるだろう。儂にはそれがない」

斯ありたいとその人は言いました。

「儂はなあ、もう五十年生きて来たが、ふらふらと歩んだ道を顧みても後悔と反省しかないのだよ。その時その時、それで良いかこれが良いかと熟考して決めて来たつもりだが、思い返せば、常に悪しき選択しかして来なかったようだ。それでも遣り直しは無理である。済んだことは仕方がないとも思う。しかし、これから先のことは別なのだ。もう、同じような過ちは繰り返したくない、ないのだが」

なきと様は上を向かれて、それから、

「あんたに話すようなことじゃあないなあ」

と言われました。それはそうなのでしょう。でも。

お聞かせくださいと申し上げました。

「勿論、宜しければです」

なきと様は黙ったまま少し歩かれて、それから、ぼそりぼそりとお話の続きを語り始められました。

「若い頃の儂の決断は常に間違っていたのだ。間違っても間違っても学習しない愚か者だ、儂は。そして、若い頃よりもずっと衰えてしまったこの儂が、この先間違わぬ保証はない。いや、間違うであろうさ。決して間違ってはならぬこともな」

思えば、この方は軍人さんなのです。

お齢から考えてもそう低いご身分ではないのでしょう。ならば決断するにも重責が伴う筈です。時に、人の命に関わるような判断をされなければならない、そうしたお立場なのかもしれません。

縁談がどうの、花が枯れたのと、どうでも良いことでおたおたしている小娘とは大いに違っています。

下を向いて、何ともはっきりしない言葉でそのようなことを申しますと、なきと様は何の何のと仰いました。

「同じことだ。当て推量だが、塔子君。あんたもな、もしや周囲の期待に応えたいという気持ちと、周囲の期待には応えられぬという気持ちが鬩(せめ)ぎ合っておるのではないかな」

「え――」

「期待に応えたくない、のではない。それは充分に応えたいと思うておるのだ。しかし応えられるとは思えぬから、自信がないから逃げた。違うだろうか」

儂は、そうなのだ――と、なきと様は仰いました。

「そうなのですか」

「いつもそうさ」

ずっとそうなのだと、かのお方は繰り返されます。

「思い返せば、だ。本当に武士が厭だったのかどうかも判らないな。親の期待に応える自信がないから、武士が厭なのだと思い込んで、逃げたようにも思う。そもそも本当に武士が厭ならば、軍学者になどなろうとは思わぬのではないか」

「軍学者——と申しますものは、その」

能(よ)く判りません。そうしたことには疎(うと)いのです。

兵法だと、なきと様は仰いました。

「お嬢さんには解らぬかもしれんなあ。儂には、その選択自体が、どうにも逃げの姿勢に思えてならんのだ」

「そうでしょうか。同じ軍の字は付きますけれども、随分と違うように思われるのですけれど」

軍人と軍学者とではまるで違うさと、なきと様は笑われました。

「ただな、それは、そうだなあ、将棋指しと将棋盤職人のようなものだ。世の中には数え切れぬ程の渡世(とせい)があるのだ。将棋が嫌いなら、その中からわざわざそんな、将棋の盤を拵(こしら)えるような職を選ぶだろうかね。将棋がヘボだから、将棋を指すのが嫌いだと言い張ってヘボを隠してだ、それでも将棋に未練がたっぷりとあって、だから将棋盤作りになろうとする——そんな職人が、大成する訳がないではないか」

「そうでしょうか」

「職人には職人の道があろうさ。職人を目指して一直線に精進しておる者と、くだらぬ理屈を付けてその道に迷い込んだ者とでは大違いだ。甘く見るなと、どやされてしまうだろう」

それはそうなのかもしれません。

「でも、軍人に未練がおありでいらしたのなら、お父様と喧嘩なさったり、家をお出になったりされますでしょうか。それは迚も勇気の要ることですわ」

「勇気ではない。卑怯だっただけだ。親の期待に応えたいという気持ちが強過ぎて、同時に期待に応えられぬかもしれぬ、応えられまいという気持ちも強過ぎてな。自信がないのに、自己保身の想いは大きいのだ。だから武士になって失敗るくらいなら、ならぬ方が良いと、卑怯にも若い儂はそう思うたのであろうな」

期待されておったのだとなきと様は仰いました。本当に泣きそうなお顔で。

「でも」

「違うのだ。失敗って見限られるのが厭だから逃げ出しただけなのだよ。転がり込んだ師というのも、実を申せば遠戚で、父の友だ。決別した振りをしているだけで、ちゃんと戻る道筋を用意しておったのだ。何とも未練がましいことだ。その後もずっと、どっちつかずでな。藩校で学んでおっても、ちょいと煽てられれば色気を出して、剣術を学んでみたりする」

「まあ」

「お調子者だよ。叱咤されれば拗ね褒められれば増長する。まるで童だ。嫌われたくないから逃げ好かれるために無理をする。周りばかりを気にするのだよ。心棒のところがないのだ。自分が何者で何をしたいのか、まるで判らぬ。判らぬというよりも、自分というものがない」

　苦渋に満ちた、というのはこういう顔なのでしょう。

「あんたはどうだな」

「同じです」

「そうかな」

　あんたのほうが確りしておるように見えるよと、なきと様は仰いました。

「若い頃の儂は、そりゃあ酷いものだったのだ。自分では何も決められず、逃げてばかりおる癖に、それを認めようともせん。そこからも目を逸らす。見兼ねた友人に意見されてな。学徒か武人かどちらかに決めろと言われて、その時は武士を選んだ。時勢を読み、学者で身を立てることは不利と思ったのだな。それからはもう、人と運に助けられて此処まで来たようなものだよ」

「運ですか」

「運だ」

儂に限れば武勲は凡て運じゃよと言って、そしてなきと様は曇天を仰ぎ、

「それから、恩じゃ」

と仰いました。

「恩がある。人に支えられ、人に担がれ人に乗り、人に引き上げられ人に護られて儂は此処に今いられる。儂の力じゃあないのだ。儂はただ、赤子のように駄駄を捏ね童のように我が儘を言い、浮かれたり沈んだりしていただけだ。今、熟熟そう思う。その恩には報いたいと思うのだ。強く思うのだが、報いるだけの」

実力がない――。

「こんな儂が、周囲の期待に応えられるとは到底思えぬのだ。儂にはそんな気力も体力もないのだよ」

若い頃と何も変わっておらん――。

でも、でもと、なきと様は本当に眼に涙を溜めて続けられました。

「でも、大恩は返さねばならぬし忠義は尽くさねばならぬ。それは曲げられぬ。そこを曲げてしまえば、儂ゃ本当に川面の木の葉の如くなのさ。そんな自らの置かれた立場を直視することが、辛くて堪らぬ」

だから逃げた。

だから迷った。

すまんすまんと手で涙を拭い、それからなきと様は立ち止まり、無理に笑顔を作って
こちらを見られました。
「おかしなものじゃ。普段は言えぬことをみな吐き出してしもうた。腰にサーベルを提
げておらぬと、どうにも気が緩むらしい。うん、いや――」
そこで、老いた魂と童の魂を併せ持つ軍人さんは、両手で鬚だらけの顔を覆われまし
た。
「どうかなさいましたか」
「うん。儂にも娘があってな。生まれてすぐに亡くなってしもうたが、生きておれば今
は十二か、三か、まあ、あんたよりは齢下だが、どうもなあ」
泣き虫でいかん。
半巾をお貸ししました。
そして。
丁度、そこが弔堂の真ん前だったのでございます。全く気付きませんでした。
しほるさんが落ち葉のお掃除でもしてはいないかと、あちこち視軸を動かしてみたの
ですけれど、店の前も、その前の空き地にも、誰もいませんでした。
かさり、と音がしました。
ただ、風で簾が揺れて、貼られた半紙が少し捲れただけでした。

「忌中なのですかな」

「いいえ。看板です」

　どうぞお入りくださいとお勧めしましたが、なきと、様は怪訝そうに建物を見上げるだけでした。

「何とも奇態な建物じゃ。これが書舗だというのかね」

当然の反応でしょう。

軍人さんでも学者さんでも、大人でも子供でも、殿方でもご婦人でも、この奇妙な威容に驚かぬ人はいないでしょう。

しほるさんは、いいい簾を潜り、重い戸を開けました。

「おや、これは塔子様。こないだのご本はもうお読みになったのですか。どうも読むのが早いですよ。怪しいですね。斜め読み飛ばし読みはためになりませぬと、主人がいつも言いますよ」

「まあ。生意気な口を利くこと。まだ読み終わってはいませんわ。それより、お掃除をしているの」

「全部拭くのに半月かかるのです。下の方はいいですが、上が難儀ですよ」

「まだ小さいものねえ」

「塔子様こそ近頃軽口が過ぎます。手前を莫迦にしても、良いことなんかございませんよ。それより、まだお外に何方かいらっしゃいますか」

「ええ──」

軍人さんはまだ見上げています。

「お風邪を召します。裡へお入りになってください」

「ああ」

眼を真っ赤にしたなきと様は、我に返ったようにひと言そう発されて、簾を潜られました。

そして、やや間を空けてから、おおと声を上げられました。

「これは何と、まあ、大いに魂消た。このような要害の如き書舗があるとはな。いやいやこれはまあ、大したものだ」

眼を見開かれています。

大きな眼です。

「独逸に大きな書籍館があったが、それにも劣らぬものだよ。見なさいこの書棚の高さ、この書物の量。真に壮観じゃわい」

ようこそいらっしゃいましたとしほるさんが言いました。

「ご本をお探しでございますか」

「いや」

「そうではないの。しほるさん、お掃除の途中で使い立てするようで申し訳ないのですが、お願いを聞いてくださるかしら」

「何なりと——と言いたいところでございますけれども、手前にもできることとできないことがございますよ」

本当に生意気な口を利く小僧さんです。

「お駄賃が欲しくって」

「見損なわないでくださいまし。手前はそんなことでお小遣い稼ぎをするような吝嗇者ではございませんよ。ただ、空を飛べとか狸のように化けろとか、そういう奇態なことはでき兼ねますと」

「まあ」

本当に憎らしい子供です。

手短に事情をお話しして人力車をお願いしますと、しほるさんはそれは可能なお願いですよと言いました。

しほるさんはいつもの椅子を二脚出してくれた後、主に断って参りますと階段を上がって行かれました。

どうやら往復で四半刻はかかるようでした。

往路は駆けて行きますが復路は乗って参りますよとしほるさんは言い、出掛けにお茶を淹れてくれました。

椅子に座って、お茶を戴きました。

弔堂の店内には、両側にずらりと立て並べられた和蠟燭と遠い天窓から差し込む弱弱しい日光しか燈がありません。暖かいけれど小さい蠟燭の光と、幽かな陽光の下で見るなきと様の姿は、実年齢よりずっと老いて見えました。

「ここに通われているのかな」

「通うという程には参りませんけれど、月に一二度参りまして、一冊二冊買わせて戴きます」

「左様か。女子も書物を読むような時代になったか」

「宜しくないことでございますか」

どうしても、お祖父様と重ねてしまいます。

お祖父様の方がうんと齢上だというのに、です。

「良いとか、悪いとか、儂には判らんことだよ。ただ、国が富むのは良いことだと思うけれどもね。国民一人一人が賢くなることは、悪いことじゃあないだろう」

「賢くはなりません。わたくしが読むのは難しいご本ではなく、小説です」

「小説というと、昔で謂う戯作読本の類であろうか」

「感心なさいませんか」

「いや、そんなことはないが、何故そんなことを尋くのかな」

「祖父が禁じるのです。祖父は元薩摩藩士で、その、大層厳しい方です。婦人児童に読み書きなど必要ないと仰います。何と申しますのでしょう、その、男尊女卑と申しますのでしょうか」

儂は長州だとなきと様は仰いました。

「薩摩っぽは、まあ慥かに気は荒いし、血の気も多い。女子には厳しく当たるが、あれは、蔑んでおるのではないと思う」

「違いますか」

「うん。薩摩の女は強いよ。儂の妻は薩摩の出だ。妻は、儂が命じたことは文句を言わずにする。死ねと命じれば死ぬかもしれん。しかし、儂がなよなよと情けなくしておると、それは怒るよ」

「お怒りになるのですか」

「情けない男は男に非ず、そう思うのだろうさ。ほら、儂はこのように、心が弱い泣き虫だからな。多分、蔑まれておるのは儂の方なのだ」

「殿方を――でございますか」

まるで逆です。

「儂の学んだ軍学の基礎は、儒学だ。儒学では長幼の序列を重んじる。だから儂は母を敬うのだが、妻はそれが気に入らぬ。敬うのは良いが、女親に傅くことはないと、そう思うておるのだろう。子が親を敬うのは当然のことなのだから、必要以上にぺこぺこ頭を下げることなどないと、こう言うのだな。そういうことは、肚に納めておけということだ」

「納めるのですか」

「親を敬わぬ者など、論外なのだ。敬うが当たり前。ならばいちいち謙った態度を示すことなどあるまいということだ。男は常に毅然としておらねばならず、女はそれを支える、そういう役目だというだけのことだろう」

そういえば――お祖父様はお祖父様の役割を果たしていらっしゃるのだと、お母様も仰っていました。

「儂のような者に家庭を語る資格はないかもしれんがな。ただ、あんたはあんたの思うようにするがいいと思うよ。家族の期待に応えようとするが故に、道を間違うことは往往にしてあることなのだ」

「そうでしょうか」

「そうだよ」

なきと様は、暗い顔をなさいました。

「扠——」

　そこで、あらぬ方角から声が響いて参りました。

　本日はどのようなご本をご所望でございますか——。

「源三様」

　弔堂のご主人は、階段の中程からそうお呼び掛けになりました。

　それは。

「あんたは」

「お忘れですか」

「何を——忘れるものか」

　い、いなきと様——ご主人は源三様とお呼びになりましたが——は、腰を浮かされました。

「あ、あんたは龍典さんか」

　真逆。

　お二人は旧知の仲なのでしょうか。

　そして、このご主人にもお名前があったのでしょうか。

　あるのが当たり前だというのに、そんなことを思いました。

　ご主人は音もなく近付いて来て、深深と頭を下げられました。

「ご無沙汰致しております源三様。いや今は違う御名でお呼びした方が宜しゅうございましょうか」

「い、いや。源三で良い」

「お知り合いなのですか」

「はい。三十年来の」

「そんなに古い——」

　なきと様、いいえ、源三様は、顔をくしゃくしゃにして、本当にあんた龍典さんかそうなのかいと仰いました。

「如何にも」

「ここは、あんたの店か。あんた」

　還俗致しましたとご主人は問われる前にお答えになりました。

「僧侶を辞して、そしてこの、書物の城塞のような砦に隠っておるのか」

「いいえ。人を弔うことを已め、書物の墓場で墓守をしております」

「書物の墓場か」

　源三様は店内を見回されます。

「見事な——ものだ」

「滅相もない。それよりも、大層なご出世でございますな、源三様。旧知の者としてはお慶び申し上げますと――申し上げた方が宜しゅうございましょうか」

「それは」

「あの」

何でしょう。ただ旧交を温めているようには見えませんでした。

「お二人は」

「私がまだ僧籍にあった時分、源三様とは親しくさせて戴いておりました」

「すまん、龍典さん」

源三様は突然頭を下げられました。

「お止しくださいませ。貴方様のようなご立派な身分の方に低頭されるような身の上ではございません。頭をお上げください」

中将閣下と、ご主人は仰いました。

「嫌味は止めてくれ」

「何が嫌味なものですか。本当のことではございませぬか。それよりも、武勲の誉れ高き軍部の重鎮が、そのようなお姿でこのような場所に、しかも、たったお一人でいらっしゃるというのは」

「お察しの通りだよ龍典さん。儂はまた逃げた」

「お聞きしております。台湾からお戻りになったのは、昨年でしたか」

「春先だ。儂にあんな大役は務まらん。物覚えが悪くてな」

「記憶亡失に因る職務遂行困難とお聞きしておりますが、未だそのようなお齢ではございますまいに」

いいやそれは真実じゃと源三様は仰いました。

「忘れてしまう。遣らねばならんこと、考えねばならんことが多過ぎる」

「そうですか。憚りながら軍務よりは源三様に向いていると推察仕りましたが」

耐えられぬよと絞り出すように言い、源三様は椅子に沈まれました。

「殖産興業と謂われてもな。儂は」

「軍人でございますか」

「いや」

源三様はこちらに顔を向けられ、この人には頭が上がらんのだよと仰いました。

「この人には二度、説教された」

「坊主は説教をするものです。しかも源三様はお聞き入れにはならなかったのでは」

「お蔭でこの様だ。あの時、素直にあんたの言に従っていたなら、こんな無様なことにはなっていなかったろうな」

「しかしそれでは今の栄光栄華はなかったのではありませぬかな」

「栄光か」

「違いましょうや」

「何が栄光か」

「しかし——源三様。貴方様が大日本帝國陸軍少佐に任官された際、どれ程お喜びになっておられたか、私は能く覚えております。慥かに異例と謂わざるを得ない大抜擢でございましたから、お喜びになるのは当然なのでございましょうが」

あれは黒田清隆公の引きじゃと源三様は呟かれました。

「儂の実力じゃない」

そうでございましょうなと、ご主人は大変に失礼なことを仰いました。

しかし、黒田様といえば枢密院の議長まで務められた人物ではなかったでしょうか。

そのような方を引き合いに出されるということは、源三様もかなりの位を持つ人物であられるのかもしれません。

「御堀耕助様に身の振り方を定めるよう厳命された機にも、源三様は随分迷われていたご様子でしたが——あの時も私は、軍人の道だけは選んではいけませんと申し上げた筈です。しかし源三様は私の諫言を容れはしなかった」

「ああ」

「その結果のご栄達」

「その結果、酷いことになったよ」

「そうでしょうか」

「そうだ。儂は後悔したよ。あの頃は内乱ばかり起きておって、儂はまあ、右往左往するだけでな、同じ長州閥の山縣元帥の庇護のお蔭で、何とか遣り過ごすことができていただけなのだよ。毎日毎日、後悔のし通しだったのだ。言い訳ばかりしておった。それに、師も失った」

「玉木文之進様ですね」

その方は、家出して転がり込んだと仰っていた学問の師のことなのでしょうか。

「慥かご自刃なさったのでしたか」

「弟子の多くが反乱分子となったから、その責任を取られて切腹された。儂は」

源三様の眼は、紅く充血しています。

「儂は、もう堪らなくなって」

「酒色に溺れられたのだ、と聞き及びます」

「そう。飲み歩き遊び歩き、まともに家にも帰らなかった。何もかも、忘れてしまいたかったのだ。だから酒と女に逃げたのだよ。それもこれも、あんたの言うことを聞かなかったことに対する、後悔の――」

「私の所為と仰せになられますか」

「そうではないそうではない。自分の所為だ」

「厭なら——お辞めになれば良かったのです」

ご主人はいつになく冷淡に仰いました。

「辞められぬさ。引き立ててくれた黒田公や、山縣様の顔に泥を塗ることになる。そもそも厭になって辞表まで出していた儂を引き戻したのは陸軍卿だった山縣様だ。また辞めるとは言えぬよ」

「だから逃げるというのは如何なものですか。それはそれで、泥を塗ることになるのではないのですか」

「いや、同じ逃げるのでも、職務を辞するのと遊興に耽るのは別なのだ。勿論、あんたの言いたいことは判るよ。結局どっちつかずなのだ。山縣様には説諭されたが」

その時お辞めになるべきだったのですよとご主人は仰いました。

「そうすれば」

「ああ。その通りだ。その時に軍人を辞めておれば、あ、あんなこ、と、とはなかった」

あ、あんなこととは、何なのでしょう。

源三様の眼から、遂に涙が幾粒か零れ落ちました。

「儂は、儂は——」

源三様はお貸しした半巾で両の眼を覆われました。

「あの時も、あんたに救われた。真逆、九州まで来てくれるとは」

「いいえ」

救ってはおりませんとご主人はどこか冷徹な口調で仰いました。

「いいや。儂が今生きておるのは、あんたが来てくれたお蔭だ。あの時、あんたが来てくれなんだら、儂は彼処で死んでおった」

「そうなのでしょうな」

いつも表情が判り難いご主人の顔に、少しだけ憂いの翳りが見て取れたような気がいたしました。

「ご迷惑だったのではないですか」

「何故そんなことを言う」

「ご自害なさりたかったのでしょう」

「そうだ」

「ならば私は、そのご意志に背くことを言上しに参ったことになる」

「そうだが」

「それに私は、ご自害をお止めするために参上したつもりはございません。源三様が幾度も自刃を図られ、野戦病院からも脱走されたという報せが耳に入りましたものですから、もうお亡くなりになっているのではないかと判じたのです」

「自刃していると思われたか」

「貴方様のご性質を」

能(よ)っく存じ上げておりますからとご主人は言われました。

「そうならば、古い馴染(なじ)みの私が引導(いんどう)を渡しに行かねばならぬと思い、急ぎ向かったまでのことです。私は僧でしたからね。それが——偶(たまさ)か、間に合ってしまったというだけのこと」

「しかし」

「いいえ。あの時も私は源三様に申し上げた筈です。貴方に軍人は向かない。否、向き不向きの問題ではございますまい。貴方は、軍人になってはいけないお方なのです。そう、申し上げた。今になって思い返せば、大層不遜なことを申し上げたようです。お詫び致します」

ご主人は再び低頭されました。

「だから嫌味は止(よ)してくれ。あんたの言う通りなのだ。あんな生き恥を晒(さら)して、赦(ゆる)される訳もないのだ。軍人になどならねば良かったのだよ」

「本当にそう思われますか」

「思うさ」

「でもお辞めにならなかったではありませんか」

「ああ」

　源三様は下を向かれました。

「陛下がお赦しになったから――でございましょうか」

　源三様は何もお答えになりませんでした。

「源三様のお命をお救いあそばされたのは誰あらん、天皇ではございませぬか。そうではないのですか」

　その通りだと源三様は仰いました。

「救ったのは私ではない。源三様を救われたのは抹香臭い説教ばかりする林下の禅僧などではなく、畏れ多くも明治大帝でございましょう。だからこそ源三様は、そのご恩にこそ報いようと、軍人であることをお続けになったのでございましょうに」

「そう――ご期待に応えねばと強く思うたのだ。当然だろう。儂をお救いくださったのは親でも上官でもない、陛下なのだ。親よりも上官よりも義を尽くさねばならぬさ。しかし、あんたの言うように、儂は軍人としては無能だ。だから」

「放蕩を尽くされた。噂は野にまで流れましたぞ」

「また逃げたのさ。あの頃の儂はどうかしておったよ。一日の殆どを茶屋で過ごしていたからな。逃避というより、最早自暴自棄であった。豪遊放蕩目に余ると、嫁を娶らされたが、儂は祝言にまで遅刻した。その日も茶屋で遊んでおったのだ」

「愉しかったですか」

「頼む。責めんでくれ。あんたの説教は身に染みておるのだ。それなのに」

「遊んでいても昇進された」

「そうだ」

「そして独逸視察に行かれ、本当に軍人になってしまわれた——のでしょうか」

「本当とは」

「視察以降、一切の放蕩をお止めになったと伺っております。芸妓の出るような宴には頑として出席されず、贅沢遊興を悉く廃し、常に軍服を乱れなく着用し、質朴かつ規律正しき暮らしをなされるようになった——と」

「そうさな」

「そういえば、本日は軍服を着用されておられません」

「ああ」

源三様はお着物の袖を振られました。

「こんな恰好は久し振りだ」

「独逸で何を思われたのです」

「あんたのことだ」

「それはまた何故」

「異郷の地に立って思い出したのは、あんたの言葉なんだよ、龍典さん。あんたは儂にこう言っただろう。貴方は軍人ではなく、軍師でもなく、軍学者でもない、そのどれも為てはいかん、と」

「申し上げました」

「貴方は弱い人なのだから、その弱さを大事にせよ、と。決して己を強くしようとしたり、強く見せかけたり、強いと勘違いするようなことはするなと」

「はい。若気の至りとはいうものの、身の程を弁えぬ暴言を吐きました」

「真実だよ。儂は弱い。いや、人は皆、弱いものだよ。だから、軍紀を厳守し、綱紀を粛正して、集団として強くなるよりないと考えたのだよ。規律規範を定めなければ、人はすぐに道を外す。儂が良い手本だ。外側だけでも作っておかなければ、立派な軍人になどなれぬ。形だけでも作らねばやって行けぬ。そう思ったのだ。だから復命書を認め提出した。あれは自分に対して書いたものだ」

「ほう」

「勿論、逃げ続けることに嫌気が差したということもあるのだ。酔って乱れて忘れたところで、酔いが醒めれば元通り、いや、更に辛くなるだけだろう。現実から目を逸らすことは、何の解決にもならんよ」

「それで――解決されましたか」

ご主人は源三様を見据えられました。

源三様は大きな眼で、それをゆっくりと見返されました。

「どうであろう。儂自身に関して言うならば、ならなかったと言うべきだろうか。遊興を止したことに関しては、良かったと思うておるが」

「何故に」

「辛さ苦しさは変わらぬからさ。何も変わらん。だから儂はまた逃げた。あんたの言う通りなんだよ。軍人を辞めてしまうべきだった」

「お辞めにはならなかったのでしょう」

そこが儂の駄目なところさと源三様は仰いました。

「踏ん切りがつかぬ。何としてもご期待に応えたい、否、応えられまいというどっちつかずの迷いが常にある。だから休職という半端な判断しかできなかったよ。でも今度はな、芸者遊びするでも鯨飲するでもなく、百姓をやったのさ」

如何でしたかとご主人はお尋ねになりました。

「畑仕事は良いな」

道道もそう仰っていました。

「それでは何故、そのまま農人におなりにならなかったのでございましょう」

「いや、それは」

「陛下へのご恩返しでございますか」

「それはそうだよ。ご恩を返す道は一つしかない。選択の余地はなかった。しかしそれでも儂は、矢張り厭だったのだ。厭で厭で仕様がなかったのだよ。しかしなあ、国体がそれを許してはくれなかったのだ」

「国体ですか」

「仕方がなかろう」

「そうですか。慥かにどれ程影響力があろうとも、一個人が国体を曲げることはできまいと考えます。しかし反対を表明することはできましょう。源三様は、先の清国との戦には賛成するお考えだったのでございましょうか。いや、そもそも源三様は戦を好むお方なのですか」

源三様は口を強く結び、暫く黙ったまま沈思されているようでした。そして、

「判らぬよ」

とお答えになりました。

「お判りになりませぬか。ご自分のことでございましょう」

「争いは好まぬ。人が死ぬのも殺すのも厭だ。あんたが見抜いた通り、儂はそういう人間だと思う。でも、そういう信念や志は欠けておる。真ん中がない。だから諾諾と流されてしまう」

「周囲の所為でございますか」

「そうは言わぬが」

「源三様。貴方様はただの一兵卒ではないのです。復職された時、貴方は歩兵第一旅団長でいらした筈です。徴兵されたのではない」

「そうだ」

「それが、言われるがままに着任される職務なのでございますか」

　源三様は再び沈黙されました。

「数多の命を預かる旅団長が、已むなく厭厭任に就かれていたと仰せになるのでございますするか。国体に、ただ諾諾と従っただけだと――」

「いや」

　源三様は一度右手を上げられ、すぐに下ろされました。

「そうよな。それはあまりに酷いことなのかもしれん。だが龍典さん」

「陛下の赤子たる者として、ですか」

「そうだな。儂は常に、そうして責任を上や下に送って、自らを保って来たのかもしれん。闘えと命じたのは上の者、闘ったのは下の者。そんな宙ぶらりんの場所に身を置いて、己が重責を遣り過ごそうとするなど以ての外だ。人としてあるまじき在り方よ。儂は、卑怯者だ」

本当に後悔しておるよと源三様は小声で仰いました。

「しかし源三様は、その戦で大きな武勲を挙げられたのではございませぬか。国中が称賛致しましたぞ。その結果、源三様は中将になられたのでございましょう。爵位も与えられた。後悔どころか、誉れではございませぬか」

「誉れは重しだ」

「重しでございますか」

「龍典さん。凡て言い訳だがな、さっきこちらの塔子さんにも言ったが、儂の武功は、運だよ運。古い兵法など何の役にも立たんからな。誉れはその運に因って齎される。そして誉れは次なる期待を生む。讃えられれば嬉しいさ。だから喜ぶよ。だがその喜びは重い不安を孕んでおる。儂への期待に応えるのは儂ではなく、運だからな。次にまた良運が巡ってくるとは限らんだろう」

「だからまたお辞めになった」

「軍を辞めたのではない。またもや半端な決断だな」

「察するに、源三様はまた復職されるのでしょうか」

「そうなるようだ」

「お断りにはならなかった」

「凡てお察しの通りだよ。香川に新設される師団の長として招請されておる」

「お厭なのですか」

「厭だから逃げて来たのだ。こんな恰好をして、こんな処にな。しかし、この段に及んで、よもやあんたと再会しようとは、思ってもみなかった。正に奇縁と言わざるを得ぬが、これは一体――」

　どういうことかなあと源三様は目頭を押さえられました。

「止せということなのか」

「私はお止しになるが宜しかろうと思いまする。それは――源三様という人を能く知っている私めの意見でございます。還俗こそ致しましたがいまだ仏縁はございます。殺生を戒めるのは当然のこと。ただ、それは私めの考えにございます。私は、もうお止めするようなことは致しません。二度ご忠告を差し上げて、二度共お聞き入れ戴けませんでしたから」

「ああ」

　源三様は半巾で眼を拭い、それからああこれはと仰って、こちらを向かれました。

「これはあんたのものだ」

「お気になさらないでください」

「いや、そうはいかん。洗濯して返さねばならんなあ。だが」

「そんな」

宜しければ私めがお預かりしましょうとご主人が仰いました。

「洗ってお返しします」

「いいえ結構ですわ」

「そうか。それは助かるよ」

源三様が半巾を差し出されました。

ご主人がそれを受け取られました。

「源三様」

ご主人は受け取る時に少し強い口調でそう呼ばれました。

「繰り返しますするが、もう、軍人をお辞めなさいなどとは申し上げません。私はもう僧侶ではなく一介の本屋に過ぎませぬ。既にして人様に道を説くような立場にはございません。そして貴方様もまた、長州支藩の貧しい藩士の子ではなく、帝國陸軍の将官でいらっしゃる。一介の書肆が意見できるような身分のお方ではないのでございます。そこは曲げられぬ事実とお心得下さい。ただ——昔馴染みの誼みに、幾つか繰り言を述べさせて戴きたいのでございますが」

「何なりと言うてくれ」

ご主人は帳場の方へお戻りになると、奥の棚から文箱のようなものを出し、その中から数枚の紙を選り出すと、それを手にして源三様の前に立たれました。

ご主人はその中の一枚を源三様のお顔の前に掲げられました。

「ご覧ください。これは、五年ばかり前に刷られた『英雄三十六歌撰』という揃い錦絵の中の一枚でございます。本邦の英傑の絵姿に歌を添えるという趣向のもので、描くは大蘇芳年門下、西洋油彩も学ばれた右田年英様でございます」

昔の武将が描かれた錦絵のようでした。

「これは、昨今流行りの大楠公。私の記憶が正しければ、慥か源三様は、この大楠公を敬愛なさっていらしたのではございませぬかな」

「如何にも。正成公を範としておる」

「忠臣の鑑として誉れ高き武将でございますからな。しかし楠木正成が忠臣として評価されるようになりましたのは、そう古いことではございません。南北正閏に関しましてはいまだ燻っておりましょうが、水戸光圀編纂の『大日本史』の影響下にある水戸の尊王派が南朝正統として持ち上げるまで、楠木正成は英傑ではあったかもしれませぬが、忠臣ではなかった。古くは、朝敵ですらあったのです」

「そうであっても、その武人としての在り方は──」

「人品骨柄を論っている訳ではございません。正成公がどんなお方だったのか、私は存じ上げませぬ故。しかし、その武士としての行いの芯にあったものは、朱子学ではなかったかと心得ますが」

「その通りだよ。正成公は朱子学の信奉者であられた。しかし武人として朱子学を重んじるのは当然であろう。朱子学は、後に幕府正学ともなるものだ」

「而してその幕府を倒した尊王論者達が掲げたのもまた、朱子学だったのではございませんか」

「いや、誰が奉じていようと正しきことは正しいのではないかね」

「私はそれが正しいかどうかを申し上げるような立場にはありませぬ。ただ、朱子学を批判された方もいらっしゃいます。例えば——」

　山鹿素行様ですとご主人は仰いました。

　源三様は右の眼を見開かれました。

「貴方が、師であられる玉木文之進様からお学びになったのは、山鹿流軍学ではございませんでしたか」

「如何にも」

「山鹿素行は朱子学批判をした人でございましょうよ。素行は徹底的に実用を重んじた人物です。林家の祖林羅山に朱子学を学んだ山鹿素行は、朱子学に於ける学問上の空疎な議論を無駄と判じ、只管日常への実践を試みた人だった筈。そうした朱子学批判が問題視され、素行は播州赤穂にお預け——追放されてしまったのではございませんでしたか」

「その通りかもしれんが、山鹿素行は朱子学の精神そのものを否定した訳ではないだろう。学問としての在り方に疑義を呈しただけではないのか。経緯は兎も角、山鹿流兵法は赤穂で成ったものだ」

その通りとご主人は仰いました。

「山鹿流を素行から直伝されたのは、赤穂藩の大石良重。つまり赤穂山鹿流こそが、今に伝わる山鹿流の軸となっているものにございましょう。その影響は、吉田松陰様を始め、勝安芳様に至るまで、広く及んでおりましょう」

「正にそうだ。山鹿流は、新政府を作った尊王の志士達の理を支えるものとなったのだよ。尤も、それは同じく幕府兵学の主軸でもあった訳だが——さっきも言うたが、正しいものは誰が信じようと正しい」

「はい。山鹿流といえば、兵法ばかりが持ち上げられる風潮がございまするが、本来は修身治国を説いた士道学。軍略戦法というよりも、一種の修養論と承ります。だからこそ、幕府兵学の主軸ともなり得たし、また幕末明治の御世にも対応させることが敵ったのだと拝察仕りますが——」

「それはそうだろう」

「それではお尋き致します。何故に源三様は、その山鹿流兵法を学ぼうとなされたのでございましょうか」

源三様は眉根を寄せられました。

「それは尋くまでもないよ。山鹿流は旧来長州藩の藩学だ。支藩である長府(ちょうふ)藩の儂がそれを学ぶのは当然だろう」

「お父上と決別され、家を出られてまででございますか」

「それは」

「そこまでなさるのであれば——なさったのであれば、別に藩学を選ぶことはなかったのではありませぬかな。軍学というなら甲州(こうしゅう)流でも北条(ほうじょう)流でも、例えば心酔されていた楠流軍学でも良かったのではございませぬか」

「いや、何を選んでも同じことであった。父は儂が学者となることを認めてくれなかったのだ。それだけだ」

「本当にそうですか」

「何を言いたいのだ、龍典さん」

ご主人は暫く口を噤(つぐ)み、項垂(うなだ)れ気味の源三様を見下ろされていましたが、やがて、と仰いました。

「親の意に背くは——朱子学的ではない」

「何だと」

源三様は顔を上げられました。

右眼が大きく開かれておりました。

「世に孝行を尽くす御仁は数多いらっしゃいますが、私は貴方様程、ご母堂様を敬うた人を知りませぬ。口先だけではない、正に身を以て孝行を実践された」

「あんた――」

源三様は左の顔を手で覆われました。

そして、儂は母が好きだったのだよと小声で仰いました。

「それだけだ。父は、厳しい人であったからな」

「いえ。それだけではございますまい」

「それだけだよ。父は厳しく、儂は弱かった。泣いてばかりいたのだからな。儂の父という人は、冬に寒いと言うただけで儂を裸に剝いて、頭から水を掛けるような人だったのだからな」

怖かったし辛かったよと源三様は仰いました。

「でも貴方様はそれに耐えられた」

「終いには逃げたがな」

「貴方様は或る意味で、幼き頃より儒学的、否、朱子学的な在り方を身に付けられた方です。家長に忤うことなど本来的にはあり得ないことでしたでしょう」

今度は源三様が口を噤まれました。

「楠木正成は、慥かに忠義の人であったかもしれませぬ。私は仏家の出ですから軍学は素人でございますが――しかし、そんな私のような者の眼から見れば、楠流軍学は地の利、人の利を使った、所謂不意打ちや待ち伏せに思えまする。義を立てるためには手段を選ばぬという感が強くありまするが」

「そ」

そんなことはない――と源三様は仰いました。

「楠流の根本は正心修身、治国平天下の大義だ。賊徒を討つ場合に智謀や戦術の妙道を用いるというだけだ」

なる程、とご主人は頷かれました。

「賊徒を誅する場合には手段を選ばず、ということでございましょうか」

「楠流は、戦術を貪り習うを下とする。計謀により学ぶを中とする。心性を悟り諸民を親愛するを上とする。兵法とはそういうものだよ。先ずは志だ」

「戦わぬ者にとっては同じこと」

「な、何を莫迦なことを」

「志はどうあれ、あらゆる軍略は勝つために立てられるものではございませぬか。ならば、相手が何者であれ、不意打ちだろうが待ち伏せだろうが一向に構いますまい。時には退却も計略のうち。逃げること自体は卑怯なことではないのでございましょう」

「退却は時に必要なことだ」

「勝つこととは、生き残ることにございましょう。生きるためには逃げることもございましょう。しかし、時に高い志や精神論はそれを禁じ手としてしまうのです。勝つために死ね、そんなものは策でも何でもない、計略でもない。死んだら負けです。宜しいですか源三様」

死んだら負けですとご主人は繰り返されました。

「正成公は果敢に戦いはしたが、負けた」

「何が言いたいのだ」

「南朝は敗れ、正成公も自害された」

「そうだが、だから何だと言うのだ。結果はどうであれ、正成公の忠義の志に変わるところはない」

「潔く死んだことが褒め称えられているのでございましょうか」

「いや、そういう訳ではないが」

「その精神を尊ぶのでございますか」

「そんなことはない」

いいえとご主人は否定されました。

そして、もう一枚、別の絵を源三様の顔の前に示されました。

「これは、元治元年に刷られた芝居絵です。歌川国貞描くところの『誠忠義士傳』が一枚、市川市蔵演じる武林唯七隆重。ご存じの通り武林唯七は世に謂う忠臣蔵、赤穂義士の一人でございます」

「それが何だ」

「源三様が幼少時代を過ごされた長府藩江戸上屋敷は、嘗て赤穂浪士切腹までの御預かり所となったお屋敷ではございませんでしたかな。この武林唯七も、そのお屋敷にお預けになられていた。違いましょうか」

「違わぬ。その通りだ」

「そうした縁もあり、貴方様は物心つく頃よりずっと、お父上から赤穂の義士の遺徳を聞かされて育たれた。義士は貴方様の憧憬の的だったのではございませぬかな」

「いや、まあそれはそうだが」

「源三様、赤穂義士は、近代軍隊の範とはなりませぬぞ」

ご主人は少し強い口調で、そう仰いました。源三様は驚かれたようでした。

「義に生き義に殉ず。それは武士としては正しき在り方なのかもしれませぬ。武家社会を維持するために、義は欠かせぬものであったと思いまする。また、儒学に於ても義は根幹を成す概念。決して蔑ろにはできぬものではあるのでしょう。しかし」

「しかし何かな」

「近代的戦争に於て、そうした在り方を拠り処とすることは、最早時代遅れかと」

「何ということを――」

勘違い召されるな、とご主人は一喝されました。

「義が時代遅れと申し上げている訳ではありませぬぞ。精神論だけでは立ち行かぬと申し上げております。義に殉ずるは、時に無駄死になるということです」

「無駄死にだと」

「はい。赤穂義士は全員死んでしまったのです。義は通ったかもしれないが、後に復すとはいえ浅野家は改易。お家再興か仇討かは知りませぬが、そのために敵味方いったい何人の人が死んだのです。そしてその多くの死は、何を変え、何を齎したのですか。結局、何も成りはしなかったのですよ。これを無駄死にと謂わずに何を無駄死にと謂えば良いのか。義士達は、彼らはいったい何のために死んだのです」

義のためだ――と源三様は仰せになりました。

「義士の行いによって義は通った。時の民は義士の行いを称賛し、それは今に至るまで続いておる。だからこそこんな錦絵も描かれるのではないかね。それに幕府も」

「人が死なねば通らぬ義などございません」

ご主人は源三様の言葉を遮るように仰いました。

「義を通すために必要なのは、死ぬことではございません」

「一命を投じても通さねばならん義とてあろう」

ありませんとご主人は仰いました。

「宜しいですか。そもそも浅野内匠頭に切腹を命じたのも、度重なるお家再興の願いを退けたのも、凡て幕府なのでございますよ。吉良上野介は契機を作ったに過ぎないのです。義を通すというのであれば、幕府に抗議すべきではございませぬか。吉良を討つことは、義が通らぬ故の、単なる腹癒せと見ることもできましょうに」

「何ということを言うのだ龍典さん」

「理屈からいえばそうなるかと」

「命を賭した抗議行動と考えれば——」

「それはどうでしょう。吉良は討たれても幕府は無傷。家が滅びようが藩が取り潰されようが、幕府は痛くも痒くもない」

「だが諸民は喝采した」

「幕府は民がそれを讃えることを敢えて許したのでございましょう。だからこそ赤穂の義士は讃えられたのです。いいえ、更にいうなら、そのために赤穂の浪士は切腹させられたのだと思いまするが、如何か。そのために、時の幕府は彼らをわざわざ殺したのですよ」

「わざわざと言うか」

「勿論です。義は、命と引き換えにできる程に重い——そうした在り方は幕府にとっても有り難かったというだけのこと。その方が都合が良かっただけです」

「都合とは、誰の都合だね」

幕府ですよとご主人は言いました。

「能く お考えください。赤穂浪士の討ち入りは、非合法な夜襲なのですよ。ご定法に反するというだけでなく、決して正攻法ではない。先程の楠流のお話に倣うなら、賊徒を誅するのだから手段は選ばず——ということになるのでございましょうか」

「それは」

「赤穂の浪士は当然山鹿流兵法を学んでいた筈。山鹿流も同じく義を通すためには手段を選ばずと定めるのでございますか」

「手段を選ばずという言い方は違う。それはあくまで」

「いいのですよ。先程も申し上げましたが軍学とはそうしたもの。問題なのは」

勝つことと生きることを同義としないところです——。

「生きること——か」

「生き残るために手段を選ばずというのであれば、まだ理解できないこともございません。だが、勝つためには死んでも良いというのでは話が違う。我我戦わぬ者にとっては到底理解の及ぶところではございません」

「だが、討ち入りは成功したのだ。義士は一人も死んでおらん」

「だからわざわざ殺したのです」

「何と——」

「赤穂浪士は死なねばならなかったのでございますよ。彼らは、法に照らすならただの不逞の輩。それが、死んで初めて義士となったのでございます。そのために幕府は腹を切らせたのでございましょう。最初から義士と持ち上げる気なら、幕府で召し抱えればいいことです。士官もさせず恩賞も与えず皆殺しにしたのは」

その方が都合が良かったからですとご主人は繰り返されました。

「都合が良かったのですよ。赤穂の浪士の如くに、幕府のために死ね、死ぬ覚悟で尽くせ、仕えよと、そういうことでございましょう。義は命よりも重い——そうした在り方を広めることができたからこそ、幕府は民衆が彼らを讃えることを黙認した。結果として、大義のためなら死んでも良い、死ぬべきだという、言語道断な考え方を天下に知らしめることができたのです。決して赤穂義士が奉じた山鹿流の精神が尊ばれた訳ではない。それは、利用されただけではございますまいか。そして、時代は——」

変わりましたとご主人は仰いました。

「大政は奉還され幕藩の時代は瓦解したのでございます」

「それでも——義の精神は変わるまい」

「そうでしょう。しかし、義を立てるための方法は変わるべきですし、変わっているのではございませんか」

「変わっているとは」

「先程も申しました通り、赤穂事件は義を通すために行われた抗議行動などではないのでございますよ。単なる意趣返し、良く謂って仇討なのです。しかしそう解釈したところで、仇討も今は禁止されているのでございますぞ。復讐禁止令が布告されたのは明治六年。今や討ち入りは単なる私怨の殺し合いでございます」

「いや、それとこれとは」

「同じこと。仇討は本来武家の作法。義に因ってなるものであって、情は無関係。私怨に因って行われる復讐とは根本が違うものであった筈です。しかし、四民が平等となった今の世に於ては、区別がつかないものでございましょうよ。宜しいですか、義の精神を貫くために殺したり死んだりすることはない。そういう時代になったのです」

「だから――時代遅れだと」

「そうです。赤穂義士の討ち入りは、情には大いに訴えかけるけれども、義を立てる方法としては時代遅れも甚だしい。況んや、他国との戦いは仇討ではない。義を通すためにするものでもない」

「そうは――思わぬ」

「いいえ。戦争は国益のためにするものなのでございますよ。考え方が違う人種が違う宗教が違う、だから平らげようなどというのは、それこそ徳のない蛮行。そこに義などない。国民のため、民のためになるということ以外に、戦をする大義名分はないと心得ます。いいや、そもそも戦に大義名分などあってはならないのです。侵略であれ国防であれ、殺し合うなら同じこと。命の遣り取りを伴うのであれば、いずれ愚行。況て国益を損なうような戦争は愚策中の愚策としか言いようがございません。否――」

いかなる戦も愚策、とご主人は珍しく厳しい口調で仰いました。

「戦は愚策か」

「戦略とは、戦を略すと書くのです。戦わずに済ます方策を考えることこそが、人の上に立つ者の仕事ではないのですか。戦の道を選んだ段階で、もう国は護れていない」

それはご承知でございましょうとご主人は仰いました。

「その愚かな戦争に、そのような時代遅れの覚悟で臨んだならば、兵隊は皆死んでしまいまするぞ。いや、国が滅んでしまう。義を通すために国を滅ぼす、これはもう本末転倒ではございませぬか。陛下のために死ね、義を通すために死ねと謂われて、兵隊が皆死んでしまったとして――それで敵国が降伏したとしても、それは勝ちなのですか」

他国との戦で死ぬ兵の数は内乱の比ではないことはご存じでしょうと、ご主人は強い口調で仰いました。

「今の戦は大将首ひとつ取って勝ちという小さな戦ではないのです。それは先の戦争でもお判りになっていることでございましょう。いいえ、戦争はそもそも、勝ったから良しというものでもないではありませぬか。敵でも味方でも必ず人は死ぬのです。人死には——」

お嫌いなのではございませぬのかと、ご主人は問い詰めるように仰せになりました。

「鉄砲大筒(おおづつ)を撃ち合い、爆裂弾を投げ合う殺し合いに、手心はない。真に義を通そうと思うならば、死なぬ殺さぬ道を選ぶべきです。それが近代の戦ではございませぬか」

源三様はお答えになりませんでした。

「繰り返します」

死んだら負けなのですとご主人は仰いました。

「仮令(たとい)一人でも二人でも、兵が死んだならそれは負けなのです。死んだ人数が少ない方が勝ちなどという決まりはないのでございます。何よりも賢く勝とうとするならば、戦をしないことですよ。戦わずして勝たぬ限り、真の勝ちはない」

赤穂義士も大楠公も決して範とはなり得ませんと、ご主人は仰いました。

「死ぬことを前提とした戦など、決してしてはなりませんぞ。貴方の命ではない。貴方が預かる何百何千何万の命のことを言っています。貴方はそれだけ多くの命を背負っているのではないのですか。貴方は既に、そういうお立場だ。そうですね」

乃木希典中将――。

「――え」

耳を疑いました。

何かの間違いに違いありません。しかしご主人は慥かにそう仰ったのです。

乃木中将といえば、先の戦争に於て旅順を一日で陥落させるという大武勲を挙げられた英傑ではございませんか。

この、泣き虫の、道に迷い続けているという人が、その人だというのでしょうか。

そんな莫迦なことは――。

「戦わずして勝つ道を模索することが現代の兵法と考えます。尤も、貴方様一人が何を言おうとどうなるものではないことも承知しております。しかし貴方様は、貴方様の芯には、そうしたお気持ちが必ずある筈でございます」

源三様は黙しておられます。

「貴方様が武士を嫌ったのは、弱かったからでも障碍があったからでもない。お父上に反発したからでもない。武人とは闘う者、殺し合う者と、そう理解していたからなのではございませんか。殺し合うことが愚かしいと識っていたから、だから兵法を学ばれた。情に溺れず、合理的な戦術を用いれば敵味方共に被害は減る。勝敗は迅速についた方が良い。その方が人死にの数を減らせる――違いましょうか」

「いや」

「情を捨てた時、頼みとなるのは義だけです。義なくしては戦う意味が失われる。そして義を立てるために長州再征に参加された貴方様は、小倉（こくら）城一番乗りという武功を為した。しかし御一新（ごいっしん）の後、私の忠告を退け、陸軍少佐となった貴方様が最初に戦った相手は――半ば同朋だったのですね。貴方様は実弟を敵としなければならなかった。秋月（あきづき）の乱に於ける貴方様の動きは迅速でした。しかし、続く萩（はぎ）の乱で、貴方様が兵を動かさなかったのは、本当のところは何故なのですか」

「他にも反乱の気配があったからだ」

「萩の乱でご実弟の玉木正誼（まさよし）様は戦死、師であった玉木文之進様はご自害された」

源三様――いいえ、乃木希典中将の眼にまた涙が満ちて来ました。

「そして西南の役です。圧倒的に不利だった貴方様は、奮闘の後に兵を引かれた。退却は正しい判断だったと思います。しかしそこであの」

「言わないでくれ龍典さん」

「いいえ。貴方様は――陛下の分身たる軍旗を奪われてしまったのですよ。しかも、逃げる途中でです。もう少し早く撤退していればあんなことは起きなかったし、逆に全滅覚悟で前進し戦っていたとしても、あんなことは起きなかった、そうですね」

「そうだ」

「判断が鈍られたのは何故ですか」

「それは」

「野戦病院に伺った私に、貴方様は己はどっちつかずなのだと仰って泣かれた。察するに、貴方様はその時からもう、お判りになっていた筈だ。全滅覚悟で臨む戦いなどあり得ないと。しかし、引くに引けない気持ちもあったのでございましょう。その揚げ句の判断の遅延」

「そうだその通りだ。儂は」

「義を言い訳に使うのをお止しなさいと申し上げております」

　ご主人は声を荒らげました。

「何が義ですか。何度でも言いましょう。そんな義の立て方は時代遅れだ」

「そう――だろうか」

　乃木将軍は下を向かれました。

「ええ。打ち拉がれた貴方様を救ってくれたのは、誰あらん陛下でした。しかし、能くお考えください。陛下は果たして貴方様の軍功を汲まれたのでしょうか。私にはそうは思えない。あの戦に於て、貴方様にどれだけの武勲があったというのですか。貴方様の軍は敗走する途中で軍旗を奪われたのですぞ」

「そうだ。本来であれば、万死に値する」

「でも陛下は貴方様を赦された。陛下が汲まれたのは、軍功ではないのですよ。陛下は貴方様の、お人柄こそを汲まれたのではないのですか」

「人柄――とは」

「情愛を捨てられぬ本性でございます」

「儂に本性などない。儂は心棒の抜けた腑抜けだ」

「違います。貴方様が迷われるのは、芯にその本性あるが故。その迷いは時に失態となるものでもあるでしょう。でも、それが貴方様の美徳だと私は思う。もしも、もしも陛下がそこに期待されているのだとしたら」

「そ――」

そんなことはないと乃木将軍は首を振られました。

「また、招請されておられるのでしたね」

「ああ。儂が呼ばれたということは、また戦争があるのだろう。何やらきな臭い」

「そうですか」

ご主人はもう一枚、別の錦絵を出されました。今度は武士ではなく、軍服を着た軍人さんが描かれていました。

「これは、こちらの楠木正成を描いたのと同じ作者、右田年英描くところの日清戦争の錦絵です。これは――貴方様が参加された旅順口の戦いの図ですよ、乃木将軍」

「そうか」

将軍は顔を背けられました。

「ご覧になることができませぬか。この時の武勲で貴方様は中将になられ、爵位も授けられた。誉れではありませぬか」

「武勲などない。運だ」

「それでも功はある。義は立った」

「義は立っても」

人は死んだよと乃木将軍は仰いました。

「わが軍は数十名。敵国の死者は何千を超えた。民間人も死んだ」

「死んだのではなく、殺した——ではないのですか」

「そうだ。占領後、要塞攻略と同時に行われた市内掃討の任で儂は見た。敵は我が軍の兵の首を刎ね耳鼻を削ぎ落として軒先に吊るしていたのだ。賞金を貰うためだったらしい。皆、激怒した。敵兵は民間人に化けて潜伏しておったから、区別がつかず」

「復讐した」

「そういうことになろう。儂も止めることはできなんだ。いや、あれは」

将軍ははらはらと涙を零されました。

「あれは、あれはなあ」

「乃木希典中将。いや、源三様。いや泣き虫の無人(なきと)様。最早何を言っても遅かろうと存じますが──」

貴方様は軍人には向かない──。

ご主人はそう仰いました。

乃木将軍は何とも形容し難(がた)い表情をなさいました。

ご主人はそんな将軍に向け、三枚の錦絵を突き付けました。

「さあ、ご覧下さい。貴方様は楠木正成にも赤穂義士にもなってはならない。これは説教でも忠告でもない。お願いです。古い友人からの心からのお願いです。今より後(のち)、もし貴方様が軍務に就かれることになったとしても、どうか──どうか本性をお大事に」

乃木将軍は両手でお顔を包まれました。

「それでは乃木希典様。本日は」

このような本を進呈致しましょう──と、弔堂のご主人は仰いました。

それからご主人は三枚の錦絵を平台に置き、右奥の棚から一冊の本を抜いて、将軍に手渡されました。

「この書物はご存じでしょうか」

「いや――」

「この本は、水戸藩の彰考館編修として、楠木正成伝を始めとする南朝諸臣の項などを『大日本史』に記し、後に総裁にまで登用された三宅観瀾が著した『中興鑑言』という書物です。後醍醐帝の得失を論じたものにございます」

「これを儂に」

「再会の記念にご進呈致します。お読みになるもならぬも、貴方様のご勝手。読んでどのように解釈されるかも、貴方様次第」

　そこで。

　重い扉が開き、外光が弔堂の店内に差し込みました。

　そこにはしほるさんが立っておりました。

　美童は、お倖が参りましたと言いました。

　ご主人は数数の非礼ご容赦くださいませと言って、丁寧に頭を下げられました。

　将軍は顔をくしゃくしゃにしてから姿勢を正され、こちらこそ有り難うと仰って後、

「お嬢さんにも感謝します」

　と、一礼をして店を出て行かれました。

　ご主人はずっと、人力が去るまで頭を下げていらっしゃいました。

「懐かしい人を——連れて来て貰いました」

「あの方は」

「正真正銘、乃木将軍ご本人ですよ」

気が遠くなりそうでした。

「幼名、無人様。元服されて源三と名乗られていた頃からの古いお付き合いです。お優しい方で、でも、それだけにお辛いことも多い。お気付きになりましたか塔子様」

何をでしょう。何ひとつ気付いておりません。

「あの方は」

左眼がお見えにならないのですとご主人は仰いました。

「まあ」

全く判りませんでした。

「生涯を通じてずっと——見えているように振る舞い続けていらっしゃるのです。判らぬのも当然でございましょう」

「それは何故ですの」

「失明の原因が、お母上様の過失にあるからでございます。幼い頃、お母上様が蚊帳を畳む際に、吊り輪が眼に当たって見えなくなってしまったのでございます」

「そうなのですか」

「しかしそうだと言ってしまうと、お母上様が責任を感じられてしまう、そうなれば生涯悔やまれてしまうだろうと考えられて、あの方は黙っていたのです。そしてできるだけ普通に振る舞っていらっしゃったのですよ。そのままずっと、何も語らずに暮らされたのです。凡人であったなら、お母上を責め苛んでいるところです。そんな方に、人殺しができましょうや」

だから——と、ご主人は戸口の方を見て続けられました。

「あの方は優しく賢く、また大変な勉強家なのです。古来の兵法のみならず西洋の軍略も研究されているようですし、軍人としての知識は豊富です。軍略家としては一流なのでしょうし、人望も人脈もある。でも、愚将なのです。希に見る愚将だ」

「ずっと迷っていると仰せでした」

「真ん中に情があるのですよ。決断できぬなら愚将です。しかし、或る意味であの方は誰よりも名将なのやもしれません。それは、あの方次第」

時は移ろい万物は流転致しますとご主人は仰いました。

「諸行は無常でございますよ、塔子様。花は枯れ人は老い、死ぬ。移ろうこと、変わることは世の習い。当然のことにございます。ですから、変わることを畏れては——いけません」

「はい」

やっと気付きました。

変わってしまうのが怖い――それが、百日草を見た時の気持ちなのでした。

お祖父様のことも、結婚のことも、それ自体が厭なのではないのです。単に変化を厭(いと)うていただけなのでしょう。


乃木希典中将は、その数日後に軍務に就かれましたが、すぐにまた休職され、三年近く軍隊を離れていらっしゃいました。

ところが明治三十七年、日露戦争開戦に際し再度乞われて復職、再び旅順要塞攻略の任を与えられ、彼(か)の地に赴かれたのです。日本は勝利しましたが、旅順攻囲戦だけでも一万五千人以上の死者を出したのでした。

乃木将軍が弔堂のご主人の言葉をどう受け止められたのかは判りません。

しかし死ぬな、生きてこそというご主人の言に背かれて、乃木将軍は明治天皇崩御の際、殉死なさってしまわれたのでした。

ただ、自死される直前、乃木将軍は親王様達に山鹿素行の『中朝事實(ちゅうちょうじじつ)』と、あの日ご主人が進呈した三宅観瀾の『中興鑑言』の二冊を献上され、是非とも熟読なさるよう進言されたのだそうです。果たしてどのようなおつもりであったのか、それを計ることは叶いません。

あの、大きな眼を赤くしていた泣き虫のなきと様が、果たしてどのようなお気持ちで何をして死を選ばれたのか、それは余人には決して判らないことです。しかしどうであれ、その選択は弔堂のご主人にとっては、辛い結果であったように思われます。

さて、将軍が帰られた後、松岡國男様がいらっしゃったのですが——それはまた別の話なのでございます。

探書拾弐
常世

また年が明けました。

いつになく静かなお正月でした。

夏頃から体調を崩されていたお祖父様は、師走に入ったくらいで少しだけ復調されたのですが、年末に向けてまたお倒れになり、再び床に就かれてしまったのでした。

家裡に病がちな者がいるというだけで、新春を寿ぐ気持ちは抑えられてしまいます。

況て、お祖父様は起き上がれない程にお加減が悪かったのです。おめでとうと言う声も小声になってしまいます。お父様は普段通りに振る舞っておられましたが、お母様は酷く打ち沈んだ様子でした。

そうなると、門松も注連飾りもどことなく精彩を欠いて見えてしまいます。

ずっと欠かさずに行われていたお祖父様による年頭の訓示もありませんでした。

正直に言うならば、お祖父様の訓示には毎年辟易していたのでした。

特にここ数年は、訓示というよりもお叱言に近いものでしたから、元日はどうしても気鬱になっていたのです。今年こそ婿を娶れという話になって、最後は散散に呵られるのですから堪りません。

　一年の計は元旦にありと謂います。だからこそそのお叱言なのでしょうけれど、それを聞かされる方としてみれば、年始くらいは安らかな気持ちで送らせて欲しいと思うのでした。

　でも。

それがなかったからといって安寧なお正月だったかといえば――それは違いました。

寧ろ逆で、時に暗澹たる気分にさえなったのでした。

お祖父様の容体が心配だったというのも勿論あるのです。

でも、それだけではないのです。

この一年、お祖父様のご期待には応えられなかったという自分がいて、そして今年も多分応えられないだろうという予測をしている自分がいて、それ以前に応えたくないと思っている自分もいます。

　起き上がることもままならないご様子のお祖父様に対して、何だかまるで顔向けができないような、そんな気になるのでした。

お祖父様は、跡目のご心配をされているのでしょう。

縁組みをしたくないのかといえば、それは違います。

ただ、現状お相手もいないというのにそんなことを具体的に考えることはできませんし、結婚することを前提に生きていくというのも、何だか違うように思うのでした。

勿論、そういう運びになったなら、拒む理由はありません。

自由恋愛を望んでいる訳ではないのですが、縁というのはもっと自然に結ばれるものではないかと思うからです。そうしたことは、なるようになるもので、どうにかするものではないのではないでしょうか。そんな風に構えていたのでは、縁付くことなどないのでしょうか。

それに、吾が家の場合、そもそも婿を娶ることが決定事項なのです。何処かに嫁ぐという選択肢は最初から除外されていたようなのです。

それはどうなのかと、そんな風にも思うのでした。

そんな理由なのです。

ですから、例えば殿方に傅くような旧弊な在り方が厭だとか、婦人と雖も社会進出を果たすべきだから家庭に縛られるような立場になりたくないとか、そうした大志故に縁組みを拒否しているという訳ではないのです。

もっと茫洋としているのでした。

だからこそ、背徳くもなるのだと思います。

そうした強く、高い志を持っていたのなら、ずっと気が楽だったことでしょう。

何か拠り所があるのなら、こんなに辛い気持ちになってはいなかった筈です。弁が立たずとも何か信念があれば、お祖父様にも物申せていたのかもしれません。

より呵られていたとは思うのですけれど。

対等でなくとも、通じなくとも、きちんとお話しすることさえできていたなら、僅かなりとも意思を示すことは叶っていたように思います。

意思の表示ができたなら、どんなに怒られようと詰られようと、毅然としてもいられる筈です。毅然としていられたなら、平常な心を保ててもいたのでしょうし、そうならもっと普通に、もっと素直に、お祖父様のお身体のことを案じることができるのではないでしょうか。

少なくとも、こんな暗澹たる気持ちになることはなかったでしょう。

そもそも縁談とお祖父様の体調不良とは別のお話なのですから。

そう、別のお話なのです。

お祖父様は食も細くなり、何も仰らなくなってしまいました。

お薬を差し上げても黙して嚥まれるだけです。もしかしたら声を出されるのがしんどいのかもしれません。

痩せて、萎んでしまわれました。

ずっと、ついこの間まで、質実剛健を絵に描いたような薩摩武士だったのに、もう見る影もありません。

そこが――何よりも辛いのでした。

東京辺りでは、正月は七日までで、小正月は別に祝うようです。他の家では松飾りも八日には外してしまいます。しかし吾が家では半月松を外しません。小正月は、女正月などとも呼ぶようですが、吾が家では返り正月と呼び、それが済むまではずっとお正月です。

松が取れてすぐ、かなり吃驚するお手紙が届きました。

お友達の美音子さんが、縁づかれたという報せでした。

美音子さんは、ここ数年、女医になるのだと仰っていました。性理学だか心理学だかいう耳慣れない学問に傾倒されて、学位を取るのだとか開業するのだとか――こんな言い方は失礼なのかもしれませんが、鼻息荒く仰っていたのです。

それだけではありません。

美音子さんは婦人の地位向上運動にも強い関心を抱いておられて、お会いする毎に演説を聞かされていたのです。聡明で気丈な、当世風の進歩的女性なのです。

聞かされる度、感心し、共鳴し、己の未熟さを反省したものです。

羨ましくもあり、少し嫉ましくもありました。

美音子さんのようにお父様やお祖父様に抗弁できたらと、何度思ったことでしょう。

受け売りでも良いから試してみようと思って、何度失敗ったことでしょう。

それが。

想像がつきませんでした。

美音子さんの口から、嫁ぐとか、お見合いをするとか、その手の言葉が発せられたという覚えが全くありません。寧ろ逆で、嫁がれたりお見合いをされたりするお友達がいると、その度に辛辣な言葉を発していらっしゃったように思います。お相手の品定めから始まって、結局は結婚そのものを否定されるのが常のことだったのです。

嫁がれるとは思ってもいませんでした。

そんなでしたから、報せを聞いて大いに耳を疑い、その後大いに驚いて、困惑し、それから思い直しました。

どうであっても、これはお禧いことではあるのです。

美音子さんはどちらかといえば移り気な性質もお持ちの方です。ですから、何か些細な契機があって、そうしたことに関する心境に変化が齎されたのかもしれません。

美音子さんは同時に賢明な勉強家でもありますから、もしかすると何か強い信条理念に基づかれた変節であるのかもしれません。

いいえ、ひょっとしたら熱烈な恋愛をされたのかもしれないではありませんか。色色な意味で、美音子さんは情熱的な方でもあるのです。

何であっても、祝福すべきことではあるでしょう。

色色と考え、お祝いを持って行くことにしました。

と——いっても嫁ぎ先に押しかける訳にもいかないでしょうから、ご実家の方にお伺いすることにしました。

婚礼のお祝いに行くなどと言うと、また嫌味の一つも言われるかと思ったのですけれど、お母様は何も仰いませんでした。

お母様は、年が改まってから本当に元気がないのです。

正月の行事も済んだのだから、おきねを供に連れて行けとお母様は仰いました。お断りしました。お正月が終わったのですから、寧ろそれなりに忙しい筈です。独りが良いとも思いました。

気鬱を晴らしたいという考えもあったのです。

睦月も、二十日を過ぎようという頃合いになると、流石に凧揚げや追い羽根をする子供の姿も見られなくなり、町も平素の姿に戻っていました。寒いこともなく、風も凪いでいて、やけに安穏とした様子なのでした。

鈍鈍と歩いていると、自転車に乗った人が追い越して行きました。

何と速いのでしょう。

昨今、自転車が流行しているのです。

街中でも能く見かけるようになりました。

昨年不忍池で行われた自転車競走運動会は、それは盛大だったと聞きます。

本競走の他にも、お子様達の少年競走、傘を差したまま走る傘持競走、提燈（ちょうちん）を掲げたまま走る提燈競走、余興は手踊り道成寺（どうじょうじ）の仮装乗りだったそうです。

見物しに行きたかったのですけれど、お父様に女の観（み）るものではないと止められてしまいました。

慥（たし）かに自転車はご婦人の乗るものではないのかもしれませんが、観るのも駄目というのはいったいどういうことでしょう。観れば乗りたくなる、乗りたいと言い出す娘だとでもお考えだったのでしょうか。興味がない訳ではありませんが、乗りたいなどと考えたことは一度もありませんし、またあんなものに乗れる筈もないのです。もし乗れたとしても、自転車に乗って行く先などないのです。

ずっと、家にいるのですから。

せめて見物するくらいは良いだろうとそう強く思ったのでしたが、お祖父様のこともありましたので我慢したのでした。もし出掛けていたとしても、浮かれた気分にはなれなかったでしょうし。

自転車は見る間に視界から消えました。

颯爽（さっそう）としています。

寸暇見蕩（ちょっとみと）れて、足を止めました。

その時はもう、影も形もなかったのですが。

美音子さんのご実家はお医者様です。

菅沼醫院(いいん)という看板が掲げられています。

表は洋風の構えなのですが、裏手のお住まいの方は和風の建物で、そちらに回るとお庭に美音子さんのお母様がいらっしゃいました。

美音子さんのお母様はあらまあと声を上げられました。

お祝いを持って来た旨を告げますと、莞爾(にこにこ)と微笑(ほほえ)まれたのですが——。

どういう訳かそのお貌(かお)には、微(かす)かな翳(かげ)りが見て取れたのです。

娘が嫁いだというのにこんなお顔をされるものでしょうか。もしかしたらお淋(さみ)しいのかもしれません。どことなく困っているような、不安そうな表情にも受け取れました。

何となく直視できなくて、少し上の方に視軸を逸(そ)らしました。

梅が迚(とて)も綺麗(きれい)でした。

まだ蕾(つぼみ)も多く、二分咲きくらいでしょうか。

それがまた初初(ういうい)しいのでした。満開より好きなのです。

満開になってしまえば、後は散るだけです。これから散る相より、これから咲く相の方が良いに決まっているではありませんか。

蕾にはこれから生まれる命の息吹が詰まっています。

幾分早咲きですのよと美音子さんのお母様は仰いました。

上ってお茶でもと勧められましたが固辞しました。突然の訪問はご迷惑でしょう。美音子さんのお相手は軍人さんで、しかもお見合いだったのだそうです。少し意外でした。てっきり自由恋愛かと、その時は勝手に思い込んでいたのです。お幸せになってとお伝えくださいませと申し上げますと、そうなると良いですねえと美音子さんのお母様は、また淋しそうに笑われました。

少し含みのあるような仰り方でした。お話をしている間、ずっと梅を見ていたように思います。なるべく丁寧にご挨拶をして、その場を辞しました。辞してから、気がついたのでした。ご伴侶が軍人さんだから、美音子さんのお母様は不安になられているのではないのでしょうか。きっと、行く先をご案じになっていらっしゃるのです。露西亜と戦争をするとかしないとか、最近はそんな話を能く耳にします。どこか他人ごとで、まるで余所の国のお話のように聞いていましたが、そんなことはないのでしょう。戦争になったとしても、戦い自体は遠くで起きるのだと思います。けれども、軍人さんはそこに赴いて、戦われるのです。

他人ごとではないのでしょう。身内に軍人さんがいるのであれば、余計にそうでしょう。

我が身に置き換えて考えてみました。

お父様が軍人だったら――。

実感はどうしても持てないのですが、矢張り辛いだろうと思いました。

戦争は命の遣り取りです。殺されなくても、殺すのでしょう。出征してしまえば殺し合いになるのです。無事で生きて帰ったとしても素直に良かったと思えるでしょうか。

そこは判りません。

それは即ち、敵国の兵隊を殺して来たということなのでしょうし。

戦は愚策だという、弔堂のご主人の言葉を思い出します。

一人でも兵隊が死ねば、勝っても負け戦なのだと仰っていたと思います。

戦争は、しなければいけないものなのでしょうか。偉い方方がお決めになることなのですから、何か退っ引きならない事情もあるのでしょう。思うに余程のことなのでしょう。そうでなければ、殺し合いなどする訳もありません。

駄目だなあと、そう思いました。

何も知らないのです。

当たり前のことなのですが――まるで社会に貢献できていません。同じく、自立もできていません。

近代婦人としては半人前です。

いいえ、婦人が社会参加しようとするならば、殿方の何倍も勉強をしなければいけないのでしょうし、主張し、運動し、活動しなくてはいけないのでしょう。せめて参政権くらいは勝ち取らなくては、何もできはしないのだと、そう心得てはいます。

自分は、何もしていません。きちんと考えてもいません。

ただ、深く考えることもせずに昔乍らの在り方に反発してみたり、自由という聞こえの良い言葉を隠れ蓑にした我が儘を通そうとしているだけです。

何方かに従っているつもりはありませんし、支配されていることもないと思うのですが。ただ、無為に、諾諾と暮らしているだけではあるのです。

こんな時は——。

ほうと大きな溜め息を吐きました。

そう、弔堂のことを思い浮かべたのですけれど。

打ち消しました。

いけません。

弔堂がいけない訳ではありません。いけないのは自分なのです。

ここ暫くの読書は、ただ目の前の諸事から目を逸らすだけの行いになってしまっているように思えます。

本を読むのは素晴しいことです。

でも。

お祖父様が床に臥しているというのに。

もしかしたら戦争が始まるかもしれないというのに。

美音子さんのお母様は、娘の婚礼という人生の慶事にあたっても、不安を隠せないでいらっしゃいます。そう、それが当たり前なのだと思います。

不安なのです。

誰でも不安からは逃れたいでしょう。

でも、目を逸らしたところで何も変わりはしません。

見直せば不安はそこにあるのです。ずっとあり続けるのです。原因を取り除かない限り、不安は永遠に不安のままです。

だからといって、何ができる訳でもないのですけれど。

いいえ、何かできることはあるでしょうが、どうしたらいいのか判らないのです。

それよりも。

本を逃げ場にするのはどうなのでしょうか。

逃避のために通ったりしたのでは、ご主人にも、そしてあの万巻の書にも、失礼な気がしたのです。

見慣れた石橋の横で立ち止まります。

お堀沿いにも梅の樹が並んでいます。

咲いている樹は殆どありません。未だ早いのです。

蕾はついているようです。綻び始めている樹もありました。

ひと際綺麗な紅梅の下まで進んで、下から花を見上げてみました。

蕾越しに白い冬空を眺めてもう一度溜め息を吐くと、息が空よりも白く見えました。

そして、もっと白いものが目に飛び込んできました。

白装束の二人連れでした。

大人と、子供でしょうか。

どこか異様な、奇妙な感じがしました。

別に、白装束が見慣れないものという訳ではありません。お葬式の時などは、皆白装束になります。その昔お葬式は日が暮れてから行うのが普通だったようですが、最近では昼日中の葬列も珍しいものではありません。ですからまったく見掛けないという訳でもありません。

しかしその人達が奇異に見えたのは、そんな理由からではなかったのです。

それは、知った人でした。

驚いたことに——。

それは弔堂のご主人と丁稚のしほるさんだったのです。

しほるさんはお遣いに出掛けたり、お店の前のお掃除をしたりしてもおられますけれど、ご主人を店の外でお見掛けしたのは初めてのことでした。

考えてみれば、ご主人もしほるさんも平素から白い着流し姿なのでした。つまりいつもと変わらない出で立ちなのです。

ご主人は目敏くすぐに気づかれたようでした。

「これは塔子様」

ご主人は、こちらに近寄って来られました。

梅の咲き綻ぶ陽の光の下で、この方のお姿を目にする日が来ようとは、いったい誰に想像できたことでしょう。

二人は揃って低頭されました。

「何かあったのですか」

「ええ」

顔を上げられます。

この人はこんなお顔だったでしょうか。

慥かに知った顔なのですが、何故か見覚えがありません。不思議です。

「氷川のご老体が、お亡くなりになったのです」

ご主人はそう仰いました。

「氷川の――と仰いますと」

「勝安芳様でございます」

「え――」

それは、記憶が慥かなら、枢密顧問官であらせられた勝海舟様の別名です。

そういえば塔子様も一度お会いになっていらっしゃいますねとご主人は仰いました。

「ええ。でも」

「突然のことで少し慌てました」

ご主人は眼を細められました。

「昨日、風呂上がりに葡萄地酒をお飲みになり、その後に昏倒されたのだそうです。そしてそのまま――実に呆気なく逝かれてしまわれましたよ」

しほるさんも下を向かれています。

嘘や冗談ではないのでしょう。

そんな嘘を吐く理由もありませんでしょうし、そんな不謹慎な冗談を言う人もいないでしょう。

それなら、真実なのです。

品の良い顔立ちの、白髪の紳士を思い出します。

その方も、またあの書物の墓場にいらっしゃったのです。

「報せを受けてすぐに駆けつけたのでございますが、もういけないご様子でした。御前はずっと昏睡されていて――それでも偶に何か仰るのですよ。私には判りませんでしたが。でも、最期のお言葉だけは何となく聞き取れました」

「何と仰せだったのです」

「それが」

これでお終い――。

「はあ」

少し、気が抜けてしまいました。

「そう仰ったのですか」

「はい。これでお終いと、そう仰せになりました」

「おしまい、ですか」

「何ともはや潔い、御前らしいお最期と申しますか――いや、聞きように依っては巫山戯た人生の幕引きでございましょうね」

ご主人は頰を緩められました。

「それでは、今日はお葬式だったのでしょうか」

ご葬儀は五日後ですとしほるさんが言いました。

「お偉い方ですものねえ」

新聞などにも載るのでしょうか。

「それがまた、献花、放鳥一切お断り、会葬者への振る舞い弁当も、葬儀を報せる広告も、何もかも止せというご遺言でございましてね」

ご遺族も困っておられましたよと言ってご主人は今度は苦笑されました。

「最後の最後まで型通りには行かぬ御仁でございますなあ。まあ、葬式は慎ましく済ませて、浮いた金を赤坂の貧民に分け与えよと言うことなのですが」

「それは、何といいますか」

慈悲深いお心です。

でも難しいのではないでしょうかと、ご主人は仰いました。

「まあ、あれだけのお方ですから、報じぬ訳にも参りますまい。参列される人も百や二百ではありませんでしょう。いや、何千と集まるでしょう」

勝様は身分も高く、ご人徳もあるご立派なお方です。盛大なお葬式になるのは無理もないことでしょう。そう申し上げますと、そういうことはあまり関係ありますまい、とご主人は仰せになりました。

「いや、まるで関係ないということもないのでございましょうけれど——あの方は世間が広うございますするから」

あの世も多いのでございますとご主人は仰いました。

意味が能（よ）く解（わか）りませんでした。

「いずれにしましても、旧知の方とお会いできなくなるというのは、淋しいものでございますよ。私も、昔は幾許（いくばく）か修行めいたことも致しましたし、今も世俗を離れ半ば隠遁（いんとん）している世棄人（よすてびと）ではありますけれども、こればかりは如何（いかん）とも為難（しがた）いものでございますなあ」

　ご主人のような方でも――これはやや失礼な言い方なのかもしれませんけれど――そうなのでしょうか。

　そうお尋（き）きしますと、ご主人は気を悪くするでもなく、勿論でございますよとお答えになりました。

「人は必ず死にまする」

「ええ」

「それは、どうであれ受け入れなくてはなりますまい。凡百（あらゆる）者に平等に訪れるのが死というものです。徒（いたずら）に畏（おそ）れても、避けようとしても仕様がないものでございます。それぞれの生を尊重し、関わった者が記憶に留（とど）める、これこそが供養と心得ます。だからこそ、私はあの、書物という墓碑を建て並べ、それが失われぬように墓守を致しておる次第。ただ――」

　ご主人は紅梅を見上げられました。

「ひとつだけ確かなことは、亡くなった方とは、もう二度と、生きた姿では会えないということでございます」

「二度と」

「ええ。氷川の御前との想い出は、私の中にいつまでも残りましょうし、それは折節に思い出すことができましょう。思い出す度に、私はかのお方の幽霊を観ることができましょう。しかし幽霊は」

生きてはおりません。

「もう、あの方の威勢の良い啖呵は、二度とこの耳で聞くことが叶わないのでございますよ。それは、矢張り淋しゅうございます」

ご主人は上を向いたまま、本当に淋しそうな顔をされました。

「幽霊にならいつでも会えましょうが」

「会えるの――ですか」

何かと想い出が多いのでとご主人は仰いました。

お付き合いが長いのでしょう。

「それよりも塔子様はどうなさいました」

「ええ」

何でもありませんのと、適当にお答えしました。

思えば、美音子さんとお会いして、その勇ましい演説をお聞きしたその日に、勝様とお会いしたのではなかったでしょうか。

どんなお話をなさっていたのでしたか。

お顔や佇まいならば何となく思い出せるのですが、それ以外のことに就いては明瞭には思い出せません。お声の調子や、身形に似わない伝法な口調などは覚えているのですけれど、果たして何を仰っていらしたのかが、思い出せないのでした。慥か、催眠術は虚か実かというようなことをお話しになっていらしたと思うのですが。

そして――お声も掛けて戴いたと思うのですが。

「わたくしは――きっと勝様の幽霊は観られませんわ」

そんなことはございませんよとご主人は静かに仰って、それから少しだけ微笑まれました。

「それではこれで失礼致します。またお寄りくださいませ」

ご主人は深深と低頭されて、石橋を渡って行かれました。

しほるさんも、いつもは軽口のひとつも叩くのですが、無言で後に従いました。

その背中が見えなくなるまで眺め、それからまた梅を見上げました。

紅い、小さな蕾です。

芽吹いたばかりの、花の予兆です。

見蕩れていた訳ではないのです。忘我に近かったように思います。梅の紅に、空の白に、葉の翠。そうした色が渾然となって、何を観ているのかも判らなくなってしまいました。

自転車が二台ばかり横を通り過ぎ、それで漸く我に返ったのでした。

梅の花は、変わらず梅の花でした。

梅は綺麗でしたが、すっかり体が冷えてしまいました。

梅が。

桜に変わる頃。

お祖父様は逝ってしまわれました。

結局、お叱言を聞くことはできませんでした。お祖父様は殆ど声を発することなく春を過ごされ、そして静かに息を引き取られたのでした。

亡くなられた日。

お祖父様の枕元に座って、お薬を差し上げようとお身体を起こした時。

お祖父様に手を握られました。

何か、伝えたいことがおありだったのでしょうか。それとも何方かとお間違えになったのでしょうか。

そうなのかもしれません。

お祖父様の眼はその時、殆ど閉じられていたのですから。

かさかさとした乾いた感触だけは、どうしても忘れられません。でも、それにどんな意味があるのかは、判りませんでした。

ただ、涙が涌いて出ました。

その涙はいつまでも止まらず、大層困ったのでした。

悲しかった筈はありません。

その時は、お祖父様が亡くなるなどとは思ってはいないのですから。

その日の夕方。

お祖父様は眠るようにお亡くなりになったのでした。

どういう訳か、泣けませんでした。

涙が出尽くしてしまったのでしょうか。

何となく、自分が欠けてしまったような落ち着かない気分になって、ただ妄としていた気がします。

お葬式のことは何も覚えておりません。

それが果たして薩摩式の葬礼だったのか、そうでなかったのか、それさえも判りませんでした。そんなものは別にないのかもしれません。宗旨が一緒ならば関東式も薩摩式も一緒なのかもしれず、それさえも知らなかったのです。

何も知りません。

学校で何を学んだのでしょう。

毎日、毎日、机に向かい、先生のお話を聞き、それなりに考えもしました。

あれはいったい何だったのでしょう。何の意味もなかったのかもしれません。お父様は婦女子の就学は花嫁修業の一環だと仰いました。そんなことはないと、幾度も反発したものです。

いいえ——そういえば、お祖父様は学ぶこと自体に随分反対されていたのです。

もう、何もかも能く判らなくなってしまいました。

今となってはお母様の仰ったように、お見合いをして、早く婿を娶って跡継ぎを産んでいれば良かったのかもしれないと、そんな風にも思うのでした。

拒む理由などはなかったのですから。

高い志も強い信念も、何もなかったのですから。

そうできていたならば、少なくともお祖父様はお喜びになったのでしょう。生きているうちに喜ぶ顔が見られたことでしょう。

でも。

自分の人生は自分のもので、自分のためにあるものだと——他人のために自分を犠牲にすることなどはないのだと、いつか何方かが仰っていました。

仰ったのは美音子さんでしたでしょうか。それとも、平塚ハルさんのお手紙に書いてあったのでしょうか。

それはそうだと思います。

仮令肉親と雖も自分でないということには違いなく、そういう意味では肉親もまた他者なのでしょう。しかし他者のために何かしてあげたいという気持ちも、ないのかといえば嘘になります。

無理に我慢をすることはないでしょう。

でも我慢がしたいのなら、してもいいのではないでしょうか。それが自分の望む我慢なのであれば、我慢しないことは寧ろ、我慢していることになってしまうのではないのでしょうか。

本当に、判らなくなってしまいました。

判らないまま日を過ごし、気がつくと半年も経っておりました。

お母様も口煩いことを一切言わなくなり、お喋りだったおきねさんの口数もうんと減って、家の中は火の消えたようになってしまいました。

部屋に閉じ籠りがちになって、夏はずっと家で過ごしました。秋になった時分から少しは出歩くようになりましたが、散歩やお遣い程度で、出掛けてもすぐに戻り、後は奥向きのお手伝いなどをして粛粛と日日を送りました。

それは——もしもお祖父様が生きていらしたならお褒め戴けるような暮らし振りではあったでしょう。尤もお祖父様のことが念頭にあってそうしていたという訳ではありません。そんなつもりは毛頭なくて、何となくそうなってしまったというだけなのですけれども。

そしてまた、年が明けました。

喪中ですから、お正月のお祝いもございませんでした。お祖父様の役割を受け継いだ筈のお父様からも訓示などはなく、お年始の挨拶回りもしませんでした。お友達の家に喚ばれて歌佳留多で遊ぶようなこともありませんでした。

減り張りのない年頭だったのです。

でも。

矢張り小正月が過ぎた頃のことでしょうか。お買物の途中で、ふと。

梅の花が目に入ったのでした。

紅が迚も目に染みました。

何だか、懐かしい気になりました。そして思い出したのです。

最初に思い出されたのは、文字の列でした。それからインクの匂いでした。そして洋紙の手触りでした。

思い出したのは。

本――でした。

そして、読書によって齎(もたら)された様様な想いでした。

思えば丸一年、ご本を読んでいません。買い求めた本も、箱に詰めて押し入れの奥に仕舞っています。見付からないように隠したのでしたが、自分で見つけることもしたくなくなっていたのです。

どこか遠くに、何か大きな忘れ物をして来たような、心の細る気分になりました。

紅梅の下に。

そう、丁度一年前。

そこに、弔堂のご主人がいらっしゃったのです。だから思い出したのでしょう。

忘れていたのです。何もかも。

家に帰っても落ち着きませんでした。

でも、押し入れの奥を探って本を出す気にもなりませんでした。引っ張り出して眺めても仕様がありません。再読することもないでしょう。

それ以前に。

お祖父様の顔が脳裏に浮かびます。

生前、お祖父様は婦女子が本を読むことを甚(いた)く嫌っていらっしゃったのです。お祖父様の目から逃れるために、本は押し入れの奥に隠されたのです。

お祖父様が亡くなってしまった今は、隠す意味はないのかもしれません。禁止していた方が最早（もはや）この世にいらっしゃらないのですから、堂堂と読めるだろうと——そういう意味ではありません。幾ら隠したところで、亡くなられた方を謀（たばか）ることはできないだろうと、そう思うからです。

凡（すべ）てお見通しなのでしょう。

やがて桜が咲いて、一周忌の法要が執（と）り行われました。それは細（ささ）やかなものではあったのですが、それなりに人も集まり、慎ましやかに終えることができました。

ちょっとだけ、泣きました。

お母様も少し落ち着いたようでした。

そして、どうしても、本が読みたくなりました。

桜の散り舞う花弁と、その芳香が、何かを喚起したのでしょうか。

それもあるのでしょう。

しかし、何より。

お寺に向かう一本道の途中。

樹樹に囲まれた奇妙な建物。

そうです。

そこに弔堂があるのです。

但し、行きも帰りも、その威容を確認することはできませんでした。彼の建物はともすると見逃してしまうのです。景色に紛れてしまうのです。でも。

そこにあるのです。

暫くは堪えていたのでした。しかし、法要の余韻も薄れ、桜花が葉桜に変わり始める頃。

黙って家を出ました。

民家商家を抜けて、大きな坂道までは休まず一気に歩を進めましたが、坂下に出ると足が止まりました。

坂上を見ます。

坂は広くて、ゆるゆるとしています。

そういえば、いつもここで足が止まっていたのです。この先に、どうしても踏み出せず、ここから何度も引き返しました。

一昨昨年の、秋でしたでしょうか。

随分昔のように思えてしまいます。

止まった足を無理に前に出しました。

坂を登ります。ゆっくりと。

坂下の街の方から、自転車に乗った年配の人が現れて、坂を登って来ました。

ふう、ふうと荒い息をしています。

すぐにも追い越されてしまうと思ったのですが、そうでもなくて、自転車乗りは暫くの間横を走っていました。走るといっても歩いているこちらと速さは変わらないのですから、この場合は何と言えば良いのでしょう。

当たり前のことですが、自転車だから速いとは限らないのだなと想いました。坂道は漕ぐのが大変なのでしょう。

以前、玩具屋(おもちゃや)さんだった建物の前で、自転車は勢いをつけ、やっとこ追い越して行きました。

でも、暫くその背中は見え続けていました。

坂上を越えた自転車が見えなくなるまで立ち止まっていました。

そこは丁度、弔堂のある径(こみち)に至る前の小さな横道の入り口でした。その道は畑に行くための小石道で、行き止まりです。

ふと目を遣ると。

行き止まりの道の半ばに、人が立っているのでした。何処(どこ)か見覚えのある立ち姿でした。

目を凝らして能(よ)く見ると、それは帝國大學の松岡國男さんのようでした。

小石道を行くと、松岡さんもこちらに気がつかれたようでした。

ありません。

仰天したというお顔です。でも、松岡さんが驚かれたところなど、多分見たことが
声をお掛けすると、松岡さんは珍しく眼を円くされて、一瞬息を呑まれました。

「松岡さん」

「塔子――さんですか」

矢張り驚かれていたようです。こちらが狼狽してしまいました。

「随分久し振りな気がしますが」

「はい」

ご無沙汰していますと申し上げました。

多分、一年半近くお会いしてはいない筈です。

「そんなになりますか」

松岡さんは顔を横に向けられました。そして、

「此処は、塔子さんと初めてお会いした場所ですね」

と仰いました。

松岡さんの視線の先には、まだ芽を吹いたばかりの芙蓉が植えられていました。

そういえばそうなのです。ここで、芙蓉の花を見ていたのです。あの時はどこかお化
けのような花を、無為に眺めていたのです。

あの時は――。

お祖父様とお父様が、婿を娶るか、嫁に出して養子を迎えるかという議論を延延とされていて、そのうえ当人をそっち退けで大喧嘩になって――結局、双方から叩られ、揚げ句お母様からも詰られ、それで家を飛び出したのでした。

松岡さんは、どういう訳か、迚も淋しそうに見えました。

「塔子さんは弔堂に行かれるのですか」

「いえ、その」

もう一年以上行っていませんと申し上げました。

「そうでしたか。お見掛けしないと思ってはいたのですが、何かご事情でもあったのでしょうか」

「身内に不幸がありましたもので」

「ご不幸――ですか」

そうですかと言って、松岡さんは眉を顰められました。

「祖父が先年亡くなったのです」

「あの、薩摩武士でいらしたという」

ええとお答えしました。

しかし。

考えるまでもなく、それは一年以上も弔堂に足を向けなかったことに対する理由にはなっていません。

しかし松岡さんは、そうですかそれでは仕方がないですねと仰いました。

「今日こそ行こうかとここまで来て、それで何だか気後れしてしまって。どうも、敷居が高くなってしまったようです」

お気持ちは解りますよと松岡さんは仰いました。

「松岡さんは」

「私も同じです」

「同じと仰いますと」

「今日は行けない気がしていました」

「まあ」

松岡さんこそ何かあったのでしょうか。

そうとしか思えません。

知っている松岡さんは、このような応対をされる方ではありません。尤も数箇月に一度、弔堂でお会いするだけの間柄だったのですから、知っているという程知ってはいないのですが。

それでも、違うものは違うのです。

この一年半の間に、何か変事があったということなのでしょうか。

はっきりと仰らないのですから、あまり言いたくないことなのかもしれません。ならば、お尋きするのは止(よ)した方が良いのでしょう。

そんなことを思っておりました。

松岡さんは大きく息を吸われました。それからこちらを向かれて、眼を伏せ、息を吐かれました。

「これも何かの思(おぼ)し召(め)しなんでしょうか。いや——実は、私の方にも不幸があったのですよ」

「え——」

松岡さんは切れ長の眼を細め、頬を攣(つ)らせました。

微笑んだおつもりなのかもしれませんが、悲しそうに見えました。

「ご家族ですか」

「いえ、違います」

関係のない人ですと松岡さんは暗い顔で仰って、それを吹っ切るように、

「それでは弔堂に参りましょうか」

と続けられました。

「宜(よろ)しいのですか」

「行くつもりで来たのですから。ただ途中で足が止まって、それで思案を巡らせているうちにここに迷い込み、ただ立っていました。そこに偶然塔子さんがいらっしゃるというのも、まあ奇縁と思いましょう。何より、この場所から弔堂へと私を導いてくださったのは、塔子さんですから」

「それは、わたくしにしても同じことです」

弔堂に向かう途中、どうしても先に進めずに躊躇していたところ、背中を押してくださったのは松岡さんだったのです。

小石道から坂道に出て少し登り、お寺へと続く径を進みます。

松岡さんは顔を空に向けて、眩しそうに歩いています。

そして突然に、

「真昼に星を見たことがありますか」

と、松岡さんは仰いました。

「そんな――いいえ、それは」

無理ではありませんか、と申し上げました。

「無理でしょうね。でも、私は見たことがあるのですよ」

「星だったのですか」

「さあ」

星の幽霊でしょうかと松岡さんは仰いました。

「ひとつ、ぽつんとあったのですか」

「いいえ」

松岡さんは少し顔を傾けて、

「あの辺り。いや、陽の高さが違うからもう少しあちらかな。そこに、沢山の星が輝いていたのです」

示された先はただの白い空でした。

「日輪から——十五度ばかりずれていた。能く覚えていますよ。そうだ、鵯が飛んでいた」

「まあ」

でも。

「輝くというなら、それは光ではありませんか。星は光の粒のようなものですわ」

「光ですね」

「白昼は光が満ちていますわ。その中に光を投じても見えませんでしょう。昼に瓦斯燈を点けても、点けたことは判らないのではありませんか」

そうですねえと松岡さんは上の空のような返事をされました。

「それこそ雪に白鷺闇夜に鴉ですね」

慥かに見える道理はないと松岡さんは仰いました。

「幻覚なのでしょうね。その時私は、迚も不敬な行いをしていた。祠を暴くような悪さをしていたんです」

「祠を――ですの」

「はい。罰が当たるとか、祟りがあるとかそんなことは迷信だと思っていた。まあそれは迷信でしょう。でも頭の隅に、何か背徳い気持ちが僅かばかりあったのかもしれませんね。だからそんな幻視をしてしまったのかもしれない。神経に変調を来していたのでしょうか」

見える道理はないですねと松岡さんは繰り返されました。

「いいえ。見えないと言っているのではありませんの。見えたとして、どのように見えたのでしょう。星の光は白い点です。今日などは、空が白くって」

真っ白で。

「真っ青な空だったのです」

「それなら」

見えるのかもしれません。

そう申し上げると、松岡さんはそうですねと言って、何故か安堵されたように表情を和らげたのでした。

弔堂の前ではしほるさんがお店の前に降り積もった桜の花弁の掃き掃除をしていらっしゃいました。

意識したことはありませんでしたが、建物の背後には桜の樹も沢山生(は)えていたようです。

しほるさんはこちらに顔を向けると、小さく口を開けたまま、何も言わずに看板代わりの簾(すだれ)を潜(くぐ)って入り口の戸を開け、ご主人ご主人と声を上げました。それからこちらに振り返り、

「いらっしゃいませ」

と言いました。

「まあ」

何だか失礼な感じがしますわと、横を向いて言いました。

「おや、これは礼を欠く仕種(しぐさ)ということではないのです。余りお久し振りでしたので驚愕(きょうがく)してしまった末の有り様ですよ。松岡様も今年初めてですし、塔子さんに至っては、もう随分と――」

これ撓(しほる)、という声が聞こえました。

「お客様をお相手に軽口を叩くのは止(よ)しなさい」

簾の奥にご主人の姿が覗(のぞ)きました。

覗いたといっても弔と書かれた半紙に殆どが隠されていたのですけれど。しほるさんは簾を捲り、さあお入りくださいましと言いました。松岡さんに先をお譲りしました。

店の裡は。

まるで、時が止まっているかのように静やかでした。堆く、且つ整然と居並ぶ万巻の書。それを仄かに照らし出す数十本に及ぶ和蠟燭の柔らかい燈。遠い天窓から差し込む淡い光。

何一つ変わっていません。

いいえ、本の配置などは変わっているのでしょう。でも、一定量を超えてしまうと一冊一冊の個性は埋もれてしまい、総体としてしか捉えられなくなるのです。

店内には見覚えのある椅子が二つ、既に並べられておりました。

「ようこそいらっしゃいました」

ご主人は丁寧に頭を下げられました。以前と全く同じです。

「塔子様とは、慥か勝義邦様が鬼籍に入られた際に、紅梅の下でお会いしたきりでございましたか。もう、一年以上になりまするな」

「ええ」

「お祖父様はお気の毒でした」

「ご存じでしたか」

「はい」

改めてお悔やみを申し上げますとご主人は仰いました。

「松岡様には、昨年末にご注文戴きましたご本のご用意が整っております。新渡戸稲造（にとべいなぞう）様が亜米利加（アメリカ）で出版された『Bushido : The Soul of Japan, An Exposition of Japanese Thought』をご所望でしたな」

「ああ」

松岡さんは生返事をされました。

気が向いておられないようです。何だか居た堪らなくなったので、ぶしどうですかとお尋きしました。

「はい。武士の道――武士道です。邦人が英文で綴（つづ）ったもの。この国の文化に就いて記した本でございます。新渡戸様は、基督友会徒（キリストゆうかいと）でいらっしゃいますし、英語も堪能でいらっしゃいますから、英語圏の方にも通じ易（やす）いかと」

「それは、日本語を英訳したものではないのですか」

「最初から英文で綴られたものです。邦訳はすぐには出ないでしょう。名著ではございましょうが――訳されたなら異論や批判も出るかもしれませぬが」

「間違っているのですか」

「いいえ。新渡戸様のお人柄が出ているのでございますよ。解釈は人それぞれ。同じものを別なものとして見る方もいらっしゃいましょうし、時に一部の方方にとっては、都合の悪い解釈となる場合もございましょう。松岡様の言われる、わたしという膜を通してしまうからでございます」

松岡さんはそうですかと小声で仰いました。覇気がありません。言葉の端に垣間見られた、あの怜悧さも感じられません。

「それから」

ご主人は横の平台の上に載せられていた雑誌を何冊か手に取られました。

「昨年末にお話し致しました、例の御仁の論文が掲載されております『Nature』誌を集めてみました。全部ではないものと思われますが、取り敢えず七冊程確認できたものですから」

「例の――というと、慥か英国の」

松岡さんは顔を上げ、口許に右手の人差指を当てられて、変わった名前の方ですよねと仰いました。

「ええ。大英博物館の日本書籍目録編纂に協力されていた、南方熊楠様です」

「協力されていた、ということは、大英博物館に務められていた――訳ではないのですか。お辞めになったということなのでしょうか」

「正式に就職されていた訳ではなかったようです。英国人の日本文化に対する知識が余りにも拙いと指摘し、その指摘が適確だったため、協力者として臨時に雇われていたということのようです」

「それでも大したものです」

「ええ。ただ、どうやら出入り差し止め処分になられると聞いております。矢張り一昨年の暴力沙汰はいけませんでした。いえ、まあ、懲りずにまたお殴りになったのだそうですが」

「暴力的な人なのですか」

「豪放磊落と申しますか、天衣無縫と申しますか、博覧強記で洞察力も深く、魅力ある人物でいらっしゃいますが、筋の通らないことはお嫌いなのでございましょう。理屈が通じないと我慢ができなくなるのです」

「しかし腕力に訴えるというのは――」

「そこはまあ、困ったものです」

「慥か語学も堪能な方だとお聞きした記憶がありますが」

「十数箇国語に通じていらっしゃるようです。どうも、東洋人というだけで蔑まれるのがお気に召さなかったようです。義憤に駆られたと申しますか」

そうですかと言って松岡さんは黙ってしまわれました。

「私も一度お目に掛かっただけですが、僅かな時間に多くの知見を戴きました。不世出の賢人かと存じます。しかし大英博物館出入り差し止めになってしまいますと、職も失うことになってしまわれるのでしょうし、ならば遠からずご帰国になられるかもしれません。ご帰国された暁には松岡様も一度お会いになられてみては如何でしょうか」

ええ、と松岡さんは気のないお返事をしただけでした。

「いや、ご主人にお願いして入手できぬ本はない。もう四月も経ちますから、お取り寄せ戴いているのだろうとは思っていたのですが、申し訳ない。どうしても足が向きませんでした」

全部でお幾価でしょうと松岡さんは仰いました。ご主人は答えず、松岡さんの顔を見詰められました。

「どうなさいました」

松岡さんは答えず、ご主人は少し身を屈められました。

「いや」

「もしかすると——真逆、イネ様の御身に何かあったのでございますか」

松岡さんは顎を引き、ご自分の膝頭を睨むようにして、

「死にました」

と、仰いました。

ご主人は息を呑み、

「お亡くなりに――なられたのですか」

と仰いました。

丁度お茶をお盆に載せて運んで来たところだったしほるさんも、足を止め、動かなくなってしまいました。

「先月、逝ってしまいました。まだ十八でした」

「それは」

知らぬこととはいえ大層失礼を致しましたと、ご主人は頭を垂れられました。

「心よりお悔やみを申し上げます」

「いや、ご主人には関係のないことですよ。と、いうよりも、これは私にも関係がないことなのです。疾うに諦めていたのです。ならば他人ですからね」

人は皆他人ですとご主人は仰いました。

松岡さんは、亡くなったのは関係がない人だと、先程も仰せでした。

しかし、それは、もしや。

松岡さんはこちらに顔を向けられて、お察しの通りですよ塔子さんと仰いました。

「イネ子は、嘗て私の想い人――だった人です」

「嘗て、なのですか」

「ええ。深く想い慕い、二世（にせ）を誓おうとも考えましたが、凡ては私の夢想です。幾度も幾度も諦めようと努め、忘れようと努めた。ですから」

　無理をされることはございませんとご主人は松岡さんの言葉を遮（さえぎ）られました。

「無理などは」

「松岡様が迷われ、苦しまれ、決断されたことは承知しております。しかしイネ様はお亡くなりになったのでしょう。せめてこの場所では、ご自分に素直になられては如何（いかが）でしょうか」

「素直――ですか」

「執着と申しますものは、中中に断ち切れぬものでございますよ。それは隠したところで隠し切れるものではございませんし、隠せたところで滅却できるものでもございますまい。此処は」

　ご主人は姿勢を正されました。

「既に罔（な）くなってしまった過去（むかし）を、数多（あまた）の知見を、凡百（あらゆる）執着を記した墓碑を納める霊（れい）廟（びょう）でございますぞ」

「いや、だが」

「この霊廟には」

　松岡様の新体詩も納められておりましょうとご主人は言われました。

「ああ」

　松岡さんの太い眉が歪みます。

　右手で目頭を覆われます。

「あの人は」

「松岡さん――」

「新体詩人松岡國男様の詩は、恋の詩でございます。それは普く、イネ様に捧げられた詩だったのでございましょう」

　松岡さんは右手を口許まで下ろし、暫くは無言でいらっしゃいましたが、やがて、ええそうですと、小声でお答えになりました。

「そうです。私の詩作は悉く個人的な感情の発露に過ぎません。技巧もない。普遍的なものに昇華されている訳でもない。作品とは呼べない。浪漫派だの叙情的だのと持て囃されるのはお門違いです。あれはただの、恋文ですよ」

「恋文――ですか」

「ええ。しかも、己の真情を綴り直接相手に渡す、所謂手紙ではない。新体詩などというものに偽装し、世間一般に向けて発表するという、迂遠な形でしか表すことのできなかった、屈折した恋文ですよ」

　無意味ですと松岡さんは言いました。

「いや、私にとっては意味があったのかもしれない。私にとってのみ、意味はあったのでしょう。正直に言うなら、何だかんだと持て囃され持ち上げられて、最初のうちは嬉しくないこともなかったですよ。自己満足の域を出ぬ駄文を書き散らし、それで文学者気取りができたのですから、それはそれでいい」

いや、承知していますと松岡さんはご主人が口を挟むことを妨げられました。

「どんな意図で書かれたものでも、発表された段階でその価値は読み手に委ねられるものなのでしょう。以前、ご主人がそういうことを仰っていたように思うが、それもまあ理解できますよ。誰か別の人が何か他の意図で読み解き、そして何某かの感想を得たのであれば、それはそれ、その人にとっては幾許かの価値があったということなのでしょう。それは仮令作者と雖も否定できないし、またしてはいけないことなのでしょう。でも、それは」

私とは関係ないと、松岡さんはやや声を荒らげました。

「況てや、イネ子とは関係がない。私は誰のために詩作をしていたのか。それに私の詩は、彼女には」

届いていません——と、松岡さんは仰いました。

「瘂痎だったのです」

そうだったのですか、と言いかけ、口を押さえました。

松岡さんが恋の悩みをお持ちだということは、初対面の時にお友達の田山花袋さんが仄(ほの)めかしていらっしゃいましたし、そのお相手との間に何か大きな障害があるということは、この弔堂で松岡さんご本人からお聞きしていたことです。しかしその壁が、よもや病だったとは——思ってもいませんでした。

四民平等とはいえ、いまだ身分家柄は偏重されているようです。でもそれは越えられぬ壁ではありません。倫(みち)ならぬ恋の果てに駆け落ちをしたというようなお話は世に溢(あふ)れています。

でも、病では。

しかも、亡くなってしまったとあれば。

「病が病ですから、簡単に面会させては貰(もら)えませんでした。文を交わすこともままならず、そのうち彼女は隔離療養のため、取手(とりで)の施設に移されてしまった。顔を見ることも声を聞くこともできなくなった。そしていつの間にか——死んでしまいました」

もう会えないというのは。

——淋しゅうございます。

それは、弔堂のご主人の言葉です。

本当に、そう思います。

「私は、不誠実で優柔不断です」

松岡さんは吐き出すようにそう仰いました。

凡そ、そんな風には見えないのですけれど。

「こんなことは、田山にも詳しくは話していないことなのですが——そう、初めてここに来た頃、私は複数の女性から」

松岡さんは言い淀まれました。

ご主人が継がれます。

「交際を申し込まれた——俗っぽく申し上げるならば、言い寄られた、ということでございましょうか」

「それ程不真面目な話ではありません。私はこういう、田山に言わせれば理が勝ち過ぎた、世間体を気にする、考え過ぎる人間だそうですから、勿論、異性と浮わついた関係などを築ける筈もない。朴念仁だ石部金吉だと囃されることはあっても、逆はないんです。ただ」

「袖にすることもできなかったのでございましょうか」

「判らなかったのですよ。何と答えればいいのか。私は理で割れぬものは苦手なのですよ。己の気持ちすらも判らない。相手のことを慮れば更に判らなくなる。そんな状態でも、イネ子への想いは募るばかりでした。混乱していた。だから、詩に逃げたり学問に没頭しようとしたり、苦渋しました」

私もここに逃げ込んでいたのですよと松岡さんは仰いました。

「塔子さんは能くそういうことを仰っていたが、私も同じだ。目の前で起きていることから目を背け、より普遍で高い次元の問題に気持ちを投入することで、眼前の問題を先送りしていただけです。農政を学ぼうと決めたのも、数学の素養がなくて林学を学ぶことが適わなかったからなんです。やろうと決めたことは精一杯やりますが、できないことからは逃げてしまうのですよ、私は。そうしているうちに、彼女は」

「病に倒れてしまわれたのですか」

「そうです。何もかも中途半端なまま、きちんと私の想いを伝えることもできず、あの人の気持ちを確かめることもできぬまま、私たちは隔離されてしまった。私は、それでも、そうしていればまるで自分の想いが通じるかのような錯覚を以て、自己陶酔と自己満足に塗れた幼稚な詩を書き連ねていたのですよ。それに気づいた時は、もう遅かったのです。あれこれと理屈を捏ねましたが、結局、だから、私は」

詩作を止めた。

松岡さんは下を向かれました。

「もう、遅い。未練がましいと自分でも思いますよ。先からもう、諦めたつもりでいたのですから。しかし、死んでしまったとなると、どうにも――」

それは。

「まだ十八だったんです」

お辛いのでしょう。

せめて、逢ってひと言、言いたかったのでしょう。

「お別れの際に言葉が交わせないのは」

矢張り、淋しいことでしょう。

「人は」

必ず死にまするると、突然ご主人が仰いました。それは勝様がお亡くなりになった日にも聞いた言葉です。

「死は万人に訪れまする。そして死んだ人には、もう二度と会えませぬ。それがこの世の理にございますぞ」

「ええ。承知しています」

「しかし、死は終わりではございませぬ」

松岡さんは顔を上げられました。

「ご主人。お気を遣って戴けるのは有り難いが、この期に及んで法語の説教とは如何なものですか。幾ら前職が僧侶だからとて、その言い様はどうですか」

「説教などは致しませぬよ。私は法を説くのが不得手でしたもので、それで還俗したようなものでございます」

「そうは思えないですがね」

「還俗しましても仏者の一人ではございます」

「しかし貴方(あなた)は、地獄だ極楽だ、そんなものは方便だと切って捨てるようなお方ではないですか」

「ええ、方便です。しかし、死後の世界があるのは厳然たる事実でございます」

「何を言うんです」

「私が死んでも」

ご主人はひと際大きな声を上げられました。

「世界が滅ぶ訳ではございませぬ」

「それは――そうですが」

「ならば、私の死んだ後のこの世は、私の死後の世界ではありませぬかな」

それは大いなる詭弁(きべん)だと松岡さんは仰いました。

「そうでございましょうや。私の死は、世界が終わるということではなく、世界の中の私が終わる、私の世界が終わるということでございます」

「終わるではないですか」

「ええ。私は終わる。しかし、弔堂主人が終わる訳ではございません」

松岡さんは厳しい顔をなさいました。

「私は、私として世界を観て、感じて、享受することは不能になることでしょう。何しろ死んでしまうのですから。しかし、私以外の方方にとって、私などは世界の一部に過ぎないのでございます。私が滅しても、私のこれまでが滅する訳ではございません」

「それはご主人、私達が貴方のことを覚えている、ということですか」

「はい」

ご主人はそう仰ると、帳場の方から椅子を持って来られて、お座りになりました。

「如何（いかが）でしょう」

「いや、如何と仰せになられても」

松岡さんは濃い眉を歪ませています。それはそうでしょう。

「それは、こう申し上げては身も蓋（ふた）もないのでございますけれども、当たり前のことではございませんの。わたくしも松岡さんも、ご主人のことを忘れたりはしませんわ」

そう申し上げますと、ええそうでございましょうとご主人は仰いました。

「但し、松岡様の識（し）る私と、塔子様の識る私は、違っております」

「どう違います」

「松岡様の識る私は、松岡國男という膜を通して観た私。そして、松岡國男という主体が選び取り、作り上げた私でございまする」

松岡さんは眼を見開かれました。

「私という主体——ですか」

「はい。松岡様が廃絶しようとしているものでございます。松岡様が自然主義の障害とお考えになるものでございます。私という、酷くあやふやで、狭い覗き穴でございます」

「そうならそれは貴方ではない。貴方そのものではないですよ」

「ええ。私ではありません。しかし、そうすると松岡様は、私を知らぬ、ということになってしまいまするが」

「いやいや、それは私の識っている貴方と貴方自身は違うということです。私は貴方がどのような人生を送られて来たのか、何をお考えなのか、何も識りません。貴方の凡てを識っている訳ではない」

　私もでございますよとご主人は仰いました。

「私もまた、私の凡てを識っている訳ではございません。私というものを通して私は私を観ている。私にも、私という膜があるのでございます。ならば私そのものと、私の識る私は違うということになりましょう。それなら、私というものは」

　何処に居りまするか。

「厳然として此処に居るというのに、何処にもない。そういうことになってしまうのではございませぬかな」

「いや」

松岡さんは考えておられます。

まるで禅問答のようなお話で、能く判りません。

捜すまでもなく私は此処に居りますするとご主人は仰います。

「つまり、松岡様の識る私も、塔子様の識る私も真実の私なのでございます。私を識る者の数だけ、私は存在するのでございますよ。松岡様にとって私は松岡様の識る私。塔子様にとっても同じこと」

「客観的な、いや、何と言えば良いか、そこにいるご主人という実体は、では——どうなるのですか」

「肉体などというものは、変化する相の中にあるだけの、ものでございます。日日変わり、衰え、朽ちる。死ぬのでございます。私が死ねば、私の識る私は消えてなくなりましょう。しかし私以外の私を識る皆様の中の私は、残りましょうよ」

忘れられてしまわぬ限り、とご主人は仰いました。

「あの世とは、即ちこの世に生きる人、凡ての中にあるものなのでございます。生きている人の数だけそれはございます。その中にあるものこそが魂ではございますまいか」

——ああ。

「そういうことですか」

やっと判りました。

あの日、ご主人が仰ったことの意味が。

松岡さんが怪訝そうにこちらをご覧になっています。

「いえ――勝海舟様は世間が広いのであの世も多いのだと、ご主人はそう仰いましたでしょう」

能く覚えておいでですねとご主人は微笑まれました。

「人は、魂と魄とで成ると道家では教えまする。私は仏者の端くれですから、本来的には違う教えを受けておるのでございますが、本邦に於てはこうした考え方は大変に馴染みが深い。死ねば、魂は天へと上る。魄は体に残り地へと還る。儒家では魂魄を神と鬼と致します。いずれも、存在しないものにございましょう」

きとは鬼と書きますかと松岡様が尋ねられました。

「はい。鬼は元より不可視なるもの。本義としては、幽霊のことでございます」

「幽霊――ですか」

「幽霊はおりません。儒家で謂う鬼は見えぬもの、つまりは存在しないものでございます。それは敬し遠ざくべきもの。仏家に於て、死者は六道を輪廻するもの。基督教では煉獄地獄で復活を待つもの。霊を認め霊を語る宗教は、悉く幽霊などを認めないのでございます。幽霊などはいない」

いないけれども。

「私達は幽霊を視ます」

それは気の迷いでしょうと松岡さんは仰いました。

「それこそ井上圓了博士の仰る、迷信妖怪ではありませんか」

「扨、そうでございましょうか」

「考えるまでもないでしょう。文明開化の世に於いて幽霊などは真っ先に駆逐されるべき旧弊迷妄だと、井上博士も仰せになるでしょう。在りもせぬものを在ると信じ、考えることもせずにただ怖れ戦く。それこそが迷信です。ならば幽霊などは迷信の最たるものではないですか」

いいえ違いますとご主人は首を振られました。

「迷信などないと、妖怪などないと、そう識っていても、それでも私達は幽霊を視るのでございますよ。そうでなくては」

ご主人は左右の書架を示されました。

「これ程多くの記録が残っている訳がないではありませんか。亡魂死鬼の類を記した書物は、古今東西に、山のようにございますぞ」

「それが迷信なのでしょう」

迷信を記してあるだけでしょうと松岡さんは強い口調で仰いました。

「そんなものは枯れ尾花ですよ。いいや枯れ尾花でなくてもいい。何でもいい。何かを見間違えて怯(おび)えているだけではないのですか。錯覚か幻覚か、勘違いですよ。そういうものを幽霊だと解釈すること自体、そしてそれを信じ込んでしまうこと自体が、迷信なのでしょう。記録があるというのなら、それはその迷妄を書き記しただけのものではないですか。それらは全て、その、無知と、誤謬(ごびゅう)と、臆病の記録でしかない。そうでなければ創(つく)りごとです。拵(こしら)え話(ばなし)ですよ。読む者聞く者を怖がらせよう、震え上がらせようという、それだけの趣向の、見世物小屋のようなものではないのですか」

その通りでございますとご主人は仰いました。

「居(い)ないものを視るなら、それは錯視か幻視、さもなくば創作でございましょう。それは仰せの通りにございましょう。ただ、そうだとしても、ただ今のご発言はかの松岡國男様のお言葉とは、到底思えませぬな」

どういうことですかと松岡さんは噛(か)み付きました。

「それは、私が」

「貴方様は、幽霊は枯れ尾花と看破するような野暮(やぼ)なことをなさりたい訳ではありますまい」

「野暮ですか。真実でしょう」

いいえ野暮天ですとご主人は仰いました。

「井上圓了様とて、そこのところはご承知ですよ。ご自分の行いを野暮と承知で、余計なお節介と知ってい乍ら、その上で啓蒙のために尽力されているのです。あの方はそうしたお覚悟をお持ちでいらっしゃる。それに、圓了様とて見世物まで否定されている訳ではございませぬぞ。そうした創りごとは寧ろ大いに好まれていらっしゃいます」

「だからといって――」

「松岡様。思い出してくださいませ。貴方様は、幽霊の正体が枯れ尾花であることを喧伝するようなお仕事がなさりたい訳ではなかったのではありませぬか」

「どういうことですか。私は心霊学には懐疑的です。いや、寧ろ強い嫌悪を抱いてさえいますよ。そこのところはご主人もご承知ではないか」

　そのようなことは申し上げておりませんとご主人は松岡さんの言を退けました。

「これは僅かばかりお付き合いをさせて戴いている私の私見でございますから、もしかしたら違うておるのかもしれませぬが、貴方様は、何故ただの枯れ尾花が幽霊に見えてしまうのか、それこそを問題にされていたのではございませぬか」

「何ですって」

「違いましょうや」

「いや――」

　松岡さんは顎の先に人差指を当てられました。

「枯れ尾花を何かに見間違えてただ驚き怯えるのなら、それは単なる臆病者の勘違いにございましょうな。しかしそれを死者の姿と解釈してしまうなら、そしてそう解釈する者が多いというのであれば、それはひとつの文化と考えるべきでございましょう。松岡様のご興味は、そちらにあるのかと――私などは勝手にそう理解していたのでございまするが」

　松岡さんはまだ考えていらっしゃるようです。

「そうした文化を見極めることなくして、郷土文化の差異は識りようがない。況てこの国の文化の古層など摑めよう筈もございませぬぞ。それは松岡様自身が此処で語られたことではございませぬか。過去の、民衆の暮らしの積み重ねを知らずして郷土を知ることは叶わぬと、松岡様はそう仰せになった。慥かに幽霊を視ることそれ自体は錯覚迷妄かもしれませぬ。しかし枯れ尾花を幽霊に視せるのは文化でございましょう。亡魂死鬼を記した書物は、仮令それが創作であったとしても、民衆の、文化の記録に他ならぬと拝察仕りますが」

「それはそうでしょうが――」

「そして、郷土の文化は土地により鄙により、細かく、時に大きく異なっておりましょう」

「それもその通りです」

「こと異国に目を向けるならその差は更に大きくなりましょう。この邦では当たり前のことであっても海の外ではまるで通じない――そうしたことは、往往にしてあることなのでございますよ。だからこそ新渡戸稲造様は『Bushido』を認められたのでございましょうし、また南方熊楠様の小論も『Nature』に採用されたのでございましょう。駐日英国公使のアーネスト・サトウ様のご友人で、ロンドン大学の事務総長を務められているフレデリック・ビクター・ディケンズ様は、本邦の文学作品の研究をされていらっしゃる方です。『百人一首』や『竹取物語』を英訳されてもおられます。しかし、本邦の文化に深い造詣をお持ちのディケンズ様でさえ解らないものは解らない。『竹取物語』の草稿を校訂した南方様は、それは多くの誤訳を発見されたそうです」

同じなのか、違うのか。

正しいのか、正しくないのか。

「双方を識らねば、識って比較しなければ判らないのです。郷土の問題も同じことでございましょう」

違いましょうかとご主人は問います。

「薄の生えぬ土地に暮らす者は枯れ尾花を幽霊に見間違えることはできますまい。ならばいったい何を幽霊と見間違えるのでございましょうか。一方で、霊という概念のない文化を持つ人人は、枯れ尾花を何に見間違えるのでございましょう」

「解釈自体は迷信ではない、と」

「迷信でございましょう。しかし迷信も文化のうち、と申し上げております。迷信が生まれたならば生まれただけの理由がある筈なのでございます。間違いであろうが嘘であろうが、そこに暮らす人人が、暮らして行く中で、暮らして行くために求めたからこそそれは生まれたのではございませぬか」

「幽霊もそうですか」

勿論でございますとご主人は断言なさいました。

「人の生き死には、時代地域を問わず、生活者にとって常に大いなる問題となりましょう。死は万人に訪れますが、同時に誰にも理解できぬものでございます。死は終わりなのですから、死んだことがある生者などは、永い人類の歴史の中で一人もいないのでございますよ。お話はありましょうが、それこそ押し並べて創りごとです」

「蘇生した人というのはいるのではありませんか」

聞いたことがあります。

「それは――死んでおりません。死にかけたというだけでございましょう。死に臨むことと死ぬことは、それこそ雲泥の差でございますよ、塔子様。宜しいですか、墨をたっぷりと含ませた筆を」

ご主人は筆を持つ仕種をなさいました。

「白い半紙に近づけると致しましょう。この筆は、死です。それは、ゆっくりと紙に近付いて参ります。後一厘、後一毛、傍目にはもう筆は紙に付いているように見えましょう。しかしどれ程近付いていようとも、紙と筆先に含ませた墨に、仮令一毛でも隙間があるなら紙は黒くは染まらぬのです。そして一垂れでも墨が落ちてしまったなら——その紙は二度と白くはならない。死ねばそれまで。死んだことのある者などは」

「いないのですね」

「いません。従って、黒く塗られた後のことなどは誰にも判らない。判らないからこそ人は死を畏れ、忌み、隠す。そして祀り上げ、祈り、供養致します。それでも不安は拭えない。だから方便としての創り話まで考え出すのですよ」

「地獄や極楽、ということですか」

「はい。松岡様も仰せでしたが、それは方便でございます。人を生き易くするための嘘。信仰は、人を生き易くするためにあるのでございます。嘘だろうが間違いだろうが、信じることで生き易くなるのであれば、それで良いのでございます。信心というのは生きている者のためにあるのです。死人のためにあるのではない」

それは解りますと、松岡さんは仰いました。

不思議なものです。いつの間にか、能く識ったいつもの松岡様に戻られているような気がしました。

先程までの松岡さんは、深く哀しみ、打ち沈んでおられました。見ようによっては自暴自棄とも取れるようなご様子だったのです。

それが。

ご主人は松岡さんを復調させるためにこのようなお話をなさっているのでしょうか。

そうなのかもしれません。

「繰り返しまする。死後の世界は、生きている者の中にしかございません。今、生きている私達が、生きて行くために生み出すものなのでございます」

ご主人は立ち上がられました。

「私達の暮らすこの邦には、幽霊を視るという文化がございます。それは、見る必要があったからこそ、生まれたものでございましょう」

「必要がある、とは」

文字通りの意味ですとご主人は仰いました。

「それは、昨今では迷信と退けられることでしょう。また信仰が生んだ迷妄とも思われております。しかしそれは大いなる勘違いです。先程も申しました通り、多くの宗教はそんなものを認めていない。にも拘らず、そうした文化を持つ邦は殊の外多いのでございます。いいえ、霊という概念を受け入れた文化に於ては、その殆どが幽霊のようなものを黙認しているのでございますぞ。それは——何故です」

「黙認――なのですか」

「黙認でございましょうよ。宗教の教義に、そんなものはないのです。しかし否定されていても視てしまうことはある。理屈では判っていても、視てしまえばどうしようもない。だからといって解釈の仕方は山ほどある筈ではないですか。それなのに、宗教者達は、それは違う間違っていると声高に叫ぶことをしません。それどころか、敬虔な基督教徒も、厳格な回教徒も、仏道修行をした僧までもが、教義にないものを幻視し、そしてそれを幽霊と解釈するのでございますよ。それは何故です。そうしなければいられないからではございませぬか」

「そうしなければいられない――ですか」

「本邦も、文明開化の世を迎え、近代化を目指し、西洋の文化を取り入れて猶、幽霊を視る者はいる。陸蒸気が走り瓦斯燈が点り電信が通じてもまだ」

幽霊は出るのです。

「扨、松岡様。幽霊とは何でしょう」

ご主人は改まってそう尋かれました。

「何と言われましても」

「塔子様は如何でしょう」

ご主人は松岡さんの答えを待たずに問い直されました。

「ええ。その、亡くなった方が現れるということではないのですか」

「その通りです。心霊学（スピリチュアリズム）など持ち出すまでもないことでございましょう。松岡様が嫌うのも宜（むべ）なるかな、そんなものこそ愚の骨頂。小理屈を付ければ付けるだけ、真理からは遠ざかるもの。心霊学こそ、方便にもならぬ虚学かと存じまする。理屈も何も必要ない、塔子様の仰せの通り、幽霊は亡くなられた方にございます。亡くなられた方が姿を現すこと、それを視ること、視てしまうことにございましょう。しかし、これも考えるまでもなく、亡くなられた方はもう存在しません。存在しないものは、姿を現すことなどできません」

　死んだ人は二度と戻りはしない――。

「戻らぬ者を戻そう、戻って欲しいと願うから、幽霊は出る」

　お待ちくださいと松岡さんが手を翳（かざ）しました。

「幽霊は視たくて視るものではないでしょう、ご主人。願えば出るものでもないと思うが。それに、願って出たのなら怖くはない。寧ろ喜ぶでしょう。世の幽霊は、多く恐れられ怖がられるものではないですか」

「いいえ」

　ご主人は否定されました。

「恐ろしいものではないと仰せですか」

「怖がる人もおられるでしょう。しかし怖いだけと申しますのは、それは寧ろ、当世風の傾向なのではございませぬかな、松岡様」

「そんなことはないでしょう。私は、江戸期に記された読本(よみほん)などを多く読み耽(ふけ)りましたが、怪談は怖いものですよ。怖く書かれているし、作中の人物も怖がっている」

「それは、怪談だからです」

「はあ」

「怪談は、怖くさせるために拵えられる創り話なのでございますから、怖くて当然でございましょう。宜しいですか、幽霊を扱った物語が怪談なのではございません。怪談の材料として幽霊という解釈は使い易いというだけのこと。怖くさせようとするのですから、怖く書きましょう」

「いや、それはそうでしょうが」

「まあ、驚くことと怖がることというのは紙一重でございましょう。見世物や、縁日の藪小屋(やぶごや)なども、あれは吃驚(びっくり)させるものでございます」

　藪小屋とは何でしょうとお尋きしました。縁日に掛かる小屋なのでしょうが。

　当節はお化け屋敷とでもいうのでしょうかとご主人は仰いました。

「ああ、あの、扮装(ふんそう)した人が驚かせる余興でしょうか」

　入ったことはございません。ご主人はそうですと仰いました。

「化け物屋敷と申しますのは、まあ昔からございます。しかし出るのは化け物。人ではございません」

死人も人ではないでしょうと松岡さんは言います。

「はい、その通りでございます。死人は人ではございません。そして本来は姿を現すものでもない。だからこそ姿を現せば驚く。これは、普通そうなのでしょう」

「だがご主人、慥(たし)かに驚くことと怖がることは近しい感情だが、それでも矢張り別物でしょう。どれだけ驚いても怖いと感じはしない。ただ、藪小屋などもそうですが、驚くことよりも、今驚かされる、もう驚かされると怯怯(びくびく)している状態の方が、より怖いという感情に近い。然(しか)るに、驚かされる予感こそが恐怖なのではないですか」

「それも仰せの通りです。いきなりわあと威(おど)されますれば、出て来たのが何であろうと驚きましょうし、威される威されようと思う気持ちこそが怖さでございます」

「いや、それは解りますけれど、幽霊の怖さというのは、そうしたものとは質が違ってはおりませんか」

それは、そう思います。

ぞっとする感じは、少し違います。

徐徐にそうなって来たのだと思いますがとご主人は仰いました。

「昔は違ったと仰せか」

「そう諒解しておりまする。松岡様がお読みになった怪談やら、お芝居やら、そうした創作の影響というのは、多分にありますでしょうし」

「昔の人は幽霊を怖がらなかったとご主人は言うのですか」

「昔は今のような幽霊はなかったと申し上げているのです」

「なかった——とは」

ご主人はどうしたことか、帳場の方に進まれました。

そして帳場の辺りの蠟燭を煽ぎ消されました。

「何度も申しまするが、幽霊は現世に現れた死人。そうだとして松岡様、現れたのが死人であると、視た者は何故に判別できるのでございましょう」

「いや、それは」

「何かを見間違えたのだとして、どうして他の何かだと思わないのでしょうか。例えば人に視えたのだとして、生きた人だと思わないのは何故なのでしょう」

松岡さんは熟考し、判りませんと答えられました。

「簡単なことのようですが、能く考えてみると解らない。ご主人の仰せの通り、幽霊が視たいと思っているからそう視えた、ということですか」

「いいえ」

ご主人はゆっくりと移動されています。

「例えば、深夜、川の真ん中に人が立っていたとしたなら――それを見た人は果たしてどう思われるでしょう。人跡未踏の深山に突然人が現れたとしたなら――出会った人はいったいどう感じるのでしょう。樹上から逆様（さかさま）になった人がぶら下がって来たりしたならば――その時はどう思うことでしょう」

「それはまあ、驚くでしょうし、怖くも思うでしょう」

「ええ。人が居る筈のない場所、人が居るべきでない時間、人にできない動き方、そうしたものこそが、古（いにしえ）の幽霊の基準なのでございまする。居る筈がない場所に居て、居るべきでない時間に居て、できる訳もない動作をする、そうした者は、人の形をしていても――」

人ではないのです。

ご主人はそう言って、手許の蠟燭を煽ぎ消されました。

「松岡様の仰せの通り、それは怖いものでございましょう。人でない者が人の形をとって現れる、それは即ち、恐ろしいものでございましょう」

「それが幽霊というなら、昔から幽霊は怖いということではないですか」

「そうではないのでございます。その怖いものは、人ではないというだけ。獣かもしれませんし、神霊かもしれませぬ。いずれにしろ人以外のものが人の形になっている、人に化けている――つまり、化け物でございますよ」

「化け物」

「ええ。そして幽霊も、化け物のひとつに過ぎませんでした。獣かもしれない、神霊かもしれない、いいや、死んだ人かもしれない、そういうことでございます。解釈は人により地域により、多様だったのでございます。つまり、怖いが先。その怖いものは人ではないから、死んだ人が化けたのかもしれない――そういうことでございます」

なる程と、松岡さんは首肯（うなず）かれました。

「そこまでは諒解しましたが」

「ええ。この化けて出るというところが肝心なのでございます。それは恐ろしいものではあるのでしょうが、決して生前の姿を留めている訳ではないのでございます。生きているうちから夜中に川の中に立っていたり深山に現れたり逆様になって降って来たりする人は、いらっしゃいません」

「居たとするなら、それをして人ではないなどと考えはしないでしょうね」

「はい。これはどういうことかと申しますと、その怖いものが人ではないと規定するのは、あくまで場所や時間、動作といった条件の方なのであって、その怖い物自体ではない、ということなのです。それは寧ろ、何だか判らないものなのです。それを幽霊、つまり死んだ人だと解釈したのだとしても、死んでいるということを規定しますのも、その条件の方になりましょう。いや、その昔はそうだったのでございます」

「そうすると、それは、誰でもいいということになりはしませんかご主人」

「勿論、誰でも良いのです。というよりも誰だか判らないのですよ松岡様」

「誰だか判らない——幽霊ですか」

「でも、誰だか判らないのでは、死んでいるかどうかも判らないということになりませんか」

「いいえ」

　ご主人はまた蠟燭を消されました。

「人ではないことが前提なのですから、死んでいることにはなるのでございます。死んでさえいれば誰でも良いのですよ。と、申しますよりも、誰だか判らないからこそ怖いのでございます」

「しかしご主人」

　松岡様はどこか納得が行かぬご様子でした。

「ええ。松岡様が仰りたいことはお察し致しまする。誰だか判らないけれども死んでいる、そして怖い。怖がらすのだから恨んでいるのかもしれない。非業の死を遂げたのではないか、そうした予測が、そのうち逆様になって、恨んでいれば化けて出ることもあるという筋道（ロジック）が作られたのだろうと、そう思いまするが」

「怖いが先、ですか」

「ええ。怖いが先でございます。幽霊が先ではございません」

「そうだとしても、幽霊が怖いものだということに変わりはないでしょう。ご主人は違うと仰った。怖くないのだと仰せになったではないですか」

「はい。そう申しました」

ご主人は語り乍ら入り口の方まで移動されていました。

気がつけば店の中の蠟燭は、半分近く消されています。

暗くなると、天窓から届く淡い光がややくっきりと見えるようになるのでした。

「幽霊——死んだ人は、そうした怖いものの正体のひとつとして選択されたというだけなのでございますよ、松岡様。その結果怨みを残せば祟りを成すというようにも考えられるようになったのでございます。それは、平安の昔より培われまする怨霊のような文化の影響もあったのでございましょうが、それとこれとは筋が違いましょう。怨霊は幽霊ではなく、祟り神、神なのでございます。だからこそ祀り上げが必要となる。そんな小さな怨みで誰も彼もが祟り神になれるのであれば、この国は疾うの昔に滅びておりましょう」

また、暗くなりました。

「幽霊は、人でない怖いものの正体としての条件を満たしてはおりましょうが、人でない怖いものの条件が幽霊を規定する必要条件かといえば、答えは否です」

「なる程、それもそうです」

「幽霊とは、塔子様が仰ったように、現世に姿を現す死人。唯一必要な条件は、死んでいることでございます」

「死んでいる――こと」

「はい。死んでいること。扨、松岡様。塔子様。私は幽霊でしょうか」

「何を言い出すのですかご主人」

　ご主人は笑われたのかもしれません。

　でも、そのお貌は暗さに紛れて能く見えませんでした。

「勿論、私は幽霊ではございません。そう断言できますのは、私が生きていることをお二人が識っているからではありませぬか」

「それは――そうですが」

「そうなのです。誰だか判らない、いいえ誰でもよい怖いものを除くなら、私達は、生死の別を知る者の幽霊しか視ることができないのですよ。つまり、私達は本来、知っている人の幽霊しか視られないのです」

「知っている者ですか」

「はい。ぼんやり身が透けているとか、死に装束を着けているとか、顔が爛れているとか、そうした記号は、皆、芝居や絵画の工夫です」

　そんな幽霊はおりませぬと仰って、ご主人は一歩進まれます。

「そういう意匠を凝らさなければ、観る者はそれを死者と判断することができないのでございます。だからこそ、そうした約束ごとを作り上げたのでございましょう。それこそ拵えごと。古来、幽霊は足もあるし透けてもおりません。見た目に変わりがある筈もない。ならば、生死の別が判る訳もない。本当の幽霊は」

　必ず知り合いです。

「そして、死んだ人はあの世から来る。あの世は」

　ご主人は胸を叩かれました。

「ここにございます」

「ああ」

　松岡さんは声を漏らされます。

「松岡様は、肉親や友人が怖いですか」

「いや」

「幽霊は皆、怖いものですか。それこそが勘違いです。幽霊が迷信なのではない。幽霊を怖がることこそが迷信なのでございます。創りごとの幽霊譚を除き、幽霊を怖がるのは余程の臆病者か、然もなければ考えることをせぬ莫迦者でしょう。そうではございませぬか」

松岡さんは腕を組まれました。

店の中は益々暗くなっています。

「塔子様。お祖父様はそれは厳しいお方だったと聞き及びますが、塔子様はお祖父様を今も尚恐ろしくお思いなのでしょうか。今、お祖父様がここに現れたなら、怖いでしょうか」

「え」

それは。

どうでしょう。

呵られるのは厭でした。

そのお考えも納得できるものではありませんでした。

でも。

嫌いではありませんでした。

いいえ、好き嫌いでいうなら、好きです。大切な方ではありました。

「いいえ。寧ろ」

お話ができるなら。

あの時手を取ったのは何故なのか。

何故——。

「いえ。慥(たし)かにわたくしは良い孫ではありませんでした。婿も娶らず、跡取りの顔をお見せすることもせず、意味なく反発して、怒らせてばかりいました。本など読むなと言われましたのに、隠れて読んで――」

でも。

お祖父様の顔を思い出します。

「では、お祖父様はそんな塔子様のことを恨んでいるとお考えになるのでしょうか。曾(ひ)孫(まご)の顔を見るまでは浮かばれぬ、成仏できぬと思っていると、お思いになりますか」

「それは――」

そんなことはありません。

お祖父様は、そういう人ではなかったと思います。それは、婿を娶り曾孫の顔をお見せできていたなら喜ばれたでしょうが、それが叶(かな)わなかったからといって――。

――恨むなど。

「松岡様」

ご主人は返事を待たずに松岡さんに問われました。

「イネ様がここに現れたなら――恐ろしく思われますか。若くして病魔に冒され、逝ってしまわれたことを、イネ様は恨んでいらっしゃるでしょうか。そうだとしても、貴方様に」

「いや」

松岡さんは顔に手を当て、解りましたと仰いました。

「イネ子に遺恨があるのではない、遺恨を持っているのは——私の方なのですね」

「その通りです。死者は誰も恨みはしませぬ。死ねばそれまでなのですから。ただ、恨まれていると感じている人や、恨んでいるだろうと思う人が、いるだけなのでございます。死者を成仏させるもさせぬも、それは生者次第にございます。だからこそ、供養はある。だからこそ、死後の世界は生者の中にこそありと申し上げたのです。さあ、如何でございましょう」

幽霊は怖いですかとご主人は問われました。

松岡さんは首を振られました。

「イネ子に逢えるのなら、仮令幽霊であっても逢いたいと思う。そして——一言、謝りたい」

いつでも逢えるではありませんかとご主人は仰いました。そして。

最後の蠟燭を消されました。

白い真っ直ぐな煙の筋が一本、すうと天窓の方に昇って行きました。

「人は、死ねばそれまで。そして二度と生き返りはしません。しかし、あの世が生者の中にある以上、幽霊にはいつだって——逢えるのでございます」

白煙はすぐに透明になり、そして店の中は黄昏刻のような明るさになりました。闇ではありません。天窓から差し込む光が朦朧と景色を見せているのです。

お祖父様がいました。

お祖父様は、何故か穏やかな顔をしていらっしゃいました。でもそれは、矢張り早く婿を娶れというお顔のようにも見えました。それなのに、怒っている訳ではないようでした。況て恨んでいるようには見えませんでした。

松岡さんも中空に何かを視ていらっしゃるようでした。

松岡さんの心眼に映っているのは、亡くなられたイネさんのお姿なのでしょうか。

「そうです。ただ記憶を辿るだけでは、それはただの想い出に過ぎませぬ。今、そこにいたなら、その人はどんなことを思うのか、何を言うのか、どんな顔をするのか、どんな仕種をするのか――それを思い描けるのはその人のことを能く識った人だけではございませぬか」

そうです。

いつぞやお部屋で思い浮かべたお祖父様の顔はお元気だった頃のお顔です。

それはただの想い出だったのでしょう。でも今、幻の如く見えているお祖父様は、今のお祖父様です。亡くなった後のお祖父様です。

許すとか、許さないとか、そんなことではないのです。

「お二人が何をご覧になっていらっしゃるのか、私には判りません。しかしそのお姿を何かに託すなら」

それはもう幽霊でございましょう。

「枯れ尾花であろうと何であろうと、それはそうしたものに託された、亡くなった方なのです」

幽霊は怖いですかとご主人はまた問われました。

「肉親が、友人が、想い人が怖い訳がないのです。怖いというのなら、そう感じる方に疚しさがあるからでございます。生者の疚しき心こそが、幽霊を怖いものに仕立てるのでございます」

それこそが地獄、とご主人は仰いました。

「死者を迷わせるのも、死者を地獄に落とすのも、それは生きている者次第なのでございます。六道のどの道に行くのかは残された者の心が決めるのです。命は滅んでも功罪は消えませぬ。生前に悪行を重ねた者は、死後も嫌われ疎まれましょう。それこそが地獄。生前に善行を積んだ者は、死後も慕われ尊ばれましょう。それこそが極楽往生。地獄極楽という方便は、そのために創られたのです。世に悪しき想いを遺した者はその罪業が滅却するまで地獄を抜けることが適いませぬ。良き想いを遺した者は、縁者にその想いが続く限りは天上に留まりましょう。ですから」

忘れないことですと、ご主人は仰いました。

「亡くなった方の生前を。人は生きてこそでございます。尊重すべきは生。ならばその方の生きていたことを忘れずにいること――それこそが菩提を弔うということでございましょう。縦んばそれが悪しき生であったとしても、覚えてさえいればやがて赦せる時も来ることでしょう。良き生ならば尚更でございます。況てそれが大切な方であったのならば」

「忘れた方が良い――と思っていました。否、忘れようとしていた」

松岡さんはそう仰いました。

「履き違えてはなりませぬぞ。忘れてならぬのは死者ではなく、亡くなった方の生前でございます。死者に拘泥してはなりませんぞ。それは死者を死者と認めぬ行い。繰り返しまするが、死者は二度と戻りませぬ故、死人はきちんと送るが作法。決して生者と同じに扱ってはなりませぬ。死者を慕い死者に焦がれるは想い出に浸るだけの無為なる生にございます。死者は死者。死に絡められた生を送るは生き乍ら冥府を行くようなものかと存じまする。死人にはもうこの先はないのです。私の申しておりますのは、亡くなった方の生前こそを、お心に留め置いて戴きたいということにございます」

「留め置く――ですか」

「覚えている人が誰もいなくなれば、幽霊も出られませぬぞ」

「覚えている人がいなくなれば、どうなってしまうのでしょう。消えてなくなってしまうのでしょうか」

いいえ、とご主人は仰います。

もう、暗さに溶けて何処にいらっしゃるのか判らないのですけれど。

「だからこそ、記録はあるのでございますよ。ご覧下さい。この弔堂の中には、数え切れぬ程の記録が、幽霊が眠っております。過去この世にいた人、そして最初からこの世にいなかった人の幽霊までが揃うておりましょう。書物は墓碑でございます。書かれたことと、書いた人との——」

記されぬ者はどうなるのですと松岡さんはお尋ねになりました。

「それこそ消えてなくなりますか」

「いいえ」

「なくなりませぬか」

「そもそも、記録される者の方が少のうございましょうよ、松岡様。殆どの人は記されることもなく、記されぬままに生を全う致します。精精、過去帳やら系図やらに名が残るだけ。それがなくては、まあ百年も保ちますまい。しかしそれでも消えてなくなりはしませせぬぞ」

「何故です」

「記憶も、名前さえ失われても、人は祀られ続けるではございませぬか。何代前の人であろうとも、祖先として祀られましょう。祖先を篤く祀るのは儒家の作法でございますが、我が邦にもその習俗はございます」

「先祖ですか」

「はい。そしてそれはちゃんと現世に帰って来ましょう」

「お盆――ですか」

「はい。仏家の謂う盂蘭盆会は餓鬼道に堕ちた者を供養するものですが、道家では同じ時期に地獄の釜の蓋が開くと申します。でもそうした後講釈は、どうでも良いことでございましょうな。理屈など付けずとも良いのです。この邦の死人達は、年に一度、子孫の許に帰って来るではないですか。それは」

怖いでしょうかとご主人はまた繰り返されました。

「識っている故人であれば懐かしくも思うでしょう。しかし、識らずとも、やって来た祖先を忌み嫌うようなことをするでしょうか。我我は、それを丁寧にお迎えし、篤く持て成して、お帰しするのでございます。ずっとそうして来たのです。それこそが死んだ人達との正しい付き合い方でございます。ならばそれこそが――本邦の幽霊の本来」

幽霊は怖くありませんと仰って、ご主人は椅子に座られました。

「死者と生者は入り交じり、踊るのです」

「それは、盆踊りですか」

「そうです。盆踊りの習俗を伝える土地は多くありましょう。土地土地で作法は様様でございまするが、盆踊りをする際に笠などで顔を隠すのは、人でないものという印でございます。人と、人でないものとが渾然となり踊るのです。それはもう、誰それの幽霊ではない」

「祖先の霊――ですか」

松岡さんは嚙み締めるように呟かれました。

「その通りでございます。そうなりまするともう神と呼んでしまっても構わないものかと存じます。尤も――一神教の神や、神道の神とは違いましょうが、それでも、最早個人の霊などではございません。誰とも識れぬものではありましょうし、人でもないのでございますけれども、それは決して、怖いものではありますまい」

「祖霊――とでも謂うべきでしょうか」

「はい。彼らはあの世から来てあの世へ帰る。つまりここから出でて」

ご主人は胸を示されました。

「ここへ帰るのでございます。生きている者の心こそがあの世。この世に人が生きている限り、あの世は常に、この世にありまする。ならば、この世こそが」

常世でございます。

ご主人はそう言うと入り口に向かい、
戸を――。
がらりと開けられました。黄昏が切り裂かれ、突如として店内は様変わり致しました。
まるで朝が来たかのようでした。
「松岡様。貴方様の若き日の想いを封じた墓碑も、此処にはございますぞ」
「噫(ああ)」
松岡さんは立ち上がり、戸口の方に顔を向けられ、それは眩しそうに眼を細められました。
「君がかど辺をさまよふは
ちまたの塵(ちり)を吹きたつる
嵐のみとやおぼすらむ
其あらしよりいやあれに
その塵よりも乱れたる
恋のかばねを暁の
やみは深くもつゝめるを――」
ご主人は、多分松岡さんの新体詩を暗誦(あんしょう)されました。
松岡さんも、ご自分の詩を諳(そら)んじられました。

「わかきや何の罪ならん
やさしかれとは誰がをしへ
少女うまれて一たびの
夢などかくは覚め易き
さらばさ月の山の露
今よりぬれん菅笠の
遠き行方よさらばいざ
かの日の歌も」
いざさらば——と、松岡さんは結ばれました。
「それは昨年、『帝國文學(ていこくぶんがく)』に載せられた詩ではございませぬか」
私の最後の新体詩ですと松岡さんは仰いました。
「題を『別離』といいます。私は、何度も詩作と決別しようとし、それでも詩と離れることができず、書きつけていたのです。その度に、もう止(よ)そうもう止(や)めようと誓うのだけれど、それでも書いてしまっていた。それは、イネ子への想いそのものだったようです。しかし、漸(ようや)く決心がついた。私はイネ子を忘れません。ここに居るのであれば、もう構わない」
松岡さんは胸に手を当てられました。

した。

　松岡さんはいつになく、きっぱりと仰いました。言の葉に、懊悩は見当たりませんで
「もう書きません」

「新体詩は」

「もう、平気です」


「実は縁談があるのです。婿養子です」

「お受けになるのでございますか」

「ええ。たった今、お受けする決心を致しました。先方は私などには勿体ないくらいの家柄ですし、ご家族の皆さんも立派な方方です。今年の夏、私は卒業致しますので、それからのことになりますが」

　それは良うございましたとご主人は頭を下げられました。

「時に松岡様」

「何でしょう」

「貴方様の一冊でございまするが――漸く判ったような気がしております」

「私の――一冊ですか」

「貴方様の一冊は」

　未だこの世にはございませんとご主人は仰いました。

「どういうことでしょう」

「その一冊は」

貴方様がお書きになるものと推察致しますとご主人は仰いました。

「私が——ですか。私自身が」

「はい。いつか、必ず」

松岡さんは険しい顔になられました。

「それは、それでは、いや、詩を已(や)めた私がこの先何を書くというのですか。私は田山のような小説を書くつもりはないです。何かを書くのだとしても、果たしていつのことになるのか、まるで判りませんが」

「いつでも結構。必ずお書きになると私めは信じております。生きていようが死んでいようが、常世に住む民として、上梓(じょうし)をお待ちしております」

そう仰った後、ご主人はこちらに向き直られて、

扨(さて)、塔子様。本日はどのようなご本をご所望でしょうか——。


とお尋ねになりました。

「判りません。何かわたくしに相応(ふさわ)しい本を」

ご主人は戸口近くの書架から一冊抜いて差し出されました。

「それではこれなど如何でしょう」

立ち上がって受け取ります。

奇妙な本でした。

小説の類ではありません。

「一日一時間三日三時間——ですか」

「はい。『一日一時間三日三時間自轉車乗用速成術』でございます。昨春出たばかりの新刊本です。三日で自転車に乗れるようになるという、教則本のようなものです。まあ、こんな本を読んでも乗れるようになるかどうかは保証の限りではございませんが——曲乗りの仕方なども載っておりますが、そちらの方はくれぐれも真似をなさいませんようにお願い致しまする」

ご主人はそう仰いました。

そしてお笑いになりました。

ご本を受け取ってからふと横を見れば、すっかりお茶を出しそびれたらしいしほるさんが、お盆を持ったままつまらなそうに立っていました。

つい笑ってしまいました。

久し振りに笑った気がします。

辞する時。

お店の奥から、

――若えうちだよ、お嬢さん。

という、伝法な口調の声が聞こえたような気が致しました。

それは、勝海舟様のお言葉だったように思います。

そう、お会いした時、慥かにそう言われたのです。

勝様の幽霊でしょうか。

きっとそうです。


松岡國男様は、その翌年、信州飯田藩の士族であられた名門、柳田家に婿として迎えられて、柳田國男様になられました。

柳田國男様は、農商務省の官吏、法制局参事官、宮内書記官と出世され、更には貴族院書記官長、枢密顧問官まで務められることになったのでございます。

出世されただけではありません。柳田國男様は、また新渡戸稲造様の肝煎で発足した郷土会という集まりに参加され、やがては全国に同志を募られ、郷土学という学問を提唱されることになるのでございます。

そうした活動は後に、日本民俗学という学問へと昇華されて行くのでした。

そして柳田國男様の学績名声は、後の世に広く、永く、語り継がれることとなったのです。その功績に就いては、迚も短く纏めてしまうことはできません。

柳田國男様は、そのご生涯で数多くの著作を上梓されておられます。

いずれも名著、名作と呼ばれるものばかりです。でも、そのうちのどれが、あの方の生涯の一冊であったのか、それは判りません。果たして弔堂のご主人にはお判りになったのでしょうか。それもまた、判らないことでございます。

そして。

その後、私――天馬塔子がどのような人生を送ったのかといえば。

それはまた、別の話なのでございます。

書楼弔堂　炎昼・了

本書は、二〇一六年十一月、集英社より刊行された『書楼弔堂　炎昼』を文庫の字組みに合わせ加筆訂正したものです。

初出「小説すばる」
探書漆　事件　二〇一四年九月号
探書捌　普遍　二〇一五年二月号
探書玖　隠秘　二〇一五年六月号
探書拾　変節　二〇一五年十月号
探書拾壱　無常　二〇一六年二月号
探書拾弐　常世　二〇一六年六月号

京極夏彦の本

文庫版　書楼弔堂（しょろうとむらいどう）　破曉（はぎょう）

明治二十年代半ば。東京の外れで無為に過ごす高遠は、異様な書舗・書楼弔堂と巡りあう。古今東西の書物が集められたその場所を、移ろいゆく時代の中で迷える者達が〝探書〟に訪れ――。

集英社文庫

集英社文庫

文庫版 書楼弔堂 炎昼

2019年11月25日 第1刷
2024年1月24日 第3刷

定価はカバーに表示してあります。

著　者　京極夏彦

発行者　樋口尚也

発行所　株式会社 集英社
東京都千代田区一ツ橋2-5-10　〒101-8050
電話　【編集部】03-3230-6095
【読者係】03-3230-6080
【販売部】03-3230-6393(書店専用)

印　刷　TOPPAN株式会社

製　本　TOPPAN株式会社

フォーマットデザイン　アリヤマデザインストア　　マークデザイン　居山浩二

ISBN978-4-08-744043-0 C0193